Victoria

EDITORA AFILIADA

Da mesma autora:

O Carrossel
Os Catadores de Conchas
Com Todo Amor
O Dia da Tempestade
Flores na Chuva
O Quarto Azul
O Regresso
Setembro
Sob o Signo de Gêmeos
Solstício de Inverno
O Tigre Adormecido
Vozes no Verão

Rosamunde Pilcher

Victoria

6ª edição

Tradução
Consuelo Pamplona

Copyright © 1978 by Rosamunde Pilcher
Título original: *Wild Mountain Thyme*

Capa: Leonardo Carvalho
Editoração eletrônica: Imagem Virtual

2001
Impresso no Brasil
Printed in Brazil

CIP-Brasil. Catalogação-na-fonte
Sindicato Nacional dos Editores de Livros, RJ.

	Pilcher, Rosamunde, 1924-
P686v	Victoria / Rosamunde Pilcher; tradução Consuelo
6ª ed.	Pamplona. – 6ª ed. – Rio de Janeiro; Bertrand Brasil, 2001.
	352p.
	Tradução de: Wild Mountain Thyme
	ISBN 85-286-0713-5
	1. Romance escocês. I. Pamplona, Consuelo. II. Título.
96-0647	CDD – 828.99113
	CDU – 820(411)-3

Todos os direitos reservados pela:
BCD UNIÃO DE EDITORAS S.A.
Av. Rio Branco, 99 – 20º andar – Centro
20040-004 – Rio de Janeiro – RJ
Tel.: (0XX21)263-2082 Fax: (0XX21)263-6112

Não é permitida a reprodução total ou parcial desta obra, por quaisquer meios, sem a prévia autorização por escrito da Editora.

Atendemos pelo Reembolso Postal.

Para
Robin, Kirsty e Oliver

1

SEXTA-FEIRA

Outrora, antes de ter sido construído um desvio, a estrada principal cortava diretamente o coração do povoado, e um fluxo constante de tráfego pesado chocalhava até não poder mais as graciosas casas estilo Rainha Ana e as lojinhas, com suas janelas abauladas. Pouco tempo atrás, Woodbridge fora apenas um local de passagem aonde só se ia para se chegar a algum outro lugar.

Mas desde a inauguração do desvio as coisas haviam mudado. Para melhor, diziam os moradores. Para pior, diziam os comerciantes, os proprietários de oficinas mecânicas e o antigo gerente do restaurante dos motoristas de caminhão.

Agora, em Woodbridge, as pessoas podiam ir às compras e atravessar a estrada sem arriscar suas vidas ou manter seus animaizinhos de estimação firmemente atrelados à coleira. Nos finais de semana, crianças com bonés de veludo marrom enterrados até as sobrancelhas e montando uma variedade de pôneis trotavam na direção do clube do pônei local, onde já acontecera numerosos eventos ao ar livre, tipo festas nos jardins e chás de caridade. A lanchonete dos motoristas de caminhão transformara-se numa sofisticada *delicatessen*, uma tabacaria caindo aos pedaços fora vendida para um jovem rapaz cheio de trejeitos que lidava amadoristicamente com antiguidades, e o vigário começava a planejar um festival para o próximo verão, de forma a celebrar o tricentenário de sua pequena igreja gótica. Woodbridge readquiria sua posição.

O relógio na torre da igreja marcava dez minutos para o meio-dia de uma fria manhã de fevereiro quando um enorme e malconservado Volvo virou a esquina, na altura da selaria, e desceu lentamente a rua principal entre as amplas calçadas pavimentadas com pedras redondas. O jovem ao volante observou a longa curva vazia da estrada, os olhos vidrados pelo imenso fluxo de tráfego. Notou a irregularidade charmosa das casas e das lojas com arcadas na frente, o panorama convidativo e, ao longe, de relance, viu uma campina margeada de salgueiros. Acima, num céu invernal carregado de nuvens navegantes, um avião zunia aproximando-se do aeroporto de Heathrow. Tudo mais estava muito calmo, e mal parecia haver pessoas por perto.

Ele passou por um bar recém-pintado e com vasos de loureiros em ambos os lados da porta, e por um salão de cabeleireiro, Carole Coiffures. A loja de vinhos, com suas vitrines abauladas lotadas de garrafas, e um antiquário abarrotado com relíquias de dias melhores, todas com preços superestimados.

Ele chegou até a casa. Subiu com o carro sobre o meio-fio e desligou o motor. O barulho do avião cessara após arranhar a calma da manhã. Um cachorro latiu, um pássaro cantou esperançosamente no galho de uma árvore, como se o pálido sol o tivesse iludido com a chegada da primavera. Saiu do carro, bateu a porta e ficou olhando a fachada simétrica da casa e suas proporções agradáveis. Rente à calçada havia um lance de escada de pedra que levava até a porta da frente, as altas janelas de vidraça corrediça discretamente veladas por cortinas diáfanas.

Era, ele pensou, uma casa que guardava muita privacidade.

Subiu os degraus e apertou a campainha semicircular de bronze brilhantemente polido, assim como a aldrava em forma de cabeça de leão. A porta, pintada de amarelo e com o topo semicircular, tinha uma aparência nova e brilhante, sem uma bolha ou arranhão. Sob a marquise, à sombra, estava frio. Tremeu dentro do casaco grosso e resistente, e apertou novamente a campainha. Quase imediatamente vieram os passos e, no instante seguinte, a porta amarela se abria para ele.

Uma garota atendeu, um pouco contrariada como se tivesse sido interrompida, perturbada pela campainha e desejando dispender o mínimo de tempo possível. Tinha longos cabelos louros e sedosos, usava uma camiseta estufada pela gordura típica da adolescência, um avental, meias três-quartos e um par de tamancos de couro escarlate.

—Sim?

Ele sorriu e disse "bom-dia", e a impaciência da moça imediatamente se derreteu, tomando uma feição totalmente diversa. Ela se deu conta de que não era o vendedor de carvão ou alguém pedindo donativos para a Cruz Vermelha, mas um jovem alto e bem-apessoado, as pernas compridas vestindo um jeans, e barbudo como um viking.

— Gostaria de saber se a Sra. Archer se encontra em casa.

— Sinto muito. — E parecia sentir mesmo. — Receio que não. Ela foi a Londres. Fazer compras.

Aquela moça, calculou ele, devia estar com cerca de 18 anos, e pelo seu sotaque, era de alguma parte da Escandinávia. Provavelmente sueca.

Esperando soar de um jeito cativante e pesaroso, ele comentou:

— Que falta de sorte a minha! Eu deveria ter telefonado ou algo assim, mas achei que teria chance de encontrá-la em casa.

— Você é amigo da Sra. Archer?

— Bem, costumava freqüentar a família há alguns anos. Mas estivemos... bem, meio fora de contato. Estava passando, agora, a caminho de Londres, vindo de West Country, e pensei que seria simpático passar aqui e dizer alô. Foi só uma idéia. Não tem importância.

Timidamente, ele se voltou para a rua. Como esperava, a garota falou:

— Quando ela voltar, posso dizer que esteve aqui. Ela estará em casa a tempo para o chá.

Naquele momento, oportunamente, o relógio da igreja soou meio-dia.

— É só meio-dia agora — ele disse. — Provavelmente não poderei ficar por aí, esperando a hora do chá. Deixe para lá, talvez eu faça esse caminho de novo algum outro dia. — Olhou, então, de um lado para o outro da rua. — Se não estou enganado, ali tinha um pequeno café...

— Não tem mais. Agora é uma *delicatessen*.

— Bem, talvez eu possa comer um sanduíche no bar. Parece que já passou um tempo enorme desde o café da manhã. — Sorriu para ela do alto de sua estatura. — Até logo, então. Foi bom conhecer você. — E voltou-se como se fosse partir. Podia sentir que ela hesitava, como se ele próprio a estivesse dirigindo.

— Eu poderia... — ela disse.

Com um pé já no degrau, ele virou-se.

— O que você poderia?

— Você é mesmo um velho amigo da família? — Ela ansiava por sentir certeza.

— Sim, de fato sou. Mas não tenho meios de prová-lo para você.

— Bem, eu estava indo justamente agora servir o meu almoço e o do bebê. Você poderia comer conosco.

Como ele assumiu uma expressão de recusa, ela enrubesceu.

— Olha, isso é tolice da sua parte. Tenho certeza de que você já foi avisada, repetidas vezes, acerca de homens estranhos batendo à sua porta.

A moça ficou constrangida. Claro que fora avisada.

— É só que, se você é amigo da Sra. Archer, ela iria querer que eu o convidasse a entrar. — Provavelmente ela costumava se sentir solitária e com tédio. Todas as moças *au pair** pareciam solitárias e entediadas. Era um risco da profissão.

— Não deve arranjar problemas para você — ele falou.

Involuntariamente, ela esboçou um sorriso.

— Não creio que isso vá acontecer.

— Supondo que eu roube a prataria? Ou comece a tentar violentamente fazer amor com você?

Por alguma estranha razão, aquela possibilidade não a alarmara nem um pouco. Ao contrário, ela parecia considerar a idéia como uma brincadeira, também para se tranqüilizar. Até mesmo ensaiou uma risadinha conspiradora, tola e irrequieta.

---

* Moças, geralmente estrangeiras, que realizam serviços domésticos em troca de casa e comida. (N. T.)

—Se você fizer isso, vou berrar e a vila inteira virá em meu socorro. Todos se conhecem e se falam o tempo todo. Conversam, conversam. Ninguém tem segredo. —Ela recuou, abrindo a porta amarela. Um belo saguão foi revelado.

Ele hesitou tempo suficiente para parecer genuíno e então deu de ombros em sinal de indiferença, e disse "está certo", entrando e fazendo a expressão de um homem que finalmente, ainda que com relutância, fora persuadido. Ela fechou a porta. Ele baixou os olhos para ver o seu rosto.

—Mas você pode ter de agüentar as conseqüências.

Ela riu novamente, excitada pela pequena aventura. E disse, em tom de anfitriã:

—Gostaria de tirar o casaco?

Ao recebê-lo, ela então o pendurou.

—Se quiser vir até a cozinha, aceita beber uma cerveja?

—Sim, obrigado.

Ela o conduziu através do corredor até a moderna cozinha, construída com vista para um jardim voltado para o sul, naquele momento inundada pela claridade do sol. Tudo brilhava, limpo e em ordem; superfícies de aço inoxidável e madeira envernizada, o fogão cintilando. O chão, de ladrilhos azul e branco, parecendo portugueses. O peitoril da janela estava coberto de plantas e a mesa posta para o almoço. Ele notou uma cadeirinha alta, a bandeja de plástico colorido, colherinhas, uma caneca com desenhos de Beatrix Potter*.

—Você cuida de um bebê —ele comentou.

— Sim — ela respondeu, enquanto apanhava uma lata de cerveja na geladeira. Após fechar a porta, pegou

---

* Escritora e ilustradora inglesa de livros infantis no século XIX. (N. T.)

uma caneca de estanho em um gancho numa prateleira de pinho escovado. — Ele é neto da Sra. Archer.
— Como se chama?
— Thomas. Mas o chamamos de Tom.
— Onde ele está?
— No berço, descansando. Agora mesmo vou subir para apanhá-lo porque já está na hora do almoço.
— Que idade ele tem?
— Dois anos. — Estendeu a lata e a caneca, e ele encheu-a cuidadosamente, sem colarinho.
— Suponho que ele esteja passando uma temporada aqui, não é? Quer dizer, seus pais estão fora ou algo assim.
— Não, ele vive aqui. — Seu sorriso e as covinhas de suas faces assumiram uma expressão de pesar. — É muito triste. A mãe dele morreu. — Ela franziu o cenho. — É estranho que você não saiba disso.
— Eu disse a você. Não tenho tido contato desde a última vez que vi os Archers. Não fazia idéia. *Sinto* muito.
— Ela morreu num desastre aéreo. Voltava de férias na Iugoslávia. Era filha única.
— E então eles criam o neto?
— Sim.
Ele tomou um gole da cerveja, fresca e deliciosa.
— E quanto ao pai?
A jovem, de costas, mexia em alguma coisa dentro do forno. Um cheiro gostoso invadiu a cozinha, e ele sentiu água na boca. Não imaginava que estivesse tão faminto.
— Eles eram separados — ela falou. — Não sei nada sobre ele. — Fechou o forno e endireitou o corpo, olhando para ele como se o estivesse examinando. — Você deveria saber disso, também.

— Não. Não sei de nada. Estive uma temporada no estrangeiro. Na Espanha e nos Estados Unidos.
— Sim, entendo. — Ela olhou o relógio. — Incomoda-se se eu deixar você aqui um pouco? Preciso subir e pegar o Thomas.
— Se tem certeza de que pode confiar em mim, que não vou pegar os talheres... — Ele caçoava, e ela se animou, sorrindo novamente.
— Não acredito que vá fazer isso. — Ela era robusta, cremosa como uma caneca de leite.
— Qual é o seu nome?
— Helga.
— Você é sueca?
— Sim.
— Os Archers têm sorte em conseguir alguém como você.
— E eu também tenho. É um bom emprego, e eles são muito bondosos. Algumas meninas trabalham em lugares terríveis. Sei de cada história.
— Você estuda à tarde?
— Sim, inglês e história.
— Seu inglês soa perfeito para mim.
— Estou estudando literatura. Jane Austen.
Ela estava tão orgulhosa de si que ele riu.
— Vamos, Helga, vá pegar o bebê. Estou morrendo de fome, mesmo que ele não esteja. — Por algum motivo, ela enrubesceu, e depois dirigiu-se para o quarto, deixando-o sozinho na cozinha brilhante e ensolarada.

Ele aguardou. Ouviu os passos subindo a escada e no chão do quarto acima. Escutou a voz dela, falando suavemente, e as cortinas sendo abertas. Então, colocou o copo sobre a mesa e foi, pé ante pé, seu solado de borracha, de volta até o saguão e abriu a porta junto à escada. Entrou. Havia panos de chita, o piano de cauda, estantes com livros meticulosamente em ordem, aquarelas despretensiosas. A lenha arrumada atrás da grade da lareira, em estilo Adam*, ainda não fora acesa. Mesmo assim, o quarto estava quente devido ao aquecimento central e carregado com o aroma de jacintos.

A limpeza do cômodo, a ordem, o ar cortês, ricamente presunçoso, deixou-o irritado, como sempre acontecia. Procurou com ansiedade por um tricô embaralhado, jornais espalhados, um cão ou um gato sobre uma almofada familiar. Mas não havia nada. Apenas o lento tique-taque do relógio sobre o console da lareira testemunhava algum tipo de atividade.

Ele começou a rondar pela sala. O piano de cauda era um repositório de fotografias. O Sr. Archer, de cartola, ostentando orgulhosamente alguma ordem menor concedida a ele pela rainha, no Palácio de Buckingham; o bigode parecendo uma escova de dentes, e o casaco matinal esticado sobre seu estômago estufado. A Sra. Archer, mocinha, com o vestido de casamento. O bebê, amparado por um tapete de pele. E, por fim, Jeanette.

Apanhou o porta-retrato estilizado e ficou olhando a fotografia. Bonita, como sempre. Até mesmo *sexy* em sua extraordinária forma física, seu jeito altivo. Lembrou de suas pernas sensacionais e das unhas, sempre bem-feitas pela manicure. Não recordou muito mais do que isso. Nem de sua voz nem de seu sorriso.

Ele a desposara porque os Archers não queriam que sua filha fosse mãe de um bebê ilegítimo. Quando desabou

---

* Estilo inglês de arquitetura e mobiliário.

15

sobre eles a notícia bombástica de que sua preciosa filha única estava tendo um caso, e até mesmo morando com aquele sujeito horroroso, Oliver Dobbs, o metódico mundo deles desfez-se em pedaços. A Sra. Archer se retirara para a cama com uma *crise de nerfs*, mas o Sr. Archer, retornando aos seus breves anos como soldado, endireitara as costas e a gravata, e convidara Oliver para almoçar em um clube de Londres do qual era sócio.

Oliver, sem se impressionar e sem se divertir, recordava a discussão subseqüente com a indiferença de um observador totalmente imparcial. Mesmo agora, a situação parecera tão irreal como uma cena de uma peça teatral antiquada.

Filha única, dissera o Sr. Archer, adotando uma postura temerária. Sempre acalentara grandes planos para ela. Sem dúvida, recriminação tardia não servia de nada, mas a questão era: o que Oliver iria fazer quanto ao bebê?

Oliver respondeu que não podia fazer nada. Ele trabalhava numa lanchonete especializada em peixe frito com batatas fritas e não tinha meios de se casar com ninguém, ainda mais com Jeannette.

O Sr. Archer pigarreou e disse que não queria pisar nos calos de ninguém, ou parecer curioso, mas era óbvio para ele que Oliver vinha de uma boa família, e sabia de fato que Oliver cursara uma escola renomada; havia então alguma razão para ele ter de trabalhar numa lanchonete de peixe frito com batatas fritas?

Oliver disse que sim, que havia uma razão. Ele era um escritor, e aquele emprego era o tipo de ocupação que não lhe exigia muito e ainda lhe permitia sobreviver de modo a continuar escrevendo.

O Sr. Archer pigarreou de novo e começou a falar sobre os pais de Oliver, dizendo ao Sr. Archer que seus pais, residentes em Dorset, eram tão pobres como implacáveis. Vivendo de uma pensão do exército, haviam sacrificado tudo para juntar dinheiro o bastante para enviar Oliver a uma escola aristocrática. Quando finalmente ele se formou, aos dezessete anos, seus pais tentaram, com o coração partido, persuadi-lo a prosseguir em algum curso militar convencional, mas sensato. Talvez o exército ou a marinha. Ou tornar-se um contador diplomado, um banqueiro, um advogado. Mas ele só podia ser escritor, porque, naquela ocasião, ele já era de fato um escritor. Derrotados, por fim, lavaram as mãos com relação ao filho, deixando-o sem o proverbial *shilling**, ficando aborrecidos e inflexivelmente incomunicáveis.

    Isto obviamente punha um ponto final nos pais de Oliver. O Sr. Archer tentou outro rumo. Oliver amava Jeannette? Seria um bom marido para ela?

    Oliver confessou que não acreditava poder ser um bom marido, pois era terrivelmente pobre.

    O Sr. Archer pigarreou pela terceira e última vez e foi direto ao ponto. Se Oliver concordasse em se casar com Jeannette e proporcionasse ao bebê um pai legítimo, então ele, Sr. Archer, cuidaria da...bem... da parte financeira, o jovem casal viveria bem.

    Oliver perguntou, "viver bem como?" E o Sr. Archer explicou, seus olhos sustentando com firmeza os de Oliver através da mesa, mas suas mãos ansiosas mudando o copo de vinho de posição, endireitando um garfo, esfarelando um pãozinho. Quando terminou de falar, seu lugar à mesa estava um caos, mas Oliver se dava conta de que mergulhava numa boa jogada.

---

* Moeda inglesa.

Vivendo no apartamento de Jeannette em Londres, com uma renda fixa mensalmente depositada em sua conta bancária, Oliver poderia largar o emprego na lanchonete de peixe frito e batatas fritas e dedicar-se a terminar a sua peça teatral. Já tinha um livro pronto, que ainda estava em leitura com um agente, mas a peça era algo especial, algo que ele devia engolir antes que ela devorasse sua alma como algum horrível câncer. Assim era com o ato de escrever. Nunca estava feliz, a menos que vivesse duas vidas. Uma vida real com mulher, comida e bebida nos bares com os amigos; e a outra vida, apinhada com sua própria gente, que era mais vivaz e humana do que qualquer um que jamais encontrara no curso normal dos acontecimentos. E certamente, pensou ele, mais interessantes do que os Archers.

Na mesa de almoço, os dois homens chegaram a um entendimento que, mais tarde, consolidou-se por cartas de advogados, ordens de pagamento e assinaturas. Oliver e Jeannette casaram-se em cartório, e isso parecia ser tudo o que importava para os Archers. A aliança não durou mais do que alguns meses. Mesmo antes de a criança nascer, Jeannette já havia retornado para a casa dos pais. Tédio ela podia agüentar, e solidão também, mas abuso e violência eram mais do que estava preparada para suportar.

Oliver mal notou a sua ausência. Permaneceu no apartamento dela e, tranqüilamente, sem qualquer tipo de interrupção, terminou de escrever a peça. Quando ficou pronta, ele deixou o apartamento, trancou a porta e enviou a chave para Jeannette pelo correio. E foi para a Espanha. Estava na Espanha quando o bebê nasceu e ainda estava lá quando leu, em algum semanário já velho, sobre a morte de sua esposa num desastre aéreo na Iugoslávia. Nessa ocasião, Jeannette tornara-se, para Oliver, alguém com quem se relacionara há bastante tempo, e ele constatou que a tragédia despertara-lhe pouca emoção, e a emoção pertencia ao passado. Além do mais, ele estava indo bem em seu segundo romance. Portanto, pensou em Jeannette por cerca de cinco minutos e então mergulhou agradecido de volta à companhia de personagens infinitamente mais irresistíveis.

Quando Helga desceu as escadas, ele já estava de volta à cozinha sentado no banco junto à janela, com as costas ao sol e deliciando-se com a cerveja. A porta se abriu e ela apareceu carregando a criança nos braços. Ele era maior do que Oliver imaginara, vestido com um macacão vermelho, babador e um suéter branco. Seu cabelo era da cor do cobre, mas Oliver não pôde ver seu rosto, que estava enterrado no pescoço deleitoso de Helga.

Helga sorriu para Oliver por cima do ombro de Thomas.

— Ele é tímido. Contei que tínhamos visita e ele não quer olhar para você. — Ela inclinou a cabeça para dizer ao menininho, "que bobagem. Ele é um homem simpático. E veio almoçar conosco".

A criança murmurou uma recusa e enterrou o rosto mais ainda. Helga riu e colocou-o em sua cadeirinha alta, e só assim ele pôde se afastar dela. O menino e Oliver entreolharam-se. Tinha olhos claros e parecia vigoroso. Oliver não entendia muito de crianças. Nada, na verdade. E disse "Oi".

— Diga alô, Thomas — instigou Helga. E acrescentou:
— Ele não gosta de conversar.

Thomas encarou o estranho. Um lado de seu rosto

estava vermelho de ficar deitado no travesseiro. Cheirava a sabonete. Helga amarrou um babador de plástico ao redor de seu pescoço; o garoto não tirava os olhos de Oliver. Helga foi até o forno retirar a comida. Trouxe uma torta de carne e batatas e um prato com couve-de-bruxelas. Colocou um pouco num prato fundo, amassou com um garfo e pôs o prato na bandeja da cadeirinha alta.

— Agora coma tudo. — Enfiou uma pequena colher na mão de Thomas.

— Ele come sozinho? — perguntou Oliver.

— É claro. Ele já tem dois anos, não é mais um bebê. Não é, Thomas? Mostre a ele como você pode comer sozinho a sua comida até o fim. — Thomas respondeu deixando cair a colher. Seus olhos azuis fixavam, sem piscar, os de Oliver, e este começou a ficar constrangido.

— Aqui — disse ele. Colocando o copo de cerveja sobre a mesa, esticou-se, pegou a colher, encheu de carne amassada com batata e a conduziu na direção da boca de Thomas. Esta se abriu e tudo desapareceu. Mastigando, o bebê continuou a encarar o estranho. Oliver deu-lhe a colher de volta. Thomas engoliu e depois sorriu. Boa parte do sorriso era torta de carne, mas, de relance, via-se uma insinuante fileira de pequenos dentes emparelhados.

Helga, colocando o prato de Oliver na frente dele, reparou no sorriso do menino.

— Olha só, ele fez um amigo. — Pegou outro prato e sentou-se na cabeceira da mesa, de modo a ajudar Thomas.

— Ele é um menininho muito amistoso.

— O que ele faz durante o dia?

— Brinca, dorme, e à tarde sai para um passeio no seu carrinho de bebê. Normalmente a Sra. Archer o leva, mas hoje sou eu quem vai levá-lo.

20

— Ele olha figuras nos livros?
— Sim, adora, mas algumas vezes ele as rasga.
— Ele tem brinquedos?
— Ele gosta de carrinhos e de blocos, mas não gosta de ursinhos, coelhos, coisas assim. Acho que ele não gosta de sentir o pêlo. Entende o que eu quero dizer?

Oliver começou a comer a torta, que estava quente e deliciosa.

— Você entende muito de bebês?
— Em casa, na Suécia, tinha irmãos e irmãs mais novos.
— Gosta do Thomas?
— Sim, ele é uma gracinha. — Fez uma careta engraçada para a criança. — Você é uma gracinha, não é, Thomas? Ele não chora o tempo todo como algumas crianças.
— Deve ser bastante... deprimente para ele ser criado pelos avós.
— Ele é muito pequeno para saber se é deprimente ou não.
— Mas será deprimente quando crescer.
— Uma criança sozinha é sempre triste. Mas há outras crianças no bairro. Ele irá fazer amizades.
— E você? Fez amigos?
— Aqui perto há outra garota *au pair*. Vamos juntas para as aulas.
— Não tem um namorado?

Ela sorriu, produzindo uma covinha no canto da boca.

— Meu namorado está em casa, na Suécia.
— Deve sentir a sua falta.
— Nós nos correspondemos. E é só por seis meses. Depois voltarei para a Suécia.
— E o que acontecerá a Thomas, então?

— Espero que a Sra. Archer arranje outra garota *au pair*. Gostaria de um pouco mais de torta?

A refeição prosseguiu. Como sobremesa havia frutas, iogurte e queijo. Thomas preferiu iogurte. Oliver descascou uma laranja. Helga, junto ao fogão, passava um café.

— Você mora em Londres? — perguntou a Oliver.

— Sim, tenho um apartamento num porão na rua Fulham.

— É para onde está indo agora?

— Sim. Passei uma semana em Bristol.

— De férias?

— Quem iria para Bristol de férias em fevereiro? Não, tenho uma peça sendo ensaiada no Teatro Fortune. Fui reescrever algumas falas. Os atores reclamavam estar enrolando a língua com algumas de minhas frases.

— Um escritor? — Ela virou-se de olhos arregalados.

— Você escreve peças para teatro? E elas são *representadas*? Você deve ser muito bom.

— Gosto de pensar que sim. — Ele colocou alguns gomos de laranja na boca. O sabor e o travo amargo da casca recordaram-lhe a Espanha. — Mas o que importa mesmo é o que as outras pessoas acham. No caso, os críticos, e o público que paga para ir ao teatro.

— Como se chama a peça?

— *Bent Penny*. E, por favor, não me pergunte sobre o que é porque não tenho tempo para contar.

— Meu namorado escreve. Artigos sobre psicologia no jornal da universidade.

— Certamente são fascinantes.

— Mas não é a mesma coisa que escrever peças.

— Não. É bem diferente.

Thomas terminara seu iogurte. Helga limpou seu rosto, retirou o babador de plástico e liberou-o da cadeirinha alta. Ele se aproximou de Oliver, oscilando e colocando as mãos sobre os seus joelhos. Através do jeans surrado, Oliver sentiu o calor, o aperto dos dedos pequeninos. Thomas olhou intensamente para Oliver e sorriu novamente, um largo sorriso com covinhas e aquela fileira de dentinhos. Ele ergueu a mão para tocar a barba, que se abaixou para que ele pudesse alcançá-la. Thomas deu uma gargalhada. Oliver o agarrou e colocou sobre seus joelhos. O menino sentiu-se seguro e aquecido.

Helga parecia contente com todos aqueles progressos amistosos.

— Agora ele fez um amigo. Se eu trouxer um livro, poderia mostrar as figuras para ele enquanto coloco os pratos na máquina de lavar louça? E depois, ainda tenho que levá-lo para passear.

Oliver já decidira que era hora de partir, mas acabou concordando, e assim Helga foi procurar um livro, enquanto ele e Thomas ficaram a sós.

Thomas estava fascinado pela barba de Oliver, que içou-o de forma que Thomas ficou de pé sobre seus joelhos e seus olhos ficaram no mesmo nível. Thomas deu um puxão em sua barba. Oliver gritou. Thomas gargalhou. Ele tentou puxar novamente, mas Oliver agarrou sua mãozinha e segurou-a.

— Não faça isso, que machuca. — Thomas encarou-o nos olhos. Oliver falou com suavidade. — Você sabe quem sou eu? — e Thomas gargalhou novamente, como se a pergunta fosse uma grande piada.

Helga voltou com o livro e deixou-o sobre a mesa, um livro grande com ilustrações brilhantes e coloridas na capa lustrosa. Oliver abriu-o ao acaso e Thomas sentou-se em seus joelhos, inclinando-se para olhar as figuras. Enquanto Helga executava o trabalho doméstico, colocando os pratos na máquina e guardando a travessa com a torta, Oliver virava as páginas e dizia os nomes dos animais, apontava para a sede da fazenda, e o portão, e a árvore, e o monte de feno. Depararam-se com a figura de um cão, e Oliver latiu. E depois com a figura de uma vaca, e Oliver imitou um mugido. Era tudo bem engraçado.

Então Helga comunicou que já era hora de Thomas subir e vestir roupas de passeio, e então o pegou. Oliver aguardou sentado o retorno deles. Olhou a cozinha impecável, e lá fora o jardim imaculado, pensou em Helga indo embora e na chegada da próxima garota *au pair*, e este padrão repetindo-se até Thomas completar oito anos e ter idade para freqüentar uma ótima e provavelmente inútil escola primária. Pensou em seu filho, entalhado, rotulado, capturado pela esteira rolante de uma educação convencional, esperando-se que fizesse os amigos certos, brincasse jogos aceitáveis e nunca questionasse a tirania da tradição sem sentido.

Oliver conseguira escapar. Aos dezessete anos ele escapulira apenas porque possuía como armas gêmeas a escrita e a determinação de seguir seu próprio caminho.

Mas como se comportaria Thomas?

Essa questão o fez sentir-se mal e ele rejeitou-a como hipótese. Não era da sua conta para qual escola Thomas iria, de qualquer maneira isso não importava. Acendeu outro cigarro e, preguiçosamente, abriu de novo o livro de Thomas, levantando a capa da frente. Viu, sobre a primeira folha branca do livro, a bela caligrafia da Sra. Archer em tinta preta:

Thomas Archer
Pelo seu segundo aniversário
Da vovó.

E de repente passou a ter importância. Uma espécie de fúria cresceu dentro de Oliver, fúria tão grande que, se a mãe de Jeannette estivesse ali ao lado, ele a teria atacado; com palavras que somente ele sabia como usar; com seus punhos, se necessário.
Ele não é Thomas Archer, sua puta hipócrita. Ele é Thomas Dobbs. Ele é meu filho.

Quando Helga desceu as escadas trazendo Thomas vestido com uma espécie de roupa de esqui e um gorro de lã com um pompom em cima, Oliver já esperava por ela no saguão. Colocara o casaco e disse:
— Preciso ir agora. Tenho de voltar a Londres.
— Sim, claro.
— Foi muita gentileza sua em me oferecer o almoço.
— Direi à Sra. Archer que você esteve aqui.
Ele abriu um sorriso forçado.
— Sim, faça isso.
— Mas... eu não sei o seu nome. É para dar o recado a ela.
— Diga apenas que foi Oliver Dobbs.
— Está bem, Sr. Dobbs. — Ela hesitou, parada ao pé da escada, e então falou: — Tenho de pegar o carrinho e meu casaco no armário. Pode segurar Thomas por um momento?
— É claro.

Ele retirou a criança dos braços de Helga e ajeitou-a em seu ombro.

— Não me demoro, Thomas. — Tranqüilizando-o, a moça virou-se e seguiu pela passagem embaixo da escada, desaparecendo através de uma porta de vidro.

Uma bela, confiante e estúpida mocinha. Desejou que não fossem muito duros com ela. *Pode demorar quanto quiser, minha querida.* Carregando seu filho, ele atravessou o saguão, abriu a porta amarela, desceu os degraus e entrou em seu carro.

Helga escutou o carro descer a rua, mas não se deu conta de que era Oliver. Quando voltou com o carrinho não havia sinal nem do homem nem da criança.

— Sr. Dobbs?

Ele havia deixado a porta da frente aberta, e a casa fora invadida pelo arrepiante frio da tarde.

— Thomas?

Mas lá fora só havia a calçada vazia, a rua silenciosa.

2

SEXTA-FEIRA

A coisa mais exaustiva do mundo, decidiu Victoria Bradshaw, era não ter o que fazer. Era infinitamente mais exaustivo do que ter muito para fazer, e hoje o dia estava sendo um exemplo clássico.

Fevereiro era uma época horrível para vender roupas. Na verdade, era uma época horrível para vender qualquer coisa. O Natal já estava esquecido, e as liquidações de janeiro eram apenas uma lembrança horripilante. A manhã iniciara com alguma esperança, o sol fraco e uma leve camada de geada que lembrava glacê de bolo, mas no decorrer do dia o tempo nublara, e agora estava tão frio e úmido que as pessoas com algum bom senso se encontravam em casa, sentadas em frente à lareira, ou em apartamentos com aquecimento central, jogando palavras cruzadas, ou assando bolos ou assistindo televisão. O tempo não encorajava ninguém a planejar guarda-roupas para a primavera.

O relógio marcava quase cinco horas. Lá fora, a tarde triste escurecia transformando-se velozmente em noite. Na vitrine da loja lia-se SALLY SHARMAM. Do interior da loja lia-se ao contrário, como letras num espelho; além destes hieróglifos, Beauchamp Place estava coberto por cortinas de chuva. Transeuntes, de guarda-chuva e engolfados pelo vento, lutavam com seus embrulhos. O fluxo de tráfego aguardava o sinal abrir na Brompton Road. Uma pessoa, camuflada por uma capa de chuva, subiu correndo os degraus da calçada e irrompeu pela porta almofadada feito um fugitivo, deixando entrar uma lufada de ar frio antes da porta fechar-se com estrondo.

Era Sally, em seu casaco preto impermeável e o enorme chapéu de pele de raposa vermelha.

— Deus, que dia! — ela exclamou, fechando o guarda-chuva e retirando as luvas para desabotoar o casaco.

— Como foi? — perguntou Victoria.

Sally passara a tarde na companhia de um jovem estilista que decidira entrar no ramo do comércio de atacado.

— Nada mal — disse ela, deixando o casaco cair em dobras sobre o guarda-chuva encharcado. — Nada mal mesmo. Um monte de idéias novas, boas cores. Roupas, sem dúvida, maduras. Fiquei surpresa. Imaginava que, por ser tão jovem, ele apresentaria uma coleção de jeans e camisetas femininas, mas não foi o que aconteceu.

Ela tirou o chapéu, sacudiu as gotas de chuva do cabelo e finalmente emergiu em seu costumeiro jeito desengonçado e elegante. Calças compridas colantes enfiadas em botas de cano longo, e uma suéter feita de barbante que, em qualquer outra pessoa pareceria um pano de chão velho, mas em Sally ficava sensacional.

Começara a vida como modelo, e não perdera sua forma magricela ou os feios, salientes e fotogênicos ossos da face. Por ter sido modelo, gravitara em torno das páginas das revistas de moda, e de lá, utilizando sua experiência acumulada, as diversas relações, e uma queda natural para os negócios, abrira sua própria loja. Estava com quase quarenta anos, divorciada, teimosa, porém com um coração muito mais sensível do que gostaria que os outros suspeitassem. Victoria trabalhava na loja há quase dois anos e era muito ligada a Sally.

— Detesto almoços de negócios — disse bocejando.

— Sempre fico de ressaca no meio da tarde, e isso me derruba pelo resto do dia.

De dentro de sua imensa bolsa ela retirou cigarros e um jornal vespertino, que atirou sobre o balcão de vidro.

— O que aconteceu por aqui?

— Praticamente nada. Vendi o sobretudo bege, e uma senhora entrou e hesitou por meia hora se adquiria o casaco *paisley**, e depois saiu dizendo que iria pensar. Ela protelou a compra por causa da gola de pele de vison. Disse que era defensora dos animais selvagens.

— Diga-lhe que podemos trocar a gola por uma de plástico. — Sally atravessou a cortina que dava para um pequeno escritório nos fundos da loja, sentou-se em sua escrivaninha e pôs-se a abrir a correspondência.

— Sabe, Victoria — comentou — estive pensando: seria uma ótima idéia se você tirasse uns quinze dias de folga. Logo as coisas vão começar a melhorar e eu não poderei deixá-la sair. Além do mais, você não tira uma folga há séculos. O único porém é que fevereiro não é um mês muito estimulante em lugar nenhum. Talvez você pudesse esquiar ou ficar com sua mãe em Sotogrande. Como é Sotogrande em fevereiro?

— Chuva e vento, suponho.

Sally levantou os olhos.

---
* Tecido de lã escocês com estampado vivo.

— Você não quer tirar duas semanas de folga em fevereiro — proclamou resignadamente. — Posso sentir isso pela sua voz.

Victoria não a contradisse. Sally suspirou.

— Se eu tivesse uma mãe, dona de uma suntuosa casa em Sotogrande, ficaria com ela todos os meses do ano que eu pudesse. Além disso, você está com jeito de quem precisa de umas férias. Toda descarnada e pálida. Ter você por perto me faz sentir culpada, como se eu te matasse de trabalhar. — Ela abriu outro envelope. — Pensei que havíamos pago a conta de luz. Estou certa de que já pagamos. Deve ser falha do computador. Deve ter enlouquecido. Computadores enlouquecem, você sabe.

Para alívio de Victoria, o assunto de suas férias repentinas fora esquecido momentaneamente. Ela apanhou o jornal que Sally atirara no balcão e, na falta de algo melhor para fazer, folheou-o, passando os olhos pelos desastres de sempre, os grandes e os pequenos. Inundações em Essex, um novo conflito ameaçando estourar na África. Um conde de meia-idade casando-se com sua terceira esposa e, em Bristol, estavam em andamento, no Teatro Fortune, os ensaios da nova peça de Oliver Dobbs, *Bent Penny*.

Não havia motivo para ter reparado naquela pequenina notícia. Estava no fim da última coluna da página de entretenimento. Sem título. Sem fotografia. Apenas o nome de Oliver, que saltou do papel sobre ela, como um grito de reconhecimento.

— ... é o último aviso de cobrança. Que desfaçatez, enviarem um aviso final de cobrança. Sei que passei um cheque no mês passado. — Victoria permaneceu calada, e Sally olhou para ela.

—Victoria...? O que você está olhando com tanto espanto?
—Nada. Só esta noticiazinha no jornal, sobre um homem que eu conheço.
—Espero que ele não tenha sido preso.
—Não, ele escreve peças. Já ouviu falar em Oliver Dobbs?
—Sim, é claro. Escreve para a televisão. Assisti a um de seus programas outra noite. E ele escreveu o roteiro daquele maravilhoso documentário sobre Sevilha. O que ele está fazendo para aparecer no jornal?
—Está com uma nova peça para estrear em Bristol.
—Como é ele? —Sally perguntou, com uma parte de sua atenção ainda voltada para as iniqüidades da Companhia de Eletricidade de Londres.
—Atraente.
Agora Sally estava prestando atenção. Tinha toda a boa vontade com homens atraentes. —Você já foi atraída por ele?
—Tinha dezoito anos e era impressionável.
—E não somos todas, querida, nos dias confusos de nossa juventude? Não que isso se aplique a você. Você ainda é uma adolescente, criatura de sorte. —De repente, ela perdeu o interesse em Oliver Dobbs, no aviso de cobrança, e também no dia, que já se esticara muito. Recostou-se e bocejou. —Para o inferno com tudo isso. Vamos fechar a loja e ir para casa. Agradecer a Deus pelo fim de semana. Pensar em não fazer nada durante dois dias é o paraíso total. Vou passar esta noite deitada numa banheira de água quente assistindo televisão.
—Achei que iria sair.
A vida particular de Sally era complicada e ativa. Tinha

31

uma série de amigos homens, nenhum deles parecendo saber da existência do outro. Como um hábil malabarista, Sally mantinha-os em constante movimento, e evitava o constrangimento de, inadvertidamente, confundir seus nomes chamando-os a todos de "querido".

— Graças a Deus, não. E você?

— Alguns amigos de minha mãe me convidaram para tomar um drinque. Não creio que vá ser muito vibrante.

— Oh, bem — disse Sally — nunca se sabe. A vida é cheia de surpresas.

Uma das boas coisas de trabalhar em Beauchamp Place era a curta distância até Pendleton Mews. O apartamento em Pendleton Mews pertencia à mãe de Victoria, mas era Victoria quem vivia lá. Na maior parte das vezes ela gostava de andar. Através de atalhos e estreitas vias secundárias, levava apenas meia hora para chegar em casa, e o passeio lhe proporcionava um agradável exercício e ar fresco no início e no fim do dia.

Mas naquela noite chovia tanto e fazia tanto frio que a perspectiva de uma penosa caminhada através do vento gelado e da chuva era mais do que poderia agüentar; assim, quebrando sua própria regra de nunca pegar táxis, ela sucumbiu, sem muita resistência, à tentação, e andou até a Bromptom Road, conseguindo finalmente parar um carro.

Por causa das ruas de mão única e do tráfego emaranhado, ela demorou talvez uns dez minutos a mais do que se tivesse feito a jornada a pé, e irritou-se tanto que simplesmente estendeu ao motorista uma nota de uma libra e ignorou o troco. Ele a deixara sob o arco que separava o condomínio da estrada; portanto, havia apenas um pedacinho de caminho a cumprir, através das poças de água suja na calçada, antes de finalmente alcançar o abrigo de sua própria porta azul. Abriu-a com sua chave de trinco, entrou e acendeu a luz; subiu a escada estreita e íngreme com o carpete Wilton bege gasto, e chegou ao topo, diretamente na pequena sala de estar.

Deixou cair o guarda-chuva e a cesta, e fechou as cortinas de chita contra a noite. Em seguida a sala tornou-se fechada e a segura. Ligou o aquecedor a gás e andou até a minúscula cozinha para ferver água para um café; ligou a televisão e desligou em seguida; colocou um disco com abertura de Rossini e foi até o quarto retirar a capa de chuva e as botas.

A chaleira, competindo com Rossini, assoviava reclamando atenção. Preparou uma caneca de café instantâneo, retornou para junto do aquecedor, puxou a cesta e retirou o jornal de Sally. Procurou a notícia sobre Oliver Dobbs e a nova peça em Bristol.

Eu tinha dezoito anos e era impressionável, dissera a Sally, mas agora entendia que também fora solitária e vulnerável, uma fruta madura, tremulando em seu caule, esperando a queda.

E Oliver, quem diria, ficara ao pé da árvore, pronto para apanhá-la.

Dezoito anos, em seu primeiro ano na escola de artes. Sem conhecer ninguém, intensamente tímida e insegura, ficara calada e apreensiva quando uma garota mais velha, talvez com pena dela, fez um vago convite para uma festa.

— Deus sabe como será esta festa, mas disseram que eu podia convidar quem eu quisesse. Também disseram para levar uma garrafa de bebida, mas acho que não tem importância se chegar de mãos vazias. De qualquer forma, é uma boa maneira de conhecer pessoas. Olhe, vou escrever o endereço. O homem se chama Sebastian, mas não importa. Apenas apareça se sentir vontade. A qualquer hora; isso também não tem importância.

Victoria jamais recebera um convite daqueles em toda a sua vida. Decidiu primeiramente que não deveria ir. E depois que deveria. E então ficou amedrontada. Finalmente vestiu um par de jeans limpos, surrupiou uma garrafa do melhor vinho clarete* de sua mãe, e foi.

Acabou chegando a um apartamento de cobertura na West Kensington, agarrada à garrafa de vinho e sem conhecer ninguém. Antes de completar dois minutos após sua chegada, alguém falou — "que gentileza" — e tomou a garrafa de suas mãos. Ninguém mais dirigiu palavra alguma a ela. Na sala enfumaçada, homens usando colares conversavam veementemente com garotas de rosto escuro e cabelos compridos cacheados feito algas-marinhas. Havia até mesmo um ou dois bebês imundos. Nada para se comer e — uma vez que o clarete havia desaparecido — nada reconhecível para beber. Não conseguia achar a garota que lhe fizera o convite e era tímida demais para se chegar a qualquer um dos grupos reunidos apertadamente e agachados no chão, em almofadas ou no único sofá bambo cujas molas de arame em espiral espichavam-se entre o braço e o assento. Sentia-se também muito acanhada para pegar seu casaco e sair. O ar estava tomado pelo cheiro doce e insidioso da maconha. Sentou-se na sacada da janela, perdida em fantasias enervantes sob a possibilidade de uma batida policial, quando de repente alguém disse:

— Não conheço você, não é?

---

* Vinho tinto de Bordeaux.

Sobressaltada, Victoria voltou-se tão assustada que quase esbarrou no drinque que o rapaz segurava.

— Oh, me desculpe...

— Não faz mal. Não derramou. Pelo menos — ele acrescentou, generosamente — não muito.

Sorriu como se tivesse dito um gracejo, e ela devolveu o sorriso, agradecida por qualquer aproximação amigável. Também satisfeita pelo fato de o único homem que lhe havia dirigido a palavra não estar sujo, nem cheio de suor, nem bêbado. Ao contrário, ele era perfeitamente apresentável. Atraente até. Muito alto, esguio, com cabelos avermelhados que batiam na altura da gola do suéter, e uma barba muito distinta.

— Você não tem um drinque — ele falou.

— Não.

— Não quer um?

Ela repetiu que não, que não queria mesmo, e também porque, se dissesse sim, ele seria capaz de ir buscar e não retornar.

Ele parecia estar se divertindo.

— Você não gosta disso?

Victoria olhou para o copo dele.

— É que eu não sei exatamente o que é isso.

— Acho que ninguém sabe. Mas tem gosto de... — ele tomou um gole, com ar pensativo, como um provador profissional, rolando a bebida dentro da boca, e finalmente engolindo — ... tinta e de bala de anis.

— Qual será o efeito disso dentro do seu estômago?

— Vamos deixar para nos preocuparmos com isso amanhã. — Abaixou os olhos para vê-la, e um franzido vincou sua testa. — Eu *não* conheço você, não é?

— Não. Suponho que não. Eu sou Victoria Bradshaw.

—Até dizendo seu próprio nome, sentiu-se embaraçada, mas ele não parecia achar que havia algo embaraçoso nisso.
—E o que é que você faz?
—Comecei agora na escola de arte.
—Isso explica como veio parar nesta festinha. Está se divertindo?
Victoria olhou em volta. —Não muito.
—Eu quis falar da escola de arte, mas se você não está se divertindo aqui, por que não vai para casa?
—Achei que não seria muito educado.
Ele riu com a resposta. —Sabe, com essa espécie de gente educação não conta tanto assim.
—Faz só dez minutos que eu cheguei.
—E eu cheguei há cinco. —Ele terminou o drinque inclinando sua notável cabeça para trás e entornando o restinho do líquido nóxio no fundo de sua garganta como se fosse uma cerveja gelada e saborosa. Depois, deixou o copo na beirada da janela e disse: —Vamos, vamos embora.

—E colocou a mão sob o cotovelo dela, conduzindo-a habilmente até a porta e, sem darem a menor desculpa ou mesmo despedirem-se, saíram.

No topo da escada sombria, ela virou o rosto para ele.
—Eu não quis dizer isso.
—O que você não quis dizer?
—Não quis dizer para *você* sair, *eu* é que queria ir embora.
—Como você sabe se eu não queria sair?
—Mas é uma festa!
—Há anos que não fico muito nesse tipo de festa. Vamos, apresse-se, vamos até o ar fresco.

Na calçada, sob a penumbra de uma tardia noite de verão, ela parou de novo. —Estou bem agora —disse.

— E o que isso quer dizer?
— Que posso pegar um táxi e ir para casa.
Ele sorriu. — Está assustada?
Victoria tornou a ficar embaraçada.
— Não, claro que não.
— Então do que está fugindo?
— Não estou fugindo de nada. Simplesmente...
— Quer ir para casa?
— Sim.
— Bem, não pode.
— Por que não?
— Porque vamos encontrar um restaurante de massas ou algo assim e pedir uma garrafa de vinho, e você vai me contar a história de sua vida.

Um táxi vazio surgiu ao longe e ele fez sinal. O carro parou e ele abriu a porta para que Victoria entrasse. Depois de dar o itinerário ao motorista, rodaram em silêncio por cerca de cinco minutos, e então o táxi parou e Victoria saltou. Ele pagou a corrida e a conduziu até um pequeno e modesto restaurante, com poucas mesas comprimidas junto às paredes e o ar espesso pela fumaça de cigarro e o bom aroma de comida. Foi-lhes indicada uma mesa de canto, sem muito espaço para as pernas dele, mas de algum modo ele se ajeitou, de forma que seus pés não atrapalhassem o caminho dos garçons, e pediu uma garrafa de vinho e o menu, e então acendeu um cigarro, virou-se para ela e disse: — Agora.

— Agora o quê?
— Agora conte-me. A história de sua vida.
Ela percebeu-o sorrindo.
— Nem mesmo sei quem é você. Nem sei o seu nome.
— Oliver Dobbs. — E continuou inteiramente gentil.

— Tem de me contar tudo, porque sou escritor. Um verdadeiro e honestíssimo escritor publicado, com um agente e um enorme saque a descoberto, e uma compulsão por escutar. Você sabia que ninguém escuta os outros o suficiente? As pessoas ficam ansiosas tentando contar as coisas para as outras, e ninguém nunca as escuta. Sabia disso?

Victoria lembrou de seus pais.

— Sim, suponho que sim.

— Percebe? Você supõe. Não tem certeza. Ninguém nunca tem certeza de nada. Deveriam escutar mais. Qual a sua idade?

— Dezoito anos.

— Imaginei que era mais nova quando a vi. Parecia ter quinze anos, sentada à janela daquela pocilga ordinária. Quase chamei a Previdência Social e contei-lhes que havia uma criança solta nas ruas à noite.

Uma garrafa de vinho foi depositada, já sem a rolha, sobre a mesa. Ele pegou a garrafa e encheu os copos.

— Onde você mora?

— Pendleton Mews.

— Onde fica?

Ela explicou e ele assoviou.

— Que legal. Uma verdadeira garota de Knightsbridge. Não sabia que elas freqüentavam a escola de arte. Você deve ser imensamente rica.

— Claro que não sou rica.

— Então por que mora em Pendleton Mews?

— Porque é a casa da minha mãe, só que agora ela está morando na Espanha, então eu uso o apartamento.

— Curioso, curioso. Por que a Sra. Bradshaw mora na Espanha?

— Ela não é Sra. Bradshaw, é Sra. Paley. Meus pais se

VICTORIA

divorciaram há seis meses. Minha mãe casou-se novamente, com um homem chamado Henry Paley, e ele tem uma casa em Sotogrande porque adora jogar golfe o tempo todo. — Ela decidira falar tudo num único rompante. — E meu pai foi morar com um primo, que é dono de uma propriedade rural em ruínas no sudeste da Irlanda. Ele tenciona criar cavalos para jogo de pólo, mas sempre foi um homem de grandes idéias e pouca ação, portanto não creio que consiga.

—E a pequena Victoria foi abandonada em Londres.

—Victoria tem dezoito anos.

—Sim, eu sei, madura e experiente. Mora sozinha?

—Sim.

—Não se sente solitária?

—Melhor viver sozinha do que com pessoas que a gente não gosta.

Ele fez uma careta.

—Parentes são um inferno, não é? Meus pais são um inferno também, mas nunca tomaram uma atitude tão definitiva como o divórcio. Eles apenas mofam na desconhecida cidade de Dorset — o que significa, em suas limitadas circunstâncias, o preço de uma garrafa de gim ou o fato de as galinhas não porem ovos — e tudo é culpa minha ou do governo.

—Gosto de meus pais — disse Victoria. —Só que eles pararam de gostar um do outro.

— Você tem irmãos ou irmãs?

—Não, sou filha única.

—Ninguém para tomar conta de você?

—Posso me cuidar muito bem sozinha.

Ele parecia não acreditar.

—Eu vou tomar conta de você — anunciou com toda a pompa.

Depois daquela noite Victoria não tornou a ver Oliver Dobbs por duas semanas e, naquela ocasião, achou que nunca mais o veria de novo. Até que, numa sexta-feira à noite, sentia-se tão infeliz que compulsivamente realizou uma grande e desnecessária faxina no apartamento, e depois resolveu lavar os cabelos.

No momento em que estava ajoelhada com a cabeça debaixo do chuveiro, ouviu a campainha tocar. Enrolando-se numa toalha, correu para abrir a porta: era Oliver. Victoria ficou tão feliz em vê-lo que as lágrimas brotaram sem parar; ele entrou, fechou a porta e, sem mais demora, envolveu-a em seus braços ao pé da escada. Enxugou suas lágrimas com a ponta da toalha e então subiram. Ele retirou uma garrafa de vinho de dentro do bolso do casaco, ela foi apanhar os copos e sentaram-se junto ao aquecedor. Quando terminaram de beber, ela foi até o quarto vestir-se e pentear sua longa e úmida cabeleira loura, e Oliver sentou-se na beira da cama observando-a. Em seguida, levou-a para jantar fora. Não houve desculpas nem justificativas pelas duas semanas de silêncio. Ele estivera em Birmingham, e isso foi tudo o que disse. Jamais ocorreu a Victoria perguntar o que ele fora fazer lá.

Esse foi o padrão de relacionamento entre eles. Oliver vinha e partia da vida dela, imprevisível, e, no entanto, estranhamente regular. A cada retorno, ela nunca ficava sabendo onde ele estivera. Talvez Ibiza. Ou talvez conhecera algum dono de chalé em Gales. Ele não era apenas imprevisível, era estranhamente reservado. Nunca falava sobre seu trabalho, e ela nem mesmo sabia onde ele morava, exceto que era num porão na rua Fulham. Sempre mal-humorado, por uma ou duas vezes ela vivenciou um lance terrível de seu temperamento incontrolável, mas tudo aquilo parecia parte aceitável do fato dele ser um escritor e um verdadeiro artista. E havia o outro lado da moeda. Era divertido e amoroso, e uma excelente companhia. Era como ter a boa sorte de possuir um irmão mais velho e ao mesmo tempo irresistivelmente atraente. Quando não estavam juntos ela dizia a si mesma que ele estava trabalhando. Ela o imaginava batendo à máquina, escrevendo e reescrevendo, rasgando papéis, recomeçando, nunca atingindo seus próprios objetivos de perfeição. Algumas vezes ele aparecia com algum dinheiro para gastar com ela. Em outras, estava sem um tostão e Victoria providenciava as compras e cozinhava para ele no apartamento de Mews, e comprava uma garrafa de vinho e cigarros, pois sabia que ele adorava fumar.

Veio uma fase ruim, quando ele se atolou num mar de desânimo. Nada dava certo para ele, que não conseguia vender nada, e foi então que arranjou um emprego noturno num pequeno café, empilhando pratos sujos na máquina de lavar louça. Depois disso, as coisas começaram a melhorar novamente. Ele vendeu um programa para o Canal Independente de Televisão, embora continuasse a lavar pratos para poder pagar o aluguel.

Victoria não tinha outros amigos homens, e não os queria. Por alguma razão, jamais imaginou Oliver com outra mulher. Não havia ocasião para ciúmes. O que Oliver lhe dava não era muito, mas era o bastante.

A primeira vez que ouviu falar em Jeannette Archer foi quando Oliver lhe contou que iria se casar.

Foi no início do verão, e as janelas do apartamento de Victoria estavam abertas para o condomínio. Abaixo, a Sra. Tingley, do número quatorze, plantava gerânios em seus vasos decorativos, e o homem que vivia duas portas abaixo

41

lavava o seu carro. Pombos arrulhavam do alto dos telhados, e o rumor distante do tráfego era amenizado pelas árvores lotadas de folhas. Eles estavam sentados no banco junto à janela, e Victoria pregava um botão no casaco de Oliver. Não havia caído, mas ia cair, e ela se oferecera para repregá-lo. Encontrara agulha e linha, e quando estava dando um nó na linha, Oliver falou:

— O que você diria se eu lhe contasse que vou me casar?

Victoria empurrou a agulha direto em seu próprio polegar. A dor foi rápida, mas excruciante. Cuidadosamente, ela puxou a agulha e viu a gota vermelha de sangue engrossar e crescer.

— Chupe isso depressa ou vai pingar por todo o meu casaco — disse Oliver; mas ela não o fez, e ele agarrou-lhe o pulso e enfiou o polegar dentro de sua boca. Seus olhos se encontraram.

— E não me olhe desse jeito — disse ele.

Victoria olhou para o seu polegar. Latejava como se alguém o tivesse atingido com um martelo.

— Não conheço outro modo de olhar — ela retrucou.

— Bem, então diga alguma coisa. Só não fique me olhando como uma demente.

— Não sei o que devo dizer.

— Pode me desejar boa sorte.

— Eu não sabia... que você... quero dizer, não sabia que você estava... — Ela tentava, mesmo naquela horrível situação, ser racional, educada, diplomática. Mas Oliver desprezou tais eufemismos e a interrompeu brutalmente.

— Quer dizer que nunca se deu conta de que havia mais alguém? Ora, isso é uma linha diretamente saída de um romance antiquado. Do tipo que minha mãe lê.

VICTORIA

— Quem é ela?
— Chama-se Jeannette Archer. Tem vinte e quatro anos, foi primorosamente educada, tem um belo apartamento e um belo carrinho, e um bom emprego, e estamos vivendo juntos nos últimos quatro meses.
— Pensei que você morava na Fulham.
— E moro, de vez em quando, mas ultimamente não.
— Você a ama? — ela perguntou. Simplesmente porque precisava saber.
— Victoria, ela está grávida. Os pais dela querem que eu me case para que o bebê possa ter um pai. Parece ser muito importante para eles.
— Eu achava que você não tinha consideração por pais.
— E não tenho, se são como os meus, queixosos e sem sucesso. Acontece, porém, que esses pais, em particular, têm muito dinheiro. E eu preciso de dinheiro. Preciso de dinheiro para comprar tempo para escrever.

Ela sabia que não deveria chorar. O dedo ainda doía. Os olhos estavam cheios d'água, mas como não queria que ele visse seu rosto assim, baixou a cabeça e tentou costurar o botão, porém as lágrimas transbordaram e caíram pelas faces, lágrimas enormes sobre o veludo cotelê do casaco dele.

— Não chore — disse ele. Pôs a mão sob seu queixo e levantou-lhe o rosto molhado.
— Eu te amo — disse Victoria.

Ele inclinou-se, beijando sua face.

— Mas acontece — disse ele — que você não vai ter um bebê.

O relógio sobre o console da lareira surpreendeu-a quando bateu, em badaladas metálicas, sete horas. Victoria

43

olhou-o sem acreditar, e depois para o seu relógio de pulso. Sete horas. O disco de Rossini já terminara há muito, a borra de café em sua caneca eram pedras geladas, lá fora ainda chovia, e em meia hora ela deveria estar numa festa em Campden Hill.

Foi tomada pelo costumeiro pânico de quem perde a noção do tempo, e todos os pensamentos sobre Oliver Dobbs foram momentaneamente esquecidos. Victoria levantou-se e fez um número de coisas em rápida sucessão. Levou a caneca de café de volta para a cozinha, ligou o chuveiro, foi até o quarto, abriu o guarda-roupa e retirou diversas roupas, porque nenhuma lhe parecia apropriada. Despiu-se e procurou por meias. Pensou em chamar um táxi. Pensou em ligar para a Sra. Fairburn e dar como pretexto uma dor de cabeça, e depois, pensou melhor, afinal os Fairburn eram amigos de sua mãe, o convite fora feito com antecedência, e Victoria tinha horror em provocar desfeitas. Entrou no banheiro cheio de vapor, fechou as torneiras e espalhou um pouco de óleo perfumado na água. O vapor ficou aromático. Puxou o cabelo para dentro da touca de banho, espalhou creme frio nas faces e limpou tudo de novo com um lenço de papel. Em seguida mergulhou na água escaldante.

Quinze minutos depois já estava vestida. Uma camisa de gola rulê em seda preta com uma bata rústica bordada por cima. Meias pretas, sapatos pretos de salto alto. Passou rímel em seus grossos cílios, ajustou os brincos, e perfumou-se um pouco.

Agora, um casaco. Puxou as cortinas e abriu a janela, dobrando-se para sondar o tempo. Estava muito escuro e ainda ventava, mas a chuva, pelo menos naquele momento, parecia ter cessado. Abaixo, o condomínio estava quieto.

VICTORIA

As pedras arredondadas da calçada brilhavam como escamas de peixe, poças negras refletiam a luz das antigas luminárias da rua. Um carro dobrava a esquina, passando sob o arco. Avançava pelo condomínio como um gato vadio à espreita de uma presa. Victoria pôs o corpo para dentro e fechou a janela e as cortinas. Apanhou um velho casaco de pele atrás da porta, ajeitou-se sentindo o conforto familiar, verificou se estava com as chaves e a carteira, desligou o aquecedor e todas as luzes do andar de cima, e se preparou para descer as escadas.

Estava no primeiro degrau quando a campainha da porta tocou.

— Droga! — exclamou. Provavelmente seria a Sra. Tingley pedindo leite emprestado. Ela sempre esquecia de comprar. E iria querer parar e conversar. Victoria desceu depressa os degraus e abriu a porta num rompante.

Do outro lado, sob uma lâmpada, o "gato vadio" estava estacionado. Era um grande Volvo antigo. Não havia, porém, sinal do motorista. Intrigada, ela hesitou, e já ia investigar quando, das sombras ao lado da porta, alguém moveu-se silenciosamente para a frente causando em Victoria um susto tão grande que ela quase desfaleceu. Ao ouvir seu nome, foi como se ela tivesse caído do alto de um prédio de 23 andares num elevador desgovernado. O vento soprou um recorte de jornal do tamanho de Mews. Podia ouvir as batidas do próprio coração.

— Eu não sabia se você ainda estava morando aqui.

Estas coisas não acontecem, ela pensou. Não com pessoas comuns. Só acontecem em livros.

— Pensei que você poderia ter-se mudado. Tinha certeza de que você havia mudado.

Ela negou, com um movimento de cabeça.

—Já faz um bom tempo.

Com a boca ressecada, Victoria murmurou: —Sim.

Oliver Dobbs. Ela procurou ver se havia mudanças nele, mas não encontrou nenhuma. O cabelo era o mesmo, a barba, os olhos claros, a voz profunda e gentil. Usava o mesmo estilo de roupa, trajes surrados e informais que, devido a sua altura, não pareciam nem um pouco surrados, porém distintos e esquematizados.

—Parece que você está de saída —ele falou.

—Sim, estou. E atrasada. Mas... —Ela deu alguns passos para trás. —... É melhor você entrar e sair do frio.

—Posso mesmo?

—Sim. —Mas ela repetiu: —Tenho de sair. —Como se sua saída fosse uma espécie de escapada estratégica de uma situação possivelmente impossível. Virou-se para indicar-lhe o caminho até o andar de cima. Ele começou a segui-la e então hesitou.

—Deixei meus cigarros dentro do carro —ele disse.

Oliver saltou para o lado de fora. A meio caminho, na escada, Victoria esperou. Ele voltou em um momento, fechando a porta atrás de si. Ela subiu, acendeu a luz e virou-se de costas para o aquecedor desligado.

Ele a seguiu com os olhos alertas, instantaneamente esquadrinhando a sala arrumada, as paredes claras, os panos de chita estampados com flores da primavera. Um guarda-louça de canto em pinho, que Victoria encontrara numa loja de móveis usados que ela mesma reformara, seus quadros, seus livros.

Ele sorriu satisfeito.

—Você não mudou nada aqui. Está exatamente como me lembro. Que maravilhoso encontrar algo que não tenha mudado. — Seus olhos voltaram-se para o rosto dela. —

VICTORIA

Achei que tinha ido embora. Que havia se casado com algum rapaz e saído daqui. Tinha certeza de que a porta seria aberta por um completo estranho. E aí está você. Como um milagre. Victoria descobriu que não conseguia pensar em absolutamente nada para dizer. E pensou: "Fiquei subitamente muda". Procurando palavras, passeava os olhos pela sala. Debaixo da estante de livros havia um armário onde ela guardava uma pobre coleção de garrafas.

— Gostaria de tomar um drinque?

— Sim, gostaria muito.

Ela largou a bolsa e foi até o armário, agachando-se. Havia xerez, meia garrafa de vinho, uma garrafa de uísque quase vazia. Ela retirou a garrafa de uísque.

— Receio que não tenha muito.

— Está maravilhoso. — Ele se aproximou e tomou a garrafa de suas mãos. — Eu sirvo. — E desapareceu pela cozinha, sentindo-se em casa no apartamento dela, como se tivesse ido embora apenas um dia antes. Ela escutou o tilintar de vidro e o líquido caindo no copo.

— Quer um? — perguntou ele.

— Não, obrigada.

Ele surgiu da cozinha com o drinque nas mãos.

— Onde é a festa que você está indo?

— Campden Hill. Na casa de alguns amigos de minha mãe.

— Vai até tarde?

— Acho que não.

— Você volta para jantar?

Victoria quase gargalhou com a pergunta, porque aquele era Oliver Dobbs, aparentemente convidando-a para um jantar em seu próprio apartamento.

— Imagino que sim.

47

— Então você vai para a sua festa e eu vou esperar aqui. — Olhando a reação em seu rosto, acrescentou rapidamente: — É importante. Quero conversar com você. E preciso de tempo para isso.

Soava sinistro, como se alguém estivesse atrás dele, feito a polícia ou algum malandro do Soho, com um canivete.

— Não há nada de errado, há?

— Como você parece ansiosa! Não, nada de errado. — E acrescentou, de modo prático: — Tem alguma comida em casa?

— Tem um pouco de sopa. E também bacon e ovos. Posso fazer uma salada. Ou, se você preferir, poderemos sair. Há um restaurante grego perto da esquina, acabou de inaugurar...

— Não, não poderemos sair. — Soava tão definitivo que Victoria ficou apreensiva novamente.

Ele continuou: — Eu não queria contar a você imediatamente até saber como você estava. O problema é que há mais alguém no carro. Somos dois.

— Dois!? — Ela imaginou uma namorada, um companheiro bêbado ou até mesmo um cachorro.

Em resposta, Oliver largou o copo de uísque e desapareceu mais uma vez pela escada abaixo. Ela escutou a porta abrir-se e os passos dele atravessando a rua. Dirigiu-se até o topo da escada para esperar. Ele deixara a porta aberta, e, quando reapareceu, fechou-a cuidadosamente com o pé. O motivo de ter feito aquilo era que seus braços estavam ocupados com o peso de um grande e compassivamente adormecido bebê.

3

SEXTA-FEIRA

Eram sete e quinze da noite, fim de um dia estafante, quando John Dunbeath entrou com seu carro na quadra relativamente calma de Cadogan Place, desceu pelo estreito espaço entre as fileiras de carros estacionados e colados um no outro, e estacionou numa vaga apertada, não muito longe de sua própria porta. Desligou o motor e os faróis, e pegou sua pasta estufada e a capa de chuva no banco traseiro. Saiu do carro e o trancou.

Havia deixado o escritório e dado início à sua provação diária: a jornada para casa, numa chuva torrencial, que, entretanto, meia hora depois, parecia estar diminuindo um pouco. Ainda ventava, e o céu, bronzeado pelo reflexo brilhante das luzes da cidade, estava repleto de nuvens ameaçadoras. Depois de ficar dez horas numa atmosfera superaquecida, o ar da noite parecia-lhe fresco e revigorante. Andando lentamente pela calçada, com a pasta batendo de encontro à perna, ele respirou duas vezes profunda e conscientemente, e sentiu-se refrescado pelo vento frio.

Com o chaveiro nas mãos, subiu os degraus que levavam à porta da frente. Ela era negra, com a maçaneta em bronze e uma caixa de correio que o porteiro polia todas as manhãs. O antigo casarão londrino fora dividido em apartamentos algum tempo atrás. O vestíbulo e a escada, embora acarpetados e bem arrumados, eram mal ventilados, cheirando sempre a mofo. Um lugar claustrofóbico com a calefação central. Aquele odor o golpeou, como golpeava-o todas as noites. Ele fechou a porta, apanhou a correspondência do escaninho e subiu.

Morava no segundo andar, em um apartamento que fora habilidosamente montado a partir dos quartos principais da casa original. Era um apartamento mobiliado, encontrado por um colega quando John deixara Nova Iorque e fora trabalhar em Londres, na sede da empresa Warburg Investimentos. Ele aterrissara no aeroporto de Heathrow, em um avião vindo do aeroporto Kennedy, e imediatamente tomara posse dele. Agora, seis meses mais tarde, o lugar já lhe era familiar. Não um lar, no entanto bem familiar. O ambiente ideal para um homem solteiro.

Entrou, acendeu as luzes e viu sobre a mesa do saguão um recado da Sra. Robbins, a diarista a quem o porteiro havia recomendado para fazer a limpeza a cada manhã. John só a vira uma vez, quando lhe dera a chave e dissera mais ou menos o que desejava que fizesse. A Sra. Robbins deixou claro que suas instruções eram completamente desnecessárias. Ela era altiva, portentosamente provida de chapéu, e usava a sua respeitabilidade como uma armadura. Ao final do encontro, ele estava plenamente consciente de que não a entrevistara, e sim que a Sra. Robbins o avaliara. Todavia, parecia que ele fora aprovado, e ela prontamente encarregou-se dele, junto com uma ou duas outras pessoas privilegiadas que também habitavam o casarão. Desde então, nunca mais pusera os olhos nela; correspondiam-se por meio de bilhetes que deixavam um para o outro, e ele pagava-a, semanalmente, do mesmo modo.

John largou a pasta, pendurou a capa de chuva nas costas de uma cadeira, apanhou o bilhete da Sra. Robbins, juntamente com o restante da correspondência, e levou tudo até a sala de estar. O cômodo era todo marrom e bege, completamente impessoal. Quadros alheios estavam pendurados na parede; livros alheios preenchiam as prateleiras que ladeavam a lareira, e ele não sentia nenhum desejo especial de que fosse diferente.

Entretanto, algumas vezes sem motivo particular, o vazio de sua vida pessoal, a necessidade de ser bem recebido, de amor, esmagavam-no, desmoronando as cuidadosas barreiras que dolorosamente havia construído. Nessas ocasiões ele não conseguia deter a enxurrada de lembranças do passado, tais como chegar em casa, em um maravilhoso e esplendoroso apartamento em Nova Iorque, com o assoalho branco e tapetes brancos e uma espécie de perfeição decorativa que Lisa alcançara com seu bom gosto para cores, sua paixão por detalhes e sua total falta de consideração pela conta bancária do marido. E, inevitavelmente, Lisa, esperando por ele — essas recordações pertenciam ao início do casamento — tão bonita de cortar a respiração, vestindo uma roupa transparente da coleção la Renta e exalando um perfume insuportavelmente exótico. E então o beijava, servia-lhe um martini, e demonstrava alegria em vê-lo.

Contudo, na maioria das vezes, como nesta noite, ele estava satisfeito com a tranqüilidade, a paz; o tempo para ler a correspondência, tomar um drinque, renovar-se após o dia de trabalho. Rondou a sala acendendo as luzes; ligou o aquecedor elétrico e imediatamente uma fogueira de troncos rústicos tremeluziu na pseudolareira. Puxou as cortinas de veludo marrom e serviu-se de um *scotch*, e só então decidiu ler a mensagem da Sra. Robbins.

Seus bilhetes eram sempre curtos e abreviados, conferindo-lhes a importância de um telegrama.

Lavanderia perdeu par meia e 2 lenços.

Senhorita Mansell telefonou ligar ela noite.

John passou os olhos pelo restante da correspondência. Um extrato bancário, um relatório da empresa, dois convites, uma carta de sua mãe. Colocando tudo de lado para ver mais tarde, sentou-se no braço do sofá, apanhou o telefone e discou um número.

Uma voz ofegante atendeu quase que imediatamente, como sempre, como se estivesse eternamente com uma pressa furiosa.

— Alô?

— Tania.

— Querido. Achei que não ligaria nunca.

— Desculpe-me, só cheguei agora. Acabei de ler o seu recado.

— Oh, pobrezinho, você deve estar exausto. Escute, algo muito louco aconteceu e não poderei sair com você esta noite. O problema é que estou indo para o campo *agora*. Mary Colville telefonou esta manhã e vai apresentar uma dança hoje à noite; entretanto, algumas garotas pegaram gripe e ela está desesperada com alguns números, e simplesmente eu tive de dizer que iria até lá. Tentei dizer não e explicar sobre esta noite, mas ela disse que *você* poderia encontrar-me no final de semana, ou seja, amanhã.

Ela parou de falar, não porque não tivesse muito mais para dizer, mas porque estava sem fôlego. John percebeu-se sorrindo. Sua enxurrada de palavras, seu estilo esbaforido, seus compromissos sociais confusos eram parte do charme pelo qual ele se deixava seduzir, principalmente porque ela era tão diatralmente o oposto de sua ex-esposa. Tania precisava ser eternamente organizada, entretanto era tão dispersiva, que a idéia de organizar John jamais conseguira penetrar em sua linda cabeça-de-vento.

Ele olhou para o relógio e concluiu:

— Se tem de estar em algum jantar comemorativo no campo ainda esta noite, não está se estendendo um pouco demais?

— Oh, querido, sim, vou chegar desesperadamente atrasada; entretanto, em hipótese alguma não era isso o que você deveria dizer. Deveria estar desesperadamente desapontado.

— Claro que estou desapontado.

— E irá para o campo amanhã?

— Tania, não posso. Só soube hoje. Preciso ir ao Oriente Médio. Parto amanhã de manhã.

— Oh, não vou agüentar. Quanto tempo vai ficar lá?

— Poucos dias. Creio que uma semana no exterior. Depende de como as coisas se desenrolarão.

— Vai me telefonar quando chegar?

— Sim, com certeza.

— Telefonei para Imogen Fairburn e contei que não poderia ir esta noite; ela entendeu e disse que está ansiosa para ver você, mesmo que eu não possa estar lá também. Oh, querido, não é tudo tão cruel? Você está furioso?

— Furioso — tranqüilizou ele, gentilmente.

— Entretanto, compreende, não é?

— Compreeendo perfeitamente. Agradeça a Mary pelo convite e explique por que não vou poder ir.

— Sim, explico, claro que explico, e...
Outra de suas características é que ela jamais conseguia terminar um telefonema. Ele a interrompeu com firmeza.
— Olhe, Tania, você tem um compromisso esta noite. Desligue o telefone, termine de fazer sua mala e vá. Com sorte, você chegará em Colvilles com não mais do que duas horas de atraso.
— Oh, querido, eu te adoro.
— Eu ligo pra você.
— Por favor. — Ela emitiu sons de beijinhos. — Tchau.
— E desligou.

Ele colocou o aparelho no gancho e ficou olhando, perguntando-se por que não ficava desapontado quando uma mulher charmosa e insinuante lhe dava o bolo em troca de um convite mais estimulante. Meditou sobre o problema por um momento, e finalmente chegou à conclusão de que aquilo não tinha a menor importância. Assim, discou para o restaurante Annabel cancelando a mesa que reservara para aquela noite, terminou seu drinque e foi tomar uma chuveirada.

Quando já estava de saída para a casa dos Fairburns, John recebeu um telefonema de seu vice-presidente, o qual, durante o itinerário para casa no Cadillac da empresa, tinha tido uma ou duas idéias importantes para lhe comunicar sobre a viagem a Bahrain. Discutir o assunto, analisar e anotar tudo levou uns bons quinze minutos, por isso John chegou em Campden Hill quarenta e cinco minutos atrasado.

Obviamente, a festa já havia começado. A rua se encontrava lotada de carros — o que o fez perder outros cinco frustrantes minutos para encontrar uma vaga e estacionar o carro — luzes e um rumor constante de vozes emanavam por trás das cortinas das altas janelas do primeiro andar. Ao apertar a campainha, a porta foi quase instantaneamente aberta por um homem (contratado para a ocasião) em uma casaca branca, que disse "boa noite" e guiou John até a escada.

Era uma casa agradável e familiar, decorada com requinte, os grossos tapetes exalando um cheiro extravagante de estufa de plantas. À medida que John subia os degraus, o som de vozes crescia ensurdecedoramente. Através da porta aberta que dava para a sala de visitas de Imogen, ele pôde discernir uma multidão anônima. Alguns bebiam e provavam canapés, outros fumavam, todos com a intenção de falar cada vez mais. Um casal estava sentado no topo da escada. John sorriu e pediu licença para passar.

Ao lado da porta aberta, a mesa estava posta como um bar e outro garçom contratado se encontrava lá de plantão.

— Boa-noite, senhor. O que vai querer?

— *Scotch* e soda, por favor.

— Naturalmente que com gelo, senhor.

John abriu um sorriso. O *naturalmente* significava que o garçom o tomara pelo americano que era.

— Naturalmente — disse John, e pegou a bebida. — Como posso encontrar a Sra. Fairburn?

— Receio que terá de entrar e procurar por ela, senhor. Como uma agulha num palheiro, eu diria.

John concordou, tomou um tímido trago de uísque para criar coragem e foi para o salão.

Não foi tão ruim como se poderia imaginar. Foi reconhecido, cumprimentado e, quase ao mesmo tempo, arrastado para um grupo que lhe ofereceu um rolo de salmão defumado, um cigarro e uma informação confidencial sobre corrida de cavalos.

— Absolutamente certo, meu rapaz, trinta e três em Doncaster amanhã.

Uma jovem conhecida aproximou-se e o beijou; ele suspeitou de que ela marcara seu rosto com batom. Um jovem alto, junto a um senhor calvo, disse: — Você é John Dunbeath, não é? Meu nome é Crumleigh. Conheci seu antecessor. Como estão as coisas no banco?

John estava segurando seu drinque, quando um garçom rapidamente serviu-lhe mais bebida enquanto ele estava distraído. Alguém pisou no seu sapato. Um rapaz muito jovem, usando uma gravata militar, materializou-se ao seu lado trazendo, sob protestos, uma jovem pelo braço. Aparentava dezessete anos de idade, e seu cabelo parecia uma penugem.

— ... Esta moça quer conhecê-lo. Estava olhando para você do outro lado da sala.

— Oh, Nigel, você é *horroroso*.

Felizmente, John localizou sua anfitriã. Pediu desculpas e, com alguma dificuldade, se esgueirou pela sala ao encontro dela.

— Imogen.

— John! Querido!

Ela era extremamente bonita. Cabelos grisalhos, olhos azuis, a pele macia como a das jovens, gestos despudoradamente provocativos.

Ele a beijou educadamente, porque era óbvio que esperava ser beijada, levantando o rosto em flor virado para ele.

— Esta é, sem dúvida, uma festa.

— Estou radiante em ver você. Infelizmente, Tania não pôde vir. Ela telefonou, disse alguma coisa sobre ter que ir para o campo. Ah, que decepção. Desejava tanto ver *ambos*. Mas você veio, e isso é tudo o que interessa. Já falou com Reggie? Ele está ansioso para bater um longo e tedioso papo com você sobre a bolsa de valores ou algo assim. — Um casal rondava, esperando para se despedir. — Não vá embora — disse Imogen a John pelo canto da boca, e então virou-se toda sorrisos. — Queridos. Vocês realmente precisam ir? Que tristeza. Que ótimo ver vocês. Que bom que gostaram... — Ela voltou-se para John. — Olhe, já que Tania não veio e você está por conta própria, há uma jovem que deve conhecer e conversar um pouco com ela. É bonita como uma pintura, por isso não vou colocá-lo numa enrascada, e justamente porque ela não conhece quase ninguém aqui. Quer dizer, eu a convidei porque a mãe dela é uma de nossas melhores amigas; entretanto, por algum motivo ela parece um pouco desnorteada. Seja bonzinho, seja um anjo com ela.

John, cujas maneiras em uma festa tinham sido rigorosamente treinadas por sua mãe americana (Imogen sabia disso, pois de outra forma jamais teria feito o apelo), disse que ficaria encantado. Entretanto, onde estava a garota?

Imogen, que não era alta, ficou na ponta dos pés e olhou em volta.

— Lá. Naquele canto. — Sua pequenina mão feminina fechou-lhe o pulso como um torno. — Vou levá-lo a ela e fazer as apresentações.

E assim fez, abrindo caminho pela sala asfixiante sem largar um instante sequer o pulso de John. Querendo ou não, John seguiu-a de perto, sentindo-se como um navio preso a um reboque. Chegaram afinal ao que parecia ser um canto tranquilo da sala, talvez porque estivesse longe da porta e do bar; de repente havia espaço para ficar em pé, mover os cotovelos ou até mesmo sentar.

— Victoria.

Ela estava empoleirada no braço de uma poltrona, conversando com um senhor idoso, que obviamente devia estar indo para outra festa, pois usava *smoking* e gravata-borboleta. Quando Imogen disse seu nome, ela se levantou; entretanto, se foi por polidez para com Imogen ou para escapar de sua companhia, ficou impossível de dizer.

— Victoria, espero não estar interrompendo alguma coisa absolutamente importante, entretanto eu quero que conheça John. A namorada dele não pôde vir hoje e eu quero que você seja imensamente gentil com ele. — John, embaraçado por ele e pela garota, continuou com um sorriso educado. — Ele é americano e é um dos meus amigos favoritos...

Com um pigarro e um pequeno e imperceptível gesto de despedida, o senhor de *smoking* também se levantou e pôs-se a caminho.

— ... e John — a pressão em seu pulso ainda não fora relaxada. Talvez a corrente sangüínea até a sua mão já tivesse sido interrompida e a qualquer momento seus dedos iriam começar a cair — esta é Victoria. A mãe dela é uma das minhas melhores amigas, e quando Reggie e eu fomos à Espanha no ano passado, passamos um tempo com ela. Em Sotogrande. Na casa mais paradisíaca que já se viu. Então, agora vocês têm *montes* de coisas para conversar.

Por fim, Imogen largou de seu pulso. Foi como se lhe tirassem algemas.

— Alô, Victoria — ele disse.

— Alô — ela respondeu.

Imogen escolhera as palavras erradas. Ela não era bonita como uma pintura. Entretanto, possuía uma aparência

VICTORIA

limpa, imaculada, que o fizera lembrar, com alguma nostalgia, as garotas americanas que conhecera em sua juventude. Seu cabelo era louro e sedoso, liso e comprido, cortado artisticamente para enquadrar a face. Seus olhos eram azuis, as feições do rosto elegantes, a cabeça apoiando-se em um longo pescoço e ombros estreitos. Tinha um nariz pequeno, cândidas sardas, e uma boca extraordinária, doce e expressiva, com uma covinha em um dos cantos.

Era uma espécie de rosto ao ar livre. O tipo de rosto que se espera encontrar na cana do leme de um veleiro ou no alto de alguma arrepiante pista de esqui; não em um coquetel em Londres.

— Imogen disse Sotogrande?
— Sim.
— Há quanto tempo sua mãe mora lá?
— Há cerca de três anos. Já esteve em Sotogrande?
— Não, mas tenho amigos que vão lá jogar golfe sempre que podem.
— Meu padrasto joga golfe todos os dias. Este é o motivo de terem ido viver lá. A casa deles fica perto do campo de golfe. Ele põe o pé fora do portão e já está jogando no décimo buraco. Fácil demais.
— Você joga golfe?
— Não. Entretanto há outras coisas para se fazer. Pode-se nadar. Jogar tênis. Montar a cavalo, se quiser.
— O que você faz lá?
— Bem, não vou lá com muita freqüência, mas jogo tênis na maioria das vezes.
— Sua mãe costuma visitar a Inglaterra?
— Sim, duas ou três vezes por ano. Ela faz incursões em galerias de arte, assiste a meia dúzia de peças teatrais, compra algumas roupas e depois volta para casa.

Ele sorriu, e ela devolveu-lhe o sorriso. Fez-se uma pequena pausa. O tema Sotogrande pareceu ter-se exaurido. Ela olhou-o por cima do ombro, e, então, rapidamente, como se não quisesse parecer mal-educada, voltou os olhos para o seu rosto. Ele imaginou se ela estaria esperando alguém.

—Conhece muitas pessoas aqui? —ele perguntou.

—Não, na verdade não. Na verdade, ninguém. —Em seguida acrescentou: —Pena que a sua namorada não pôde vir.

—Como disse Imogen, ela precisou ir para o campo.

—Sim. —Ela parou para apanhar um punhado de nozes de uma travessa que fora colocada numa mesinha baixa. E começou a comê-las, uma de cada vez.

—Imogen disse que você é americano?

—Sim.

—Não tem sotaque de americano.

—Qual é o meu sotaque?

—Uma espécie de meio do caminho. Meio-atlântico.

John ficou impressionado. —Você tem um ouvido aguçado. Minha mãe é americana e meu pai, britânico. Quer dizer... meu pai é escocês.

—Então você é realmente britânico?

— Tenho dois passaportes. Um deles é dos Estados Unidos, onde nasci.

—Em que lugar?

—Colorado.

—Sua mãe esquia o tempo todo ou os seus pais moram lá?

— Não, eles vivem lá. Têm uma fazenda em Southwest, Colorado.

—Nem imagino onde fica.

VICTORIA

—Norte do Novo México. Oeste das Montanhas Rochosas. Leste de San Juan.
—Teria de olhar num atlas. Entretanto, parece espetacular.
—É espetacular.
—Você montou a cavalo antes de andar?
—Quase isso.
—Posso imaginar — ela disse, e ele teve o estranho pressentimento de que ela provavelmente podia. —Quando você partiu do Colorado?
Então contou-lhe.
—Aos onze anos de idade fui mandado para a escola. Depois vim para este país e fui para Wellington, porque meu pai havia estudado lá. Mais tarde fui para Cambridge.
—Você realmente tem dupla nacionalidade, não é? O que aconteceu depois de Cambridge?
—Voltei a Nova Iorque para um revezamento e agora estou de volta a Londres. Estou aqui desde o verão.
—Você trabalha para uma empresa americana?
—Um banco de investimentos.
—Visita o Colorado?
— Claro, sempre que posso. Mas faz algum tempo que não apareço por lá porque tenho andado bastante ocupado por aqui.
—Está gostando de morar em Londres?
—Sim, muito. — Victoria ficou pensativa.
—Ele sorriu. —E você, não?
—Sim, mas porque conheço a cidade muito bem. Quer dizer, não consigo me imaginar vivendo em outro lugar.
Por algum motivo, veio outra calmaria. Mais uma vez ela desviou os olhos, só que agora para o relógio de ouro em seu pulso fino. Uma bela garota olhar para o relógio

61

enquanto conversava era uma experiência a que John Dunbeath não estava acostumado. Ele achou que deveria se irritar, mas, em vez disso, percebeu que estava se divertindo, embora o jogo estivesse contra ele.

— Está esperando alguém? — perguntou.

— Não.

John notou no rosto dela uma expressão secreta; serena, educada, mas secreta. Ficou pensando se ela seria sempre assim, ou se as linhas de comunicação entre eles haviam sido interrompidas pela impossibilidade mortal de se conversar realmente naquela festa. De modo a manter a conversação, ela lhe havia feito algumas perguntas amistosas, porém ele não tinha muita certeza se ela escutara metade de suas respostas educadas. Falaram de banalidades, mas não haviam descoberto nada a respeito um do outro. Talvez ela quisesse desse jeito. Ele não sabia se ela estava totalmente desinteressada ou se simplesmente era tímida. Naquele momento, ela mais uma vez passeou os olhos pela sala cheia, como se procurasse desesperadamente meios de escapar, deixando-o intrigado e imaginando qual o motivo dela ter ido àquela festa.

Repentinamente exasperado e pronto a deixar as formalidades de lado, ele quase lhe fez a pergunta, mas ela se antecipou anunciando, sem delongas, que era hora de ir embora. — Está ficando tarde. Parece que estou aqui há anos. — Imediatamente se deu conta de que aquela observação não era exatamente um elogio para ele. — Desculpe-me, não quis dizer isso. É que parecia realmente que eu estava *aqui* há anos. Quer dizer, na festa... eu... eu gostei muito de conhecer você, contudo não devo sair muito tarde. — John ficou calado. Ela abriu um sorriso radiante, cheio de promessas.

— Preciso ir para casa.

— E onde é que fica a sua casa?

— Pendleton Mews.
— Fica pertinho da minha. Eu moro em Cadogan Place.
— Oh, que legal. — Agora ela imprimiu um tom de ansiedade. — É tranqüilo lá, não é?
— Sim, é bem tranqüilo.
Ela largou o copo e ajeitou a alça da bolsa sobre o ombro.
— Bem, então, vou me despedir...
Nesse momento ele foi tomado por uma estranha e forte contrariedade, e refletiu que estaria condenado se se deixasse levar daquela forma. Em todo caso, com seu uísque no final e sem Tania para dar atenção, a festa já azedara para ele. O dia seguinte e a longa viagem até Bahrain se agigantavam ocupando sua mente. Ele ainda não tinha arrumado a bagagem, checado a papelada e deixado recados para a Sra. Robbins.
— Estou indo também — resolveu ele.
— Mas você acabou de chegar.
Bebendo o último gole, largou o copo vazio. — Vou levá-la em casa.
— Não precisa.
— Eu sei que não preciso, mas posso levá-la.
— Eu vou pegar um táxi.
— Para que pegar táxi se vamos na mesma direção?
— Não há necessidade...
John já estava se chateando com aquela conversa maçante. — Não tem problema. Também não quero chegar tarde em casa. Tenho de pegar um avião amanhã cedo.
— Para a América?
— Não, para o Oriente Médio.
— O que vai fazer lá?
Ele colocou a mão sob o cotovelo dela a fim de acompanhá-la até a porta.

—Conversar — respondeu ele.

Imogen ficou surpresa por John prontamente ter se dado tão bem com a filha de sua queridíssima amiga, e sentiu uma ponta de irritação por ele ter ficado tão pouco tempo em sua festa.

—Mas, John, querido, você acabou de chegar.

—A festa está ótima, mas estou indo para o Oriente Médio amanhã; o vôo é de manhã cedo, e...

—Amanhã é *sábado*. É tão cruel ter que viajar num sábado. Acho que isso é o que acontece quando se é jovem magnata. Gostaria que pudesse ficar um pouco mais.

—Eu também gostaria, mas realmente tenho que ir.

—Bem, foi divino e encantador você ter vindo. Falou com Reggie? Não, creio que não; no entanto explicarei a ele o que está acontecendo, mas você terá de prometer vir jantar aqui em casa logo que voltar para Londres. Até logo, Victoria. Foi ótimo ver você. Vou escrever para sua mãe contando que você está maravilhosa.

No corredor, ele perguntou: —Você trouxe casaco?

—Sim, está lá embaixo.

Desceram. Sobre uma cadeira no saguão havia uma montanha de casacos. Ela apanhou um modelo antiquado de casaco de peles, provavelmente herdado e já bem usado. John ajudou-a a vestir-se. O homem de casaca branca engomada abriu a porta, e eles mergulharam no escuro rumo ao vento frio, andando quase calados pela calçada até onde o carro estava estacionado.

No final da rua da igreja, esperando o sinal abrir, John se deu conta de que estava faminto. Comera um sanduíche no almoço e nada mais. O relógio no painel estava marcando quase nove horas.

O sinal abriu e eles seguiram o fluxo do tráfego em direção a Kensington Gore.

John pensou em ir jantar. Olhou de relance para a jovem ao seu lado. Sua reserva e solidão eram um desafio. Ela o intrigava, e, contra toda a sua racionalidade, percebeu-se com desejos de quebrar-lhe as barreiras, descobrir o que se passava por trás daquele rosto secreto. Era como defrontar-se com um muro alto e um cartaz dizendo *Não ultrapasse*, e imaginando que, além dele, estariam promessas de jardins encantadores e um convidativo passeio à sombra das árvores. Ele notou seu perfil delineado contra as luzes, o queixo enterrado na gola do casaco. E pensou, bem, por que não?

—Quer jantar comigo em algum lugar? —perguntou.

— Oh... — Ela virou-se em sua direção. — Que gentileza.

— Preciso comer alguma coisa; se você quiser me acompanhar...

— Eu apreciaria muito, mas, se não se importa, eu tenho que voltar. Quer dizer, vou jantar em casa. Combinei jantar em casa.

Era a segunda vez que ela mencionava ter que voltar para casa, o que o deixou desconcertado. Haveria implicações com parentes próximos? Quem será que esperava por ela? Uma irmã, um namorado ou... um marido? Tudo era possível.

—Tudo bem. Pensei que você não tinha nada para fazer.

— Realmente é muita gentileza sua, mas não posso...

Fez-se um longo silêncio entre eles, quebrado apenas pela orientação que ela deu para chegar mais facilmente a Pendleton Mews. Quando alcançaram o arco que separava o condomínio da estrada, Victoria disse: — Pode me deixar aqui, eu farei o resto a pé.

Naquele momento ele resolveu que seria teimoso. Se não ia jantar com ele, pelo menos a levaria até a sua porta. Virou o carro na rua estreita sob o arco e foi dirigindo bem devagar, entre as portas de garagem e as portas de entrada social pintadas, ladeadas por vasos onde logo brotariam as flores da primavera. A chuva havia parado, mas a calçada, ainda molhada, brilhava como uma ruazinha do interior à luz de lampião.

— Qual é o número?
— É bem lá no final. Receio que não haja espaço para manobrar. Vai precisar dar marcha à ré.
— Tudo bem.
— É aqui.

As luzes estavam acesas. Brilhavam das janelas do segundo andar e através da portinhola de vidro na porta social pintada de azul. Voltou seus olhos ansiosamente para cima como se esperasse que alguém abrisse subitamente a janela e aparecesse com más notícias.

Entretanto, nada disso aconteceu. Ela saiu do carro e John acompanhou-a, não porque quisesse ser convidado a entrar, mas porque fora meticulosamente educado e as boas maneiras insistiam que uma dama não deveria ser meramente despejada em sua porta, mas sim esperar que sua chave fosse localizada, a porta educadamente aberta, e que ela estivesse seguramente bem.

A moça achou a chave. Abriu a porta. Estava claramente ansiosa para subir a escada.

—Obrigada por me trazer. Foi mesmo muita gentileza sua, não precisava se incomodar...

Ela interrompeu o que estava dizendo. Do andar de cima veio o inequívoco choro de um bebê furioso. O som deixou-os paralisados. Eles se encararam, Victoria parecen-

VICTORIA

do tão surpresa quanto John. O choro continuou, aumentando cada vez mais. Ele esperou algum tipo de explicação, e nada. Na luz clara da escada, ela empalideceu e falou em tom constrangido: — Boa-noite.
Era uma despedida. "Que se dane", pensou. E disse:
— Boa-noite, Victoria.
— Tenha uma boa estada em Bahrain.
"Para o inferno com Bahrain."
— Com certeza.
— E obrigada por me trazer.
A porta azul fechou-se em sua cara. A luz foi apagada. Ele olhou para as janelas acima: um segredo jazia por trás daquelas cortinas fechadas. "Para o inferno você também", murmurou.

Voltando para o carro, saiu a toda velocidade pelos becos do condomínio e entrou na estrada quase arranhando a lateral do veículo na parede do arco. Então, parou subitamente, lutando por recobrar seu natural bom humor.

Um bebê. Mas de quem? Provavelmente dela. Não havia razão para que não pudesse ter um bebê. Só porque ela parecia uma criança, não havia razão para que não tivesse um marido ou um amante. Uma garota com um bebê.

Preciso contar isso a Tania, ele pensou. *Ela vai rir. Você não pôde ir à festa de Imogen, então eu fui sozinho e me vi enganchado com uma garota que tinha de voltar para casa, para cuidar de seu bebê.*

Com sua contrariedade e também fome, abatido, sentiu-se prostrado. Resolveu desistir do jantar, voltar ao apartamento e fazer um sanduíche. Deu partida no carro, e deliberadamente seus pensamentos moveram-se para o dia seguinte: o despertar na madrugada, o caminho até o aeroporto de Heathrow, o longo vôo até Bahrain.

4

SEXTA-FEIRA

Oliver estava sentado no sofá, sustentando a criança em pé sobre seus joelhos. Assim que Victoria subiu a escada, a primeira coisa que viu foi a nuca de Oliver e o rosto redondo, vermelho e inundado de lágrimas, de seu filho. Surpreso com o aparecimento repentino de Victoria, ele parou de chorar por um instante, e então, percebendo que não era alguém que conhecesse, recomeçou a chorar.

Oliver balançou a criança para cima e para baixo, cheio de esperança, mas de nada adiantou. Victoria largou a bolsa e aproximou-se, desabotoando o casaco.

— Há quanto tempo ele está acordado?

— Há uns dez minutos. — A criança berrava furiosamente, e foi preciso que Oliver levantasse a voz para se fazer ouvir.

— O que há de errado com ele?

— Imagino que esteja com fome. — Ele se levantou carregando o seu fardo. O garotinho usava um macacão e um suéter branco pregueado. Seu cabelo era castanho-claro, e os cachos em sua nuca e pescoço estavam emaranhados e úmidos. A única informação que Victoria conseguira extrair de Oliver, antes de sair para a festa dos Fairburns, era que a de que a criança era seu filho, e por isso ela tivera que se dar por satisfeita em deixá-los juntos: o bebê adormecido sobre o sofá e Oliver saboreando tranqüilamente seu uísque com água.

Mas agora... Ela contemplava o quadro com uma contida apreensão. Não entendia nada de bebês. Mal havia segurado um bebê em toda a sua vida. O que eles comiam? O que eles queriam quando choravam com tanta angústia?

— Como ele se chama?

— Tom. — Oliver tentou envolver o bebê em seus braços. — Ei, Tom. Diga alô para Victoria.

Tom deu outra olhadela em Victoria e deixou-os saber, vigorosamente, o que achava dela. Victoria tirou o casaco, jogando-o sobre uma cadeira.

— Quantos anos ele tem?

— Dois.

— Se ele está com fome devemos dar-lhe algo para comer.

— Isso faz sentido.

Oliver não estava ajudando em nada. Victoria foi até a cozinha procurar alguma comida que servisse para um bebê. Arregalou os olhos dentro do armário, e viu sobre as prateleiras temperos, farinha, mostarda, lentilhas, cubos de caldo de carne e sopa em lata.

O que Oliver estava fazendo em seu apartamento, de volta à sua vida após três anos de silêncio? O que ele estava fazendo com a criança? Onde estava a mãe?

Geléia, açúcar, aveia. Um pacote que a mãe de Victoria trouxera, em sua última visita a Londres, com o objetivo de assar alguns biscoitos especiais.

— Será que ele come mingau? — perguntou Victoria.

Oliver não respondeu porque, com os gritos do filho, não ouvira nada; então Victoria foi até a porta e repetiu a pergunta.

—Sim, acho que sim. Acho que ele irá comer qualquer coisa — respondeu Oliver.

Sentindo-se quase exasperada, voltou para a cozinha, encheu uma panela com água, derramou um pouco de aveia, apanhou uma tigela, uma colher, um jarro com leite. Quando começou a cozinhar, baixou o fogo e retornou à sala, reparando que já não era mais sua, pois Oliver se apossara dela. Suas marcas estavam por toda parte, seu copo vazio, seu maço de cigarros, seu filho. O casaco do menino encontrava-se no chão, as almofadas do sofá estavam achatadas, o ar marcado pela tristeza e frustração do bebê.

Victoria não agüentou mais.

— Aqui — disse, tomando a criança nos braços com firmeza. As lágrimas escorriam-lhe pelas faces. — Tome conta do mingau para não queimar — disse para Oliver, e levou o menino para o banheiro.

Revestindo-se de coragem para lidar com fraldas empapadas, ela desabotoou o macacão e descobriu que Tom não estava usando fraldas e que, milagrosamente, estava seco. Não havia, é óbvio, nenhum penico em sua casa sem crianças; porém, com uma certa dose de perspicácia ela o convenceu a usar o sanitário dos adultos. O tratamento gentil fez com que ele parasse de chorar. Ela o elogiou, o que fez o menino levantar os olhos, ainda molhados de lágrimas, em sua direção. Victoria surpreendeu-se com um sorriso repentino. Foi então que Tom descobriu a esponja de banho e começou a mastigá-la. Victoria, de tão agradecida com a interrupção da choradeira, deixou que ele se divertisse. Em seguida, abotoou o ma-

cacão, e lavou o rosto e as mãos do menino. E então o levou de volta para a cozinha.
—Ele foi ao sanitário — contou a Oliver.
Oliver servira-se de outra dose de uísque, terminando assim com a garrafa de Victoria. Estava com o copo em uma das mãos e com a outra mexia o mingau com uma colher de pau. —Parece que está pronto.
Estava. Victoria colocou um pouco numa tigela, despejou leite por cima, sentou-se à mesa da cozinha com Tom em seu colo e o deixou comer. Depois da primeira colherada, apressadamente ela pegou uma toalha de papel e enfiou na gola de sua suéter. Em pouco tempo a tigela estava vazia, e Thomas, aparentemente, pronto para mais uma.
Oliver liberou-se da tarefa de cozinheiro.
—Vou lá fora um momento.
Victoria ficou alarmada, como suspeitando que, se ele saísse, nunca mais voltaria e a criança seria abandonada com ela.
—Não pode.
—Por que não?
—Não pode me deixar sozinha com ele. O menino não sabe quem eu sou.
—Do mesmo modo que não sabe quem eu sou, mas para estar inteiramente feliz. Vai comer até ficar satisfeito.
—Apoiando as palmas das mãos sobre a mesa, inclinou-se para beijá-la. Três anos se haviam passado desde que aquele gesto acontecera, no entanto os efeitos secundários haviam sido alarmantemente familiares. Uma sensação comovedora, uma súbita contração no estômago. Sentada na cozinha, com o filho de Oliver pesando em seu colo, ela pensou, "Oh, não".

—Preciso sair por cinco minutos, para comprar cigarros e uma garrafa de vinho.

—Você vai voltar?

—Como você é desconfiada. Sim, eu voltarei. Não irá se livrar de mim assim tão facilmente.

De fato ele demorou cerca de quinze minutos. Quando voltou, a sala já estava novamente arrumada, as almofadas em seus lugares, os casacos guardados, os cinzeiros vazios. Encontrou Victoria na pia da cozinha, vestindo um avental e lavando uma alface.

—Onde está Thomas?

Ela não se virou.

—Coloquei-o em minha cama. Não estava chorando. Acho que vai adormecer de novo.

Oliver percebeu o aborrecimento de Victoria. Largou o saco de papel marrom contendo as garrafas e aproximou-se dela.

—Está zangada? — perguntou.

—Não. Apenas cautelosa.

—Eu posso explicar.

—Terá mesmo que explicar — disse ela voltando-se para a pia.

—Não vou explicar nada enquanto você não escutar com a devida atenção. Largue isso e vamos nos sentar.

—Pensei que você queria jantar. Está ficando muito tarde.

—Não importa que horas são. Temos todo o tempo do mundo. Venha. Vamos conversar.

Ele trouxera uma garrafa de vinho e outra de uísque. Enquanto Victoria desamarrava o avental e o pendurava, ele apanhou cubos de gelo e serviu dois drinques. Dirigindo-se para a sala, Victoria acomodou-se num tamborete baixo com as costas voltadas para o aquecedor. Estava séria. Oliver estendeu um copo para ela e levantou o seu, sugerindo um brinde.

—A reuniões?

—Sim, claro. —Reuniões soava bastante inofensivo. O copo gelava-lhe os dedos da mão. Tomou um gole e sentiu-se melhor. Em seguida, sorveu um mais forte para lidar com o que ele ia lhe contar.

Oliver sentou-se na beira do sofá e a encarou. Em sua calça jeans, na altura dos joelhos, havia retalhos artisticamente costurados, e suas botas de camurça estavam gastas e manchadas. Victoria ficou imaginando em que ele escolhia gastar os frutos de seu considerável sucesso. Uísque, talvez? Ou em uma casa numa parte mais saudável de Londres em vez daquele porão na Fulham onde morara antes? Ela se lembrou do grande Volvo estacionado do lado de fora. Notou-lhe o relógio de ouro no pulso comprido e estreito.

—Precisamos conversar — disse ele novamente.

—Então fale.

—Pensei que estivesse casada.

—Já disse isso antes, quando lhe abri a porta.

—Mas você não está.

—Não.

—Por que não?

—Não encontrei ninguém com quem quisesse me casar. Ou talvez não tenha encontrado alguém que quisesse se casar comigo.

—Continuou pintando?

—Não; desisti depois de um ano. Não era boa o suficiente. Tinha um pouco de talento, mas não o bastante. E não existe nada mais desencorajador do que ter só um pouco de talento.

—E o que você faz agora, então?

—Tenho um emprego. Numa loja de roupas femininas em Beauchamp Place.

—Não parece dar muita importância.

Ela meneou os ombros em sinal de indiferença. —Está bom. — Não deveriam estar falando sobre Victoria, e sim sobre Oliver. — Oliver...

Mas ele não queria suas perguntas, talvez porque ainda não tivesse planejado quais seriam as respostas. Rapidamente a interrompeu. — Como foi a festa?

Ela sabia que ele estava despistando. Olhou em seus olhos e viu que a encaravam cautelosamente. "Mas que importância tem isso? Como ele sempre diz, temos todo o tempo do mundo. Mais cedo ou mais tarde ele terá de me contar", pensou. E então respondeu: —Normal. Uma porção de gente. Muita bebida. Todos falando sem dizer realmente nada.

—Quem a trouxe em casa?

Ela se surpreendeu com a pergunta e então lembrou-se de que Oliver sempre se interessava por pessoas, quer as conhecesse ou não — até mesmo quando não gostava delas. Era capaz de se sentar em um ônibus para ouvir a conversa dos outros. Dialogava com estranhos em bares, com garçons em restaurantes. Tudo o que lhe acontecia era imediatamente arquivado em sua memória, mastigado e digerido, apenas para reaparecer algum dia mais tarde em algo que estivesse escrevendo, um trecho de diálogo, por exemplo, ou uma situação.

—Um americano — ela disse.

Oliver ficou instantaneamente intrigado.

—Que tipo de americano?

—Apenas um americano.

VICTORIA

— Quer dizer: careca, de meia-idade, com máquina fotográfica pendurada? Sério? Autêntico? Vamos lá, você deve ter reparado.

Claro que Victoria havia reparado. Ele era alto, não tão alto quanto Oliver, porém tinha mais corpo, ombros largos e estômago reto. Parecia ter o físico de quem joga *squash* avidamente em todo o seu tempo de folga, ou de quem caminha regularmente em volta do parque de manhã cedo, vestido com casaco de ginástica e tênis. Rememorou os olhos escuros e o cabelo crespo, quase preto, do tipo que precisava ser cortado bem curto ou estaria sempre despenteado. Estava bem barbeado, provavelmente no Sr. Trumper ou em outro dos mais sofisticados estabelecimentos de Londres, de maneira que seu rosto, com as feições bem delineadas, tinha a pele macia.

Lembrou-se das feições marcantes, do bronzeado, e dos maravilhosos dentes brancos americanos. Por que todos os americanos pareciam ter dentes tão bonitos?

— Não, não era nada disso — falou.

— Qual era o nome dele?

— John. John alguma coisa. Acho que a Sra. Fairburn não é muito boa em apresentações.

— Quer dizer que ele mesmo não lhe disse? Então não deve ter sangue verdadeiramente americano. Os americanos sempre dizem a uma pessoa quem eles são e o que fazem, antes mesmo da pessoa decidir se quer conhecê-los ou não. "Oi!" — começou a imitar um sotaque perfeitamente nova-iorquino. — "John Hackenbacker, Consolidated Aloominum. Tenho muito prazer em que você me conheça."

Victoria se deu conta de que estava sorrindo, e ficou envergonhada, como se precisasse defender o rapaz que a trouxera em casa em seu lustroso Alfa Romeo.

75

— Ele não era nem um pouco assim. E está indo para Bahrain amanhã — acrescentou como se isso fosse um ponto a favor do americano.

— Ah! Um daqueles que trabalham com petróleo. Ela começava a cansar-se de suas provocações.

— Oliver, não faço a menor idéia.

— Parece que verdadeiramente você fez pouco contato. Afinal de contas, sobre o que conversaram? — Uma idéia lhe ocorreu e ele abriu um enorme sorriso. — Já sei, vocês conversaram a meu respeito.

— Claro que não falei nada sobre você. Acho, porém, que está na hora de começar a falar. E falar sobre Thomas.

— Falar o que sobre Tom?

— Ora, Oliver, não se esquive da pergunta.

Ele sorriu ante a sua exasperação.

— Não estou sendo bonzinho, não é verdade? E você está simplesmente louca para saber. Está bem, aqui vai. Eu o roubei.

Aquilo era muito pior do que Victoria havia imaginado, por isso ela precisou respirar fundo. Quando soltou a respiração, conseguiu ficar calma e perguntou: — De quem você o roubou?

— Da avó. A Sra. Archer. A mãe de Jeannette. Minha ex-sogra. Você provavelmente não sabe, mas Jeannette morreu em um desastre aéreo na Iugoslávia, logo após o nascimento de Tom. Os pais dela têm cuidado do menino desde então.

— Você costumava visitá-lo?

— Não. Nunca cheguei perto dele. Nunca havia posto os olhos nele. Hoje foi a primeira vez que o vi.

— E como foi que aconteceu?

Ele já terminara seu drinque. Levantou-se e dirigiu-se

à cozinha para servir-se de mais um. Ela escutou os ruídos da tampa da garrafa e do gelo caindo no copo. Então, ele voltou e retomou o seu lugar, dessa vez esticando as pernas diante do sofá, após recostar-se em suas macias almofadas.

—Estive em Bristol, durante toda a semana. Uma peça minha irá estrear no Teatro Fortune, está em fase de ensaios agora; no entanto precisei trabalhar um pouco com o produtor, reescrever algumas falas do terceiro ato. Enquanto dirigia de volta a Londres esta manhã, eu pensava na peça. Na verdade, não estava prestando atenção no caminho, e de repente me dei conta de que me encontrava na A.30, que havia uma placa indicando Woodbridge, e que lá é onde os Archers vivem. Então pensei: por que não? Assim, virei o carro e fui até lá. Simples, não? Um capricho, um desejo. A mão do destino estendendo a sua pata imunda.

— Você viu a Sra. Archer?

—Não. A Sra. Archer estava em Londres, comprando lençóis na Harrods ou algo assim. Mas havia uma moça *au pair* chamada Helga, que não precisou de muita coragem e me convidou para almoçar.

— Ela sabia que você era o pai de Tom?

—Não.

— E o que aconteceu, então?

— Ela me levou até a cozinha e subiu para arrumar o Tom. Depois almoçamos. Comida boa e saudável. Tudo era bom e saudável, e tão limpo, que o ambiente parecia ter sido esterilizado. A casa inteira era um enorme esterilizador. Não havia nem cão nem gato ou mesmo um livro agradável sendo lido. As cadeiras, intocadas. O jardim, abarrotado de canteiros de flores horríveis, como um cemitério, e os caminhos parecendo ter sido desenhados com uma régua. Havia me esquecido da total falta de vida naquela casa.

—Mas é o lar de Tom.

—Aquilo me sufocou. Iria sufocá-lo. Havia um livro ilustrado com o seu nome escrito na primeira página. "Thomas Archer. Da vovó." E isso me arrasou porque ele não é Thomas Archer, e sim Thomas Dobbs. Então, quando a garota foi pegar o abominável carrinho de bebê, para levá-lo para passear, eu o coloquei no carro e fui embora.

—E Thomas não se importou?

—Não pareceu. Ao contrário, pareceu gostar muito. Passamos a tarde num parquinho. Ele brincou no balanço e no banco de areia, e um cachorro veio fazer festa para ele. E depois começou a chover, então comprei alguns biscoitos e voltamos de carro para Londres. Eu o levei ao meu apartamento.

—Eu não sei onde fica o seu apartamento.

—Ainda em Fulham. No mesmo lugar. Nunca esteve lá, eu sei, contudo você entende, não é propriamente um lugar para se viver, é um local de trabalho. É um porão feio como o inferno. Combinei com uma gorda senhora indiana que vive no primeiro andar para fazer uma faxina uma vez por semana, mas não parece melhorar nunca. De qualquer forma, levei Tom até lá, e ele suavemente adormeceu em minha cama; depois telefonei para os Archers.

Ele falava completamente despreocupado. Covardia moral era algo de que Oliver nunca sofrera; Victoria, porém, sentiu-se fragilizada ante aquela idéia.

—Oh, Oliver.

—Não havia motivo para que eu não devesse ligar. Afinal de contas, ele é meu filho.

—Mas ela devia estar alucinada de preocupação.

—Eu disse à moça o meu nome. A Sra. Archer sabia que era eu.

—Mas...
—Sabe de uma coisa? Você fala da mesma forma que a mãe de Jeannette. Como se eu não tivesse nada além de más intenções. Como se eu fosse machucar a criança, arrebentar os miolos dela com um tijolo ou algo parecido.
—Definitivamente não penso assim. Só que não posso evitar de sentir pena dela.
—Bem, então não sinta.
—Ela vai querer o menino de volta.
—Sim, é claro que ela vai querer o menino de volta, mas eu disse a ela que por enquanto ficarei com a criança.
—Você pode fazer isso? Quer dizer, legalmente? Será que ela não vai chamar a polícia, os advogados, ou até mesmo os juízes?
—Ela ameaçou tudo isso. Questão judicial, custódia do tribunal, no espaço de dez minutos ela atirou tudo isso na minha cara. Mas entenda, ela não pode fazer nada. Ninguém pode fazer nada. Ele é meu filho. Eu sou o pai dele. Também não sou um criminoso e nem incapaz de cuidar dele.
—Este é o ponto. Você não pode tomar conta dele.
—Tudo o que me exigem é que eu providencie um lar para Tom com recursos e comodidades para cuidar dele.
—Num porão na Fulham?
Fez-se um grande silêncio, enquanto Oliver, lentamente concordando, apagou o cigarro.
—É por isso —disse finalmente a ela —que eu estou aqui.
Então era isso. As cartas estavam na mesa. Eis o motivo por que estava ali em sua casa.
—Pelo menos você está sendo honesto —disse Victoria.
Oliver reagiu com indignação.

— Eu sempre fui honesto.
— Você quer que eu cuide de Tom?
— Podemos cuidar dele juntos. Não vai querer que eu o leve de volta para aquele apartamento bolorento, vai?
— Não posso tomar conta dele.
— Por que não?
— Eu trabalho. Tenho um emprego. Não há nenhum quarto aqui para uma criança.
— E o que os vizinhos vão pensar? — disse Oliver em tom de falsete.
— Não tem nada a ver com os vizinhos.
— Você pode dizer a eles que eu sou um primo que chegou da Austrália. Pode dizer que Tom é meu filho aborígine.
— Oh, Oliver, pare de brincadeiras. Isso não é motivo para piada. Você roubou uma criança de seus avós. O motivo de ele não estar berrando excessivamente de aflição e susto está além da minha compreensão. É óbvio que a Sra. Archer está tresloucada, a polícia pode bater na minha porta a qualquer momento, e tudo o que você faz é contar piadas que pensa serem dignas de nota.
Oliver fechou a cara.
— Se é assim que você pensa, vou pegar a criança e ir embora.
— Ora, Oliver, não é nada disso. É que você precisa ser mais sensível.
— Está bem, serei mais sensível. Olhe, estou com a maior e mais sincera expressão sensível. — Victoria recusou-se até mesmo a sorrir para ele. — Vamos, vamos. Não fique zangada. Não teria vindo se soubesse que ficaria zangada.
— Não sei por que veio.

— Porque eu achei que você seria exatamente a pessoa certa para me ajudar. Pensei em você, e pensei em telefonar primeiro, então imaginei um estranho, ou, pior, algum marido obstinado, atendendo ao telefone. Então, o que eu iria dizer? Aqui é Oliver Dobbs falando, o famoso autor de livros e peças teatrais. Eu tenho um bebê e gostaria que sua esposa cuidasse dele. Entraríamos num acordo assim?

— O que teria feito se eu não estivesse aqui?

— Não sei. Teria pensado em algo. Mas não levaria Tom de volta para os Archers.

— Mas deve fazer isso. Você não pode cuidar dele...

Oliver a interrompeu antes que ela começasse a falar.

— Olhe, tenho um plano. Como eu disse, os Archers não podem fazer nada, mas ainda há chance de tentarem criar problema. Acho que devíamos sair de Londres por um tempo. Minha peça está estreando em Bristol, mas no que me diz respeito, já fiz tudo o que podia. Estréia na segunda-feira, e depois disso estará à mercê da crítica e do público. Portanto, vamos embora. Você, eu e Tom. Vamos embora. Iremos ao País de Gales ou para o norte da Escócia, ou até Cornwall para aguardar a chegada da primavera. Poderíamos...

Victoria olhou-o fixamente não acreditando no que Oliver dizia. Ela estava chocada, ultrajada, indignada. Ele imaginava — ele realmente imaginava — que ela não tinha nem um pouco de orgulho? Não fazia idéia do quanto a magoara? Há três anos, Oliver Dobbs saíra de sua vida, despedaçando tudo e deixando-a sozinha para juntar os cacos da melhor forma que podia. Agora ele decidia na maior tranqüilidade que precisava dela mais uma vez, simplesmente para cuidar de seu filho. E ali estava ele sentado, já fazendo planos, tentando seduzi-la com palavras, certo de que seria apenas uma questão de tempo quebrar-lhe a resistência.

— ... não há turistas, as estradas estão vazias. Nem mesmo vamos precisar reservar hotéis, todos estão ansiosos para fazer negócios, desesperados para nos ter como hóspedes... — E continuou, tramando planos, conduzindo Victoria por imagens de mares azuis e campos de narcisos amarelos; por uma viagem livre de inquietações através de caminhos sinuosos no campo. E ela escutou, perplexa ante o seu egoísmo. Havia pego o filho sem a permissão dos avós. Por enquanto ele queria ficar com o menino. Precisava de alguém para cuidar da criança. Por isso procurara Victoria. Era tão simples quanto uma fórmula matemática elementar.

Oliver parou de falar. Seu rosto estava iluminado de entusiasmo, como se não pudesse conjecturar sobre nenhum obstáculo ao seu maravilhoso projeto. Após um momento, Victoria perguntou, pois de fato ansiava por saber:

— O que fez você pensar em mim?

— Acho que pelo tipo de pessoa que é.

— Como assim, tola?

— Não, tola, não.

— De perdão fácil, então?

— Você jamais poderá ser vingativa. Não saberia como. Além disso, foi bom o tempo que passamos juntos. E você está contente em rever-me. Deve estar, senão jamais teria me deixado entrar em sua casa.

— Oliver, algumas feridas não ficam necessariamente expostas.

— O que isso significa?

— Por Deus, eu te amei. Você sabia disso.

—Mas veja —ele relembrou com cuidado —eu não amei ninguém. E você sabia disso.
—Com exceção de si próprio.
—Talvez. E também amava aquilo que eu estava tentando escrever.
—Não quero ser magoada novamente. Não vou me machucar novamente.
Oliver esboçou um sorriso.
—Parece bem determinada.
—Não vou com você.
Ele não respondeu, porém seus olhos, claros e bem abertos, não se desviaram do rosto de Victoria. Lá fora, uma janela vibrou com o vento. Um carro teve o motor ligado. Uma voz de mulher chamou por alguém. Talvez estivesse indo a uma festa. E, ao longe, ouvia-se o barulho do tráfego londrino.
—Você não pode passar o resto de sua vida evitando ser magoada —disse ele. —Se fizer isso, virará as costas para qualquer tipo de relacionamento.
—Eu só disse que não quero ser magoada por você. Você é muito bom nisso.
—É este o único motivo de você não ir conosco?
—Acho que o motivo é suficiente, mas há outras coisas também. Considerações práticas. Em primeiro lugar, eu tenho um emprego...
—Vendendo roupas para mulheres idiotas. Telefone e dê alguma desculpa. Diga que sua avó morreu. Diga que de repente você teve um filho... isso seria quase verdade! Peça demissão. Sou um homem rico agora. Vou cuidar de você.
—Já disse isso antes. Muito tempo atrás. Mas não cuidou.

—Que memória prodigiosa a sua.

—Algumas coisas não podem ser esquecidas. —Sobre o consolo da lareira, o relógio bateu onze horas. Victoria levantou-se e colocou o copo vazio ao lado do relógio. Ao fazer isso, viu o reflexo de Oliver no espelho pendurado na parede.

—Está com medo? É isso? —ele perguntou.

—Sim.

—De mim ou de si própria?

—De ambos. —Ela voltou-se. —Vamos comer alguma coisa.

Era quase meia-noite quando terminaram a refeição improvisada, e subitamente Victoria sentiu-se tão cansada que não teve ânimo para recolher os pratos e copos e depois lavá-los. Oliver serviu-se do último gole de vinho e pegou outro cigarro, aparentemente pronto para esticar a noite. Victoria, contudo, levantou-se, empurrou a cadeira para trás, e disse:

—Vou para a cama.

Ele pareceu um pouco surpreso.

—Isso é muito anti-social da sua parte.

—Não posso fazer nada. Se eu não for para a cama agora vou acabar dormindo aqui mesmo.

—O que quer que eu faça?

—Não quero que você faça nada.

—Então —ele falava com paciência, como se ela estivesse sendo imensamente irracional —quer que eu volte para Fulham? Quer que eu passe a noite no carro? Quer que eu acorde Thomas e saia com ele pela noite e nunca mais volte a pisar na sua casa? É só dizer.

—Não pode levar o Thomas. Ele está dormindo.

VICTORIA

—Sendo assim, voltarei para Fulham e deixo ele aqui com você.

—Também não pode fazer isso. Ele pode acordar no meio da noite e se assustar.

—Nesse caso, ficarei aqui. —Ele assumiu a expressão do homem que está preparado para ser acomodado onde quer que seja, por mais que isso lhe custe. —Onde quer que eu durma? No sofá? Em cima de alguma cômoda? Ou no chão, do lado de fora da porta do seu quarto, como um cachorro velho, ou um escravo fiel?

Ela se recusou a responder a sua provocação.

—Há um divã no quarto de vestir —disse a ele. —O quarto está cheio de malas e de roupas da minha mãe, mas a cama é maior do que o sofá. Eu vou arrumá-la...

Ela saiu da cozinha, deixando-o com o cigarro, o copo de vinho e o caos da louça suja. No minúsculo quarto de vestir, encontrou cobertores e um travesseiro. Removeu caixas de vestidos e uma pilha de roupas de cima do divã, e o forrou com lençóis limpos. O cômodo era abafado e cheirava a naftalina (seria o casaco de peles de sua mãe?); ela então abriu a ampla janela, e as cortinas esvoaçaram com o ar frio e úmido que soprava da noite.

Da cozinha vinham sons como se Oliver tivesse decidido empilhar os pratos da ceia, ou talvez lavá-los. Victoria ficou surpresa, pois o trabalho doméstico nunca fora o forte dele, porém ficou também comovida, e, mesmo cansada, pensou em ajudá-lo. Contudo, se o ajudasse, recomeçariam a conversar. E se recomeçassem a falar, Oliver tentaria, de novo, persuadi-la a viajar com ele e Thomas. Assim, deixou-o com a louça e foi para o seu quarto. Apenas um pequeno abajur sobre a cômoda iluminava o ambiente. Em um lado da cama de casal, Thomas dormia serenamente,

85

o dedo polegar enfiado na boca. Ela o havia despido, exceto da camiseta e da cueca, e havia dobrado as roupas sobre uma cadeira, seus sapatinhos e meias embaixo. Levantou em seus braços o pequenino corpo quente e suave. Levou-o até o banheiro e conseguiu convencê-lo a usar o sanitário novamente. Ele mal acordou, a cabeça pendia, mas o polegar continuava na boca. Ela o colocou de novo na cama e o menino suspirou contente, caindo no sono mais uma vez. Ela rezou, então, para que ele dormisse até de manhã.

Endireitou-se e escutou. Parecia que Oliver decidira já ter lavado o bastante de pratos sujos por aquela noite, havia retornado para a sala de estar, onde estava telefonando. Somente Oliver telefonaria para alguém à meia-noite. Victoria tirou a roupa, escovou o cabelo, pôs a camisola e cautelosamente deitou-se no outro lado da cama. Tom não se mexeu.

Ela recostou-se e ficou olhando o teto, e depois fechou os olhos, esperando o sono. Mas o sono não veio. A mente dava voltas com imagens de Oliver, recordações, e sentia uma espécie de excitação vibrante que a enlouquecia, porque aquela era a última coisa no mundo que queria sentir. Finalmente, em desespero, abriu os olhos e pegou um livro, com a intenção de ler para se acalmar e assim alcançar a inconsciência.

Da sala, o som do telefonema havia cessado e a televisão fora ligada. A maioria dos programas já terminara, definitivamente Oliver decidira se comportar como se fosse dia. Ela o escutou circulando pelo apartamento, desligando as luzes. Escutou seus passos indo ao banheiro. Então, largou o livro. Os passos cruzaram o pequeno corredor e pararam do lado de fora da porta do quarto. A maçaneta girou. A porta foi aberta. A figura alta de Oliver surgiu contra a luz brilhante de fora do quarto.

— Não está dormindo? — ele perguntou.

VICTORIA

—Ainda não —respondeu Victoria.

Falavam baixinho, de forma a não perturbar a criança adormecida. Oliver, deixando a porta aberta, atravessou o quarto vindo sentar-se na beira da cama.

—Era só um sujeito. Nada importante.

—Arrumei a cama para você.

—Eu sei. Eu vi.

Mas Oliver não fez menção de sair.

—O que vai fazer amanhã? —ela perguntou. —Quer dizer, com Thomas?

Ele sorriu e disse: —Decidirei amanhã. —E apontou para o livro. —O que está lendo?

Victoria segurou o livro de frente para que ele pudesse ver a capa. — É um desses livros que a gente lê várias e várias vezes. Eu o leio pelo menos uma vez por ano; é como estar com um velho amigo.

Oliver leu o título em voz alta: — *The Eagle Years.*

—Já o leu?

—Talvez.

—O autor é este homem chamado Roddy Dunbeath e fala sobre um garotinho vivendo na Escócia no período entre as Grandes Guerras. Quer dizer, é um tipo de autobiografia. Ele e seus irmãos foram criados nesta bela casa chamada Benchoile.

Oliver apoiou a mão no pulso de Victoria. A palma quente, os dedos fortes, a carícia bem suave.

— Fica em Sutherland, em algum lugar. Com montanhas em volta e um lago particular. Ele tinha um falcão que costumava chegar bem perto de sua boca para tirar comida...

A mão de Oliver começou a subir pelo braço nu de Victoria, pressionando-lhe a carne com toque sutil, como

se estivesse massageando e trazendo a vida de volta, retirando-a de algum limbo no qual ficara paralisada por anos.
— ... e um pato domesticado e um cão chamado Bertie que gostava de comer maçãs.

— Eu gosto de comer maçãs — disse Oliver, levantando uma comprida mecha dos cabelos de Victoria e depositando-a sobre o travesseiro. Ela podia sentir a firme e palpitante batida de seu próprio coração. Sua pele, onde ele a tocara, era como se estivesse em chamas. Ela continuou falando desesperadamente, tentando controlar aquelas alarmantes manifestações físicas com o som da própria voz.

— ... e havia um lugar com uma cachoeira, onde costumavam fazer piqueniques. E um riacho desaguando na praia, e as montanhas cheias de cervos. Ele diz que a cachoeira era o coração de Benchoile...

Oliver inclinou-se e beijou-a na boca, e a torrente de palavras foi misericordiosamente interrompida. Ela sabia que ele não estava escutando nada. Ele puxou os cobertores que a cobriam e deslizou os braços por baixo de suas costas, seus lábios movendo-se da boca para a face e depois para seu tépido pescoço.

— Oliver. — Ela disse o nome dele; de sua boca, porém, não saía som. Ficara congelada com os movimentos de Oliver, mas agora o peso e o calor do corpo dele a aqueciam, dissipando sua resolução e despertando instintos há muito esquecidos. Ela pensou, "Oh, não", e colocou as mãos em seus ombros tentando afastá-lo, só que ele era muito mais forte e aquela débil resistência foi patética, inútil, o mesmo que tentar derrubar uma árvore imensa.

— Oliver. Não.

Ela pode não ter falado alto. Ele simplesmente continuou os suaves gestos de amor, e, logo depois, as mãos de

Victoria, como se tivessem vontade própria, escorregaram dos ombros dele para debaixo do casaco em torno de suas costas. Ele cheirava bem, odor de roupas secadas ao sol. Ela sentiu o fino algodão de sua camisa, as costelas, os músculos rijos sob sua pele. Então o escutou dizer: — Você parou de fingir.

E o último fio de bom senso a fez dizer: — Por favor, Oliver, o Thomas...

Ele achou graça, ela percebeu por sua gargalhada silenciosa. Oliver levantou-se, elevando-se sobre ela.

— Isso pode ser facilmente resolvido. — E tomou-a nos braços com a mesma facilidade e leveza com que carregava o filho. Victoria sentiu-se leve, zonza, à medida que as paredes de seu quarto rodopiavam e deslizavam, e ele passava com ela, através da porta aberta, pelo corredor iluminado até a escuridão do pequenino quarto de vestir. Ainda cheirava a cânfora, e a cama onde ele a colocou era dura e estreita; as cortinas esvoaçavam com a brisa suave, e o linho engomado do travesseiro estava frio sob sua nuca.

— Eu não queria que isso acontecesse — disse ela, levantando os olhos para a sombra enevoada do rosto dele.

— Eu, sim — disse Oliver.

Ela sabia que deveria ter ficado com raiva, mas agora era tarde demais. Agora, ela queria que acontecesse de qualquer maneira.

Bem mais tarde — ela sabia que era bem mais tarde, pois ouvira o relógio na sala bater duas horas em badaladas metálicas — Oliver levantou-se sobre um dos cotovelos e inclinou-se sobre Victoria, para pegar em seu casaco os cigarros e o isqueiro dentro do bolso. Uma chama iluminou o minúsculo quarto por um segundo, e novamente tudo ficou suavemente escuro, apenas com o brilho da brasa do cigarro.

Ela deitou-se na curva do braço de Oliver com seu ombro nu servindo-lhe de travesseiro.

— Quer fazer planos? — ele indagou.

— Que tipo de planos?

— Planos sobre o que iremos fazer. Você, eu e Thomas.

— Eu vou com você?

— Sim.

— Eu disse que iria com você?

Ele riu. Beijou-a.

— Sim — afirmou.

— Eu não quero ser magoada novamente.

— Não deve ter tanto receio. Não há o que temer. Apenas a perspectiva de umas férias, uma escapada. Muitas risadas. Muito amor.

Victoria não respondeu. Não havia nada para dizer, e suas idéias estavam tão confusas que não havia nada para pensar também. Só sabia que pela primeira vez, desde que ele partira, sentia-se novamente segura e em paz. E sabia apenas que amanhã, ou talvez no outro dia, estaria viajando com Oliver. Mais uma vez ela se envolveu. Estava em dúvida se para melhor ou para pior, mas talvez agora desse certo. Talvez ele tivesse mudado. As coisas seriam diferentes. Se se sentisse tão decidido a respeito de Thomas, talvez se sentisse também decidido a respeito de outras coisas. Coisas permanentes. Tipo amar uma pessoa e ficar com ela para sempre. Mas, fosse qual fosse o futuro, os dados já estavam lançados. Victoria passara o ponto do retorno.

Ela suspirou profundamente, inspirada mais pela confusão do que por infelicidade.

— Para onde iremos? — perguntou a Oliver.

— Para qualquer lugar que você queira ir. Será que tem cinzeiro neste quarto-armário cercado de trevas?

Victoria estendeu a mão e pegou um na mesinha-de-cabeceira.

— Qual o nome daquele lugar que você estava sussurrando quando era visivelmente claro que estava ansiosa para fazer amor? O lugar da história do livro *The Eagle Years*?

— Benchoile.

— Gostaria de ir até lá?

— Não podemos.

— Por que não?

— Não é um hotel. Não conhecemos as pessoas que moram lá.

— Eu conheço, minha querida inocente.

— O que quer dizer?

— Eu conheço Roddy Dunbeath. Encontrei-o há cerca de dois anos. Sentei-me perto dele, num desses horríveis jantares de televisão, onde se distribuem prêmios. Ele compareceu em função de seu novo livro, e eu estava lá por ter ganho alguma estatueta insignificante pelo roteiro que escrevi sobre Sevilha para a televisão. De qualquer maneira, estivemos juntos, rodeados de estrelinhas degeneradas e agentes trapaceiros, agradecidos pela companhia um do outro. No final da noite já estávamos amigos para toda a vida, e ele me fez um convite permanente para visitá-lo em Benchoile quando eu me animasse a ir. Até agora não tinha aceitado o convite. No entanto, se você quiser, não há motivo no mundo que nos impeça de ir.

— Tem certeza?

— Claro que tenho.

— Tem certeza de que não foi uma dessas frases que as pessoas dizem no final de uma excelente noite e então

a esquecem, ou mesmo se arrependem de tê-la dito pelo resto de suas vidas?
— De forma alguma. Ele foi sincero. Até me deu seu cartão já meio fora de moda. Posso achar o número do telefone e chamá-lo.
— Ele irá lembrar de você?
— Claro que irá lembrar de mim. E vou dizer que eu, minha esposa e meu filho queremos passar uns dias com ele.
— Vai parecer que é muita gente. E eu *não* sou sua esposa.
— Então eu direi minha amante e meu filho. Ele vai pular de alegria. Ele é um tanto rabelaisiano. Você vai adorá-lo. Ele é bem gordo e extrema e educadamente bêbado. Pelo menos era assim que estava no final do jantar. Mas Roddy Dunbeath bêbado é dez vezes mais charmoso do que a maioria dos homens sóbrios que conheço.
— Vamos demorar muito para chegar em Sutherland.
— Poderemos fazer a viagem em etapas. De qualquer maneira, temos muito tempo.
Ele apagou o cigarro e inclinou-se sobre Victoria mais uma vez, para colocar o cinzeiro no chão. Na escuridão, ela pressentiu que ele sorria.
— Sabe — disse ela — acho que eu prefiro ir a Benchoile do que a qualquer outro lugar no mundo.
— Melhor do que isso. Você vai para Benchoile comigo.
— E Thomas?
— Você vai para Benchoile comigo e Thomas.
— Não posso imaginar nada mais perfeito.
Oliver tocou suavemente o estômago de Victoria e, lentamente, sua mão foi subindo até pousar em concha sobre seu pequeno seio nu.
— Eu posso — ele disse.

5

DOMINGO

Em meados de fevereiro, o frio chegou. O Natal fora ensolarado, o Ano-novo, ameno e tranqüilo, as semanas de inverno transcorreram furtivamente, com algumas chuvas, um pouco de geada, e nada mais. "Vamos ter sorte", diziam as pessoas meio leigas no assunto, porém os pastores e fazendeiros das montanhas eram um pouco mais sábios. Olhavam o céu, a direção do vento e previam que o pior estava por vir.

As verdadeiras geadas começaram no princípio do mês. Então veio o granizo, transformando-se prontamente em neve, e depois as tempestades.

"Direto dos Urais", dissera Roddy Dunbeath, enquanto o vento amargo gemia sobre o mar. Cinzento e raivoso, o mar ficara sombrio como a cor dos telhados de ardósia molhados, ondas espumosas inundando as areias de Creagan e depositando a grande marca da maré, o lixo não digerido — velhas caixas de peixe, redes esfarrapadas, cordões com nós, garrafas plásticas de detergente, pneus de borracha, e até mesmo alguns sapatos.

No interior, as montanhas vestiam um manto branco,

seus cumes perdendo-se no céu escuro. Dos campos abertos, soprava a neve, que se acumulava e obstruía as estradas estreitas. Os carneiros, pesados e com sua lã, podiam sobreviver, mas já o gado procurava abrigo nos cantos dos diques de pedra e, duas vezes ao dia, os fazendeiros levavam forragem para eles. Acostumados e esperando invernos cruéis, a população local aceitava toda essa adversidade com uma calma estóica. As cabanas menores nas montanhas e os chalés solitários ficavam completamente isolados. Entretanto, as paredes eram grossas e as pessoas tinham estocadas enormes pilhas de turfa, uma grande fartura de farinha de aveia e bastante forragem para o gado. A vida continuava. A caminhonete escarlate do correio realizava seu percurso diário, circulando pelos vales estreitos; donas de casa bem-dispostas, usando botas de borracha e três casacos, surgiam nos quintais para alimentar as galinhas e pendurar filas de roupas em meio ao vento congelante.

Agora, era domingo.

O Senhor é meu Pastor, e nada me faltará.
Ele me faz deitar
Na relva verde...

As gaitas de foles no interior da igreja estavam pouco animadas, mas as correntezas de ar, um martírio. A congregação, reduzida a um pequeno grupo de pessoas devido ao clima, levantava bravamente as vozes no último hino do serviço dominical; contudo, seus esforços eram quase inúteis devido à fúria do vento lá fora.

Jock Dunbeath, em pé, sozinho na área reservada para Benchoile, segurava o hinário em suas mãos enluvadas; entretanto, não olhava para ele, em parte porque cantara aquele hino por toda a sua vida e conhecia a letra de cor, e também por haver deixado seus óculos de leitura em casa. Ellen havia criado um rebuliço em torno dele na hora de sair.

— Você deve estar louco de verdade para querer ir à igreja hoje. As estradas estão bloqueadas. Por que não pára na casa de Davey e pede a ele que dirija para você?

— Davey tem muito o que fazer.

— Então por que não se senta junto ao fogo e escuta o simpático homem no rádio? Não seria bom abrir uma exceção?

Mas ele era teimoso, impassível, e por fim ela suspirou, levantou os olhos para o céu numa demonstração de impaciência e deu-se por vencida.

— Depois, não me responsabilize se você morrer numa nevasca no caminho.

Ela parecia inteiramente excitada diante da idéia de que tal incidente pudesse ocorrer. Desastre era o que tornava a vida interessante para Ellen, e ela era sempre a primeira a dizer: "Eu avisei". Irritado e na pressa de sair, ele esquecera os óculos, e fora bem espírito de porco para não voltar e pegá-los. Todavia, sua determinação estava demonstrada e, no velho Landrover, com as engrenagens rangendo durante os seis quilômetros abaixo no vale estreito, ele conseguira cumprir a jornada a salvo e chegara à igreja. Gelado como estava, e quase sem enxergar por estar sem os óculos, cumprimentava-se por ter realizado tal façanha.

Em toda a sua vida, a menos que estivesse impedido por motivo de doença, guerra, ou outro ato de Deus, ele comparecera à igreja todos os domingos pela manhã. Quando criança, porque tinha de ir; quando soldado, porque precisava ir; e hoje, adulto, porque era o Laird* de Benchoile e por ser importante participar, preservando assim tradições para dar bom exemplo. E agora, em sua idade, ele vinha buscar conforto e a reafirmação pela fé. A igreja antiga, as palavras do sermão, os tons dos hinos eram algumas das pouquíssimas motivações em sua vida que não haviam mudado. Em última análise, talvez as únicas.

Bondade e Piedade em todos os meus Dias
Seguramente me acompanharão,
E na casa de Deus, para sempre
Minha morada estará.

Ele fechou o hinário, inclinou a cabeça para receber a bênção, recolheu suas luvas de dirigir e seu velho boné de tweed do assento ao lado, abotoou o sobretudo, enrolou o cachecol em volta do pescoço, e pôs-se a caminho pela nave lateral da igreja.

—Bom-dia, *sir*. — Era uma igreja amistosa. As pessoas saíam conversando em seus tons de voz normais, nada daqueles piedosos sussurros como se alguém estivesse morrendo no cômodo vizinho. — Que tempo horrível. Bom-dia, coronel Dunbeath. Como estão as estradas para o seu lado? ... Bem, Jock, você é muito corajoso cumprindo esta jornada para a igreja num dia assim.

Jock voltou-se. Quem falara por último fora o ministro, aproximando-se por trás dele. O ministro, ou Reverendo Christie, era um homem alto, com um par de ombros iguais

---

* Expressão que designa "proprietário de terras", na Escócia. (N. T.)

aos de um jogador de rúgbi, mas Jock ainda era alguns centímetros mais alto do que ele.

— Achei que você estaria com pouco público esta manhã — disse Jock. — Valeu a pena ter feito o esforço para vir.

— E eu imaginava que estivessem todos isolados em Benchoile.

— O telefone está mudo. As linhas devem ter caído em algum lugar. Mas eu vim de Landrover.

— Está um dia feio. Por que não entra em Manse para um copo de xerez antes de voltar?

Havia bondade em seus olhos. Ele era um bom homem, com uma esposa caseira e hospitaleira. Por um momento, Jock imaginou-se sentado na sala de estar de Manse. Uma cadeira seria arrastada para ele ao lado de um bom fogo na lareira, no ar o cheiro apetitoso do assado de carneiro dos domingos. Os Christies tratavam-se sempre muito bem. Ele pensou no xerez doce, escuro e quente, e na confortante presença da Sra. Christie, e por um segundo sentiu-se tentado.

— Não — desculpou-se — acho melhor voltar antes que o tempo piore. Ellen me espera. E eu não iria querer que um guarda me encontrasse congelado num barranco de neve, com bafo de álcool.

— Ah, bem, é compreensível. — A bondosa fisionomia do ministro e o seu jeito rígido encobriam a sua preocupação. Ele ficara admirado em ver Jock, naquela manhã, solitário, sentado em seu lugar habitual. Por algum motivo, a maior parte dos fiéis reuniu-se nos fundos da igreja, e o Laird, isolado, suportara tudo como um proscrito.

Envelhecera. Pela primeira vez o Sr. Christie via-o parecendo um ancião. Muito magro e alto demais, as vestes de tweed pendendo soltas de seu corpo magricela, os dedos das mãos inchados e vermelhos pelo frio. O pescoço perdia-se dentro da gola da camisa, e havia hesitação em seus gestos, ao manusear desajeitadamente o hinário ou ao procurar a nota de uma libra com que semanalmente contribuía no prato de ofertas. Jock Dunbeath de Benchoile. Com quantos anos estaria? Sessenta e oito? Sessenta e nove? Não muito velho para os dias de hoje. Tampouco para a região, onde os homens entravam bem-dispostos em seus oitenta anos, lépidos e ativos, trabalhando nos quintais, alimentando as galinhas e realizando algumas pequenas e exaustivas excursões noturnas até o vilarejo, para o corriqueiro trago de bebida. Mas no último setembro, Jock so frera um enfarte brando e, desde então, pensou o Sr. Christie, parecia ter decaído visivelmente. E agora, o que se poderia fazer para ajudá-lo? Se ele fosse um dos camponeses, o Sr. Christie teria ido visitá-lo levando uma travessa de pãezinhos feitos por sua esposa, ou talvez se oferecendo para cortar uma pilha de lenha para acender o fogo — mas Jock não era um camponês. Ele era o Tenente-coronel John Rathbone Dunbeath, do 1º Batalhão de Atiradores Escoceses das Highlands, o Laird de Benchoile e juiz de paz. Era orgulhoso, mas não pobre. Era velho e solitário, mas não pobre. Ao contrário, era um respeitado proprietário de terras, dono de um casarão e de uma fazenda em atividade, com mais de doze mil acres de terras montanhosas, mais de mil carneiros, alguma terra cultivável, alguma caça, alguma pesca; em todos os aspectos, uma propriedade invejável. Se o casarão estava em mau estado e a camisa do Laird tinha a gola puída, não era porque fosse pobre, e sim porque sua esposa falecera, ele não tinha filhos, e isso estava fora do alcance de Ellen Tarbat, a velha governanta de Jock e de seu irmão Roddy.

Em algum lugar, em algum dia, à vista de todos, o velho homem parecia ter abandonado toda a esperança. O Sr. Christie procurava alguma coisa para dizer, algo que pudesse manter a conversação. "Como vai a família?" era o mais comum dos começos na maioria das ocasiões, mas não nesta, porque Jock não tinha mais uma família. Apenas Roddy. Oh, bem, pensou o ministro, um porto na tempestade.

— Como está seu irmão?

Jock respondeu com um lampejo de humor.

— Você o faz parecer uma caixa de salmão. Acho que está bem. Não nos vemos muito. Vivemos cada um no seu canto, você sabe. Roddy em sua casa e eu na minha. — Pigarreou. — Almoços de domingo. Aos domingos almoçamos juntos. É agradável.

O Sr. Christie imaginou sobre o que os dois conversariam. Ele jamais conhecera dois irmãos tão diferentes, um tão reservado e o outro tão expansivo. Roddy era um escritor, um artista, um bom contador de histórias. Os livros que escrevera, alguns há mais de vinte anos, ainda eram vendidos, e edições em brochura sempre podiam ser encontradas nas prateleiras das estações e nas estantes das mais improváveis lojas do interior. Um *clássico,* dizia o texto elogioso da contracapa embaixo da fotografia de Roddy tirada trinta anos antes. *Uma brisa do campo. Roddy Dunbeath conhece a sua Escócia e a apresenta com uma percepção nativa, nas páginas deste livro.*

Roddy não comparecia à igreja, a menos que fosse Natal, Páscoa ou algum funeral. Se era devido a convicções íntimas ou a preguiça inata, isso o ministro não sabia. Também não aparecia com muita freqüência no vilarejo. Jess Guthrie, a esposa do pastor, fazia as compras para ele. — E como está o Sr. Roddy, Jess? — perguntava o dono da mercearia encaixando duas garrafas de Dewars em uma caixa de papelão ao lado das mercadorias; Jess desviava os olhos das garrafas e respondia: "Oh, acho que está bem", o que podia significar alguma coisa.

— Ele está trabalhando agora? — perguntou o Sr. Christie.

— Ele mencionou algo sobre um artigo para o *Scottish Field*. Eu... Eu nunca sei direito. — Jock colocou a mão hesitante na nuca, e alisou o esparso cabelo grisalho. — Ele não fala muito de seu trabalho.

Um homem menos importante poderia ter ficado desencorajado, mas o Sr. Christie insistiu e perguntou sobre o terceiro dos irmãos Dunbeath.

— E que notícias tem de Charlie?

— Recebi uma carta dele no Natal. Ele e Susan foram esquiar em Aspen. Fica no Colorado, você sabe — acrescentou com suas maneiras habituais, como se o Sr. Christie talvez não soubesse.

— John está com eles?

Fez-se uma pequena pausa. Jock foi inclinado a cabeça para trás. Seus olhos, claros e úmidos pelo frio, fixaram um ponto distante, um ponto desfocado, além do ministro.

— John não trabalha mais em Nova Iorque. Foi enviado para a filial londrina de seu banco. Trabalha lá agora. Já faz seis meses ou mais.

— Mas isso é esplêndido.

A igreja já estava quase vazia. Ambos caminharam lado a lado pela nave em direção à porta principal.

— Sim. É ótimo para John. Está subindo na vida. Rapaz esperto. Acho que será presidente antes que a gente possa se dar conta. Quero dizer, presidente do banco, não presidente dos Estados Unidos da América do Norte...

O Sr. Christie não pareceu divertir-se com o pequeno gracejo.

— Não quis dizer isso, Jock. Quis dizer que, se ele vive em Londres, não deve ser muito difícil vir até Sutherland passar uns dias com você e Roddy.

Primeiro Jock imobilizou-se e depois virou-se. Seus olhos estreitaram-se. Ficou subitamente alerta, feroz como uma velha águia.

O Sr. Christie foi surpreendido por aquele rápido olhar penetrante.

— Foi só uma idéia. Parece que você está precisando um pouco de companhia jovern. — "E também alguém para ficar de olho em você", pensou, sem dizer. — Deve fazer dez anos da última vez em que John esteve aqui.

— Sim. Dez anos. — Começaram a andar, em passo lento. — John estava com dezoito anos. — O velho homem parecia debater-se consigo próprio. O ministro esperou diplomaticamente e foi recompensado. — Escrevi-lhe noutro dia. Sugerindo que viesse no verão. Ele nunca foi muito interessado em caçar galos silvestres, mas eu posso programar uma pescaria.

— Tenho certeza de que John não necessita de tais iscas para vir ao norte.

— Ainda não obtive resposta.

— Dê tempo a ele. É um homem ocupado.

— É verdade. O único porém é que nestes dias eu não estou inteiramente certo de quanto tempo devo esperar.

— Jock sorriu, aquele raro e esquisito sorriso que suavizava a dureza de suas feições e nunca falhava em desarmar o interlocutor. —Todavia, isso acontece com todos nós. Você, com certeza, sabe disso. Saíram da igreja, e o vento levantou a bata preta do ministro, fazendo-a parecer um balão. Do pórtico, ele observou Jock Dunbeath subir penosamente no velho Landrover e iniciar sua difícil jornada para casa. Involuntáriamente suspirou, com o coração apertado. Ele tentara. Afinal de contas, o que se podia fazer?

A neve parara de cair e Jock ficou contente. Rodou pelo tranqüilo vilarejo com todas as portas fechadas e entrou na ponte virando para o interior, onde uma placa indicava Benchoile e Lago Muie. A estrada era estreita e de pista única, com postes pintados de preto e branco; não havia trânsito algum. O Sabbath*, mesmo em um tempo como aquele, lançava a sua melancolia sobre o campo. Cercado pela corrente de ar gelado, debruçado sobre o volante, com o cachecol chegando a cobrir até as orelhas e o boné de tweed enterrado quase até o seu nariz adunco, Jock Dunbeath deixou o Landrover seguir seu caminho até a casa, deslizando fielmente sobre as marcas na neve que suas rodas haviam feito naquela mesma manhã.

Pensava nas palavras do ministro. Ele estava certo, é claro. Um bom homem. Preocupado e tentando não demonstrar. Estava certo.

Você precisa um pouco de companhia jovem.

Relembrou os velhos tempos de Benchoile, quando ele, seus amigos e os amigos de seus irmãos enchiam a casa. Recordou o saguão abarrotado de botas e cestos de pesca,

---

* Dia de descanso. (N. T.)

o chá sobre a relva e embaixo das bétulas prateadas, e em agosto, quando as montanhas púrpuras ensolaradas ecoavam os estampidos das espingardas. Rememorou quando hospedavam os convidados para os Bailes dos Encontros de Caça do Norte, em Inverness, e as moças desciam as escadas em longos e belos vestidos, e a velha caminhonete ia pegar os hóspedes que saltavam do trem na parada em Creagan.

Aqueles dias, como tudo mais, escoaram-se. A juventude passara para aqueles irmãos. Roddy nunca se casara; Charlie encontrara uma esposa, uma doce pessoa, mas era uma jovem americana e fora viver com ela nos Estados Unidos. Construíra sua vida como criador de gado, gerenciando os domínios de seu sogro, em Southwest, Colorado. E embora Jock tivesse se casado, ele e Lucy jamais tiveram os seus tão desejados filhos. Foram tão felizes juntos que mesmo essa cruel trapaça do destino não conseguiu estragar a felicidade deles. Quando ela morreu, cinco anos atrás, ele se deu conta de que não conhecera antes o verdadeiro significado da solidão.

Você precisa um pouco de companhia jovem.

Engraçado o ministro trazer assim à tona o nome de John. Poucos dias antes, Jock escrevera uma carta para ele. Quase como se o ministro soubesse disso. Ainda criança, John visitara Benchoile regularmente na companhia dos pais e, depois, crescido, já vinha apenas com o pai. Ele fora uma criança calma e séria, de uma inteligência precoce e uma curiosidade que se manifestava numa enorme e infindável torrente de perguntas. Mas, mesmo nestes dias, Roddy fora o seu tio favorito e os dois saíam para passear por horas a fio, catando conchas, ou admirando os pássaros ou arremessando, nas noites de verão, seus caniços para pescar trutas, nos profundos e escuros poços do rio. Ele era, em todos os aspectos, um menino agradável e digno de estima; contudo, Jock jamais conseguira se aproximar dele. O motivo principal disso é que John não compartilhava de sua permanente paixão pela caça. John pescaria e mataria um peixe com alegria, e bem cedo aperfeiçoou-se neste esporte, mas recusava-se a subir a montanha com uma espingarda. Ao se aproximar silenciosamente de um cervo estaria levando nada mais mortal do que sua câmara fotográfica.

Portanto, não fora fácil escrever aquela carta. A ausência de dez anos, cujo lapso de tempo deixou uma lacuna que Jock pensou ser quase impossível cobrir com palavras. Não, tranqüilizou-se rapidamente, que não gostasse do rapaz. Lembrava de John Dunbeath aos dezoitos anos como um jovem controlado, reservado, e de atitudes e opiniões perturbadoramente maduras. Jock respeitava o jeito dele, contudo achava sua frieza e sua educada autoconfiança um pouco desconcertantes. E, desde então, perderam contato. Tanta coisa havia acontecido. Lucy morrera e seguiram-se anos vazios. Charlie escrevera, é claro, dando notícias. John fora para Cambridge, jogava *squash* e jogo de péla na universidade, e diplomara-se com louvor em economia. Retornara a Nova Iorque e entrara para a empresa Warburg Investiments, ocupando um cargo inteiramente conquistado por seus próprios méritos e sem qualquer ajuda de suas relações influentes na América. Durante algum tempo, cursou a Faculdade de Administração em Harvard, e, então, inevitavelmente se casara. Charlie era um pai muito leal para relatar em detalhes aquele casamento desigual, mas, aos poucos, lendo nas entrelinhas das cartas de seu irmão, percebeu que as coisas não estavam indo bem para o jovem casal. Assim, ficou constrangido, porém nada surpreso, quando chegou a notícia de que o casamento se desfizera, os procedimentos para o divórcio e acordos legais haviam sido tomados. A única coisa boa nisso tudo era a ausência de crianças.

O divórcio fora, enfim, dolorosamente consumado, e a carreira de John permanecera aparentemente intocada pelos traumas de sua vida particular, pois continuava cada vez mais a se fortalecer. A transferência para Londres fora a última de uma constante sucessão de promoções. O mercado financeiro constituía um mundo sobre o qual Jock nada entendia, e este era outro motivo de sentir-se tão distante deste seu sobrinho americano.

Querido John,

Seu pai me contou que você está de volta a este país e trabalhando em Londres.

Não teria sido tão difícil se tivesse algo em comum com o jovem rapaz. Um interesse compartilhado poderia dar a Jock um ponto de partida.

Se conseguir ter algum tempo de folga, talvez possa pensar em viajar ao norte e passar uns dias em Benchoile.

Ele nunca fora de escrever cartas e levou quase um dia inteiro para redigir esta e, mesmo assim, não ficou satisfeito com o resultado. Mas assinou, escreveu o endereço no envelope e o fechou. Teria sido mesmo muito mais fácil, pensou com tristeza, se John mostrasse algum interesse na caça ao galo silvestre.

* * *

Com essas reflexões na mente, percorrera já metade do caminho para casa. Na estrada estreita, com as marcas das rodas sobre a grossa camada de neve, fez uma curva e avistou o lago Muie, cinza como o ferro sob o céu ameaçador. Havia uma luz na sede da fazenda, a casa de Davey Guthrie, e ao longe, no fim do lago, ficava Benchoile, resguardada pelos pinheiros negros silhuetados contra as montanhas cobertas de neve.

Construída em pedra cinza, comprida e baixa, telhado de duas águas torreado, Benchoile ficava para o sul e para um amplo pátio descendo para o lago. Muito grande, impossível de se manter aquecida devido às correntes de ar, em mau estado, e constantemente necessitando de reparos, era, não obstante, seu lar e o único lugar, em toda a sua vida, onde ele verdadeiramente desejava estar.

Dez minutos mais tarde já lá estava. Subiu a ladeira, atravessou o portão e passou através do pequeno túnel de azaléias. Em frente à casa, o caminho coberto de cascalho abria-se numa curva, terminando em um pomposo arco ornado de pedras que ligava uma esquina da casa até o prédio do antigo estábulo, onde Roddy, o irmão de Jock, vivia. Atrás do arco, um espaçoso pátio pavimentado com pedras arredondadas dava para a garagem, originalmente construída para abrigar carruagens e carroças de ir à caça; agora, porém, guardava o velho Daimler de Jock e o antigo MG verde no qual Roddy espremia seu corpanzil quando desejava realizar alguma excursão ao mundo exterior.

Ao lado desses dois veículos, em um estúpido estado de desânimo ocasionado pela melancolia do dia, Jock Dunbeath finalmente estacionou o Landrover, puxou o freio de mão, e desligou o motor. Apanhou no banco ao lado o calhamaço de jornais de domingo, dobrado, saiu do carro, bateu a porta e dirigiu-se ao pátio. A neve espessa cobria o pavimento. A luz estava acesa na sala de estar de Roddy. Cautelosamente, com medo de escorregar e cair, atravessou todo o pátio até a porta da frente de Roddy e entrou. Embora, com freqüência, fosse chamado de apartamento, a casa de Roddy era, na verdade, uma habitação de dois andares convertida do velho estábulo no fim da guerra, quando Roddy retornara para viver em Benchoile. Inflamado pelo entusiasmo, Roddy havia, ele próprio, arquitetado tal reforma. Embaixo, quartos e banheiros; a cozinha e a sala de estar ficavam no andar de cima, e o acesso a estes cômodos se dava através de uma escada de madeira vazada, tipo uma escada de navio.

Jock pôs o pé no primeiro degrau e chamou: —Roddy!

Os passos de Roddy rangeram sobre as tábuas do assoalho acima da cabeça de Jock. Subitamente, o corpanzil de seu irmão apareceu e Roddy examinou embaixo, debruçando-se sobre o parapeito do corrimão da escada.

— Ah, é você — disse Roddy, como se pudesse ser alguém mais.

— Trouxe os jornais.

— Suba até aqui. Que droga de dia horrível.

Jock galgou os degraus e chegou ao topo, na sala onde Roddy passava os seus dias. Clara e ampla, uma sala magnífica, o forro no teto acompanhava o mesmo formato do telhado em duas águas, e uma das paredes era tomada por uma gigantesca janela panorâmica. Ela fora desenhada para enquadrar o lago e as montanhas e, quando o tempo estava bom, a vista era de tirar o fôlego. Mas tudo o que se via naquela manhã era suficiente para congelar a alma. Neve e água cinza levadas pelo vento encapando tudo em branco; as montanhas na margem distante perdiam-se na escuridão.

Era uma sala masculina, e, ainda assim, uma sala de bom gosto e até mesmo bela; cheia de livros e diversos objetos espalhados que, embora sem utilidade, eram visualmente agradáveis. Uma estrutura de madeira decorada com entalhes descansava sobre o console da lareira; um móbile de peixes de papel, provavelmente japonês, pendia do teto. Às tábuas do assoalho, areadas e polidas, acrescentavam-se alguns tapetes espaçados. Antigas poltronas e um sofá bambo convidativo. Na gruta da lareira (que tivera de ser especialmente construída na época da reforma, e que provara ser o item mais caro de toda a obra), um par de achas de bétula crepitava sobre uma camada de turfa. A sala tinha um cheiro extraordinário e inteiramente único, composto de fumaça de cigarro e também de fumaça de turfa, e mais o forte aroma de óleo de linhaça.

Barney, o velho cão labrador de Roddy, deitava-se indolente sobre o tapetinho da lareira. Ao ver Jock, ele levantou o seu focinho cinzento e depois bocejou, voltando a dormir.

— Você esteve na igreja? — perguntou Roddy.

— Sim — respondeu Jock, enquanto desabotoava o sobretudo com seus dedos congelados.

— Sabia que o telefone está mudo? Um cabo deve ter arrebentado em algum lugar. — Ele olhou o seu irmão com mais atenção. — Você está morto de frio. Tome um drinque.

— E moveu-se com dificuldade em direção à mesa onde guardava os copos e as garrafas. Ele já se servira, Jock reparara, de um copo grande de uísque. Jock não costumava beber no meio do dia. Era uma de suas regras. Mas hoje, desde que o ministro mencionara o copo de xerez, estivera pensando no assunto.

— Você tem algum xerez?
— Apenas um, e bem fraco. Inteiramente seco.
— Vou achar ótimo.

Tirou o sobretudo e aproximou-se do fogo. O console da lareira estava sempre em desordem, com bugigangas empoeiradas: fotografias enroladas, cachimbos velhos, uma caneca com penas de faisão, convites antigos provavelmente não respondidos. Todavia, hoje havia um novo cartão cintilante apoiado no relógio, gravado em cobre, com as bordas douradas e maravilhosamente pretensioso.

— O que é isso? Parece um comando real.
— Não é nada tão esplêndido. Um jantar em Dorchester. Prêmio de televisão. Melhor documentário do ano. Só Deus sabe por que fui convidado. Pensava já ter sido cortado de todas essas listas. Na verdade, à parte os discursos entediantes após o jantar, eu costumava me divertir nessas ocasiões. Conhecia um bocado de novos escritores, novos rostos. Conversas interessantes.

— Vai comparecer a esse jantar?

— Estou ficando muito velho para atravessar o país só por uma ressaca grátis. — Largou o seu uísque, localizou o xerez, procurou um copo adequado e serviu a bebida para o irmão. Em seguida, recuperou do cinzeiro o cigarro aceso pela metade, apanhou os dois copos e voltou para junto do fogo. — Se fosse em algum lugar civilizado, como Inverness, eu poderia ter a bondade de acrescentar um tom a mais ao jantar, pois do contrário será apenas um burburinho vulgar. Assim é... — Ele levantou o copo. — *Slainthe**, velho amigo.

Jock abriu um sorriso. — *Slainthe.*

---

* Expressão gálica para brindar à saúde. (N. T.)

* * *

Roddy era nove anos mais novo do que Jock. Quando rapazes, Roddy fora o mais bonito dos três irmãos, o charmoso destruidor de corações, que jamais perdera o seu próprio. As mulheres o adoravam. Os homens, nem tanto. Ele era muito gentil, esperto, e tinha talento demais para coisas que não eram consideradas do âmbito masculino. Desenhava, escrevia e tocava piano. Sabia até cantar. Nas caçadas, ficava sempre com a garota mais bonita em seu alvo, e com freqüência esquecia que o objetivo do exercício era matar galos silvestres. Nenhum som, nenhuma detonação viria de sua arma, enquanto os galos silvestres voavam serenamente sobre ele em bandos. Ao final do passeio ele costumava ser encontrado em profunda conversação com a sua acompanhante, a espingarda sem disparar um tiro e o cão frustrado aos seus pés.

Brilhante, passara superficialmente pelos anos escolares sem, aparentemente, fazer muito esforço, e entrara para a Universidade de Oxford numa áurea de glória. Tendências foram iniciadas por Roddy Dunbeath e modas foram lançadas. Onde alguns exibiam tweed, ele privilegiava o veludo cotelê, e logo todos estavam usando veludo cotelê. Foi presidente do Departamento de Ciências da Universidade de Oxford, e um famoso polemista. Ninguém estava a salvo de sua perspicácia, geralmente suave, mas que podia ser mordaz.

Quando a guerra estourou, Jock já era um soldado regular do 1º Batalhão de Tiro da Escócia. Roddy, impelido por um profundo sentimento de patriotismo, sempre guardado em segredo, reuniu-se às Forças Armadas no dia em que a guerra fora declarada. Inscreveu-se, para surpresa geral, na companhia dos Fuzileiros Reais, por conta — dissera ele — de terem um uniforme tão belo. Todavia, em tempo algum fora treinado para participar de uma batalha, lutando para subir penhascos na ponta de alguma corda ou atirando-se de um avião de treinamento com os olhos fechados e bem apertados, com a mão agarrada aos cabos de abertura do pára-quedas.

Quando tudo terminou e o país estava novamente em paz, pareceu a Jock Dunbeath que todos que não eram casados correram para acertar a sua situação. Houve uma verdadeira epidemia de matrimônios, e o próprio Jock fora vítima desta correria. Mas não Roddy. Este retomou sua vida onde a havia deixado em 1939, e prosseguiu dali. Construiu um lar em Benchoile e começou a escrever. *The Eagle Years* veio primeiro, depois *The Wind in the Pines*, e por último *Red Fox*. A fama o abraçou. Freqüentou círculos de leitura, jantares com palestras, e apareceu na televisão.

Atualmente, apenas engordava. Enquanto Jock permanecia magro e seco, Roddy tornava-se obeso. Gradualmente a cintura alargou-se, o queixo dobrou, as belas feições perderam-se em pesadas papadas. Ainda assim, ele continuava atraente como sempre, e quando as colunas de mexericos dos jornais diários não publicavam boatos deliciosos sobre a nobreza, imprimiam fotografias pouco nítidas de Roddy Dunbeath (*The Eagle Years*) jantando com a Sra. Tal e Tal, que era, como todos sabiam, uma defensora dos animais selvagens.

A juventude passara, perdida entre os anos, e naturalmente a sua fama moderada começou a escapulir. Não mais festejado em Londres, ele retornou, como sempre retornava, para Benchoile. Ocupava-se em escrever pequenos artigos, roteiros de documentários sobre a natureza para a televisão, e até mesmo pequenos artigos para os jornais locais. Nada o mudava. Ele continuava o mesmo Roddy, charmoso e espirituoso, o cativante contador de histórias. Ainda desejava espremer seu corpanzil dentro de sua jaqueta de veludo e dirigir por quilômetros em estradas escuras para fazer número em algum remoto jantar festivo. E, ainda mais espantoso, sempre chegava em casa nas primeiras horas da manhã, meio adormecido e encharcado de uísque.

Mas ele estava bebendo demais. Não de forma incontrolável ou agressiva, mas estava sempre com um copo nas mãos. Começara a decair. Ele, que sempre fora fisicamente indolente, estava agora cronicamente preguiçoso. Mal podia fazer o esforço de ir até Creagan. Sua vida estava encapsulada em Benchoile.

— Como estão as estradas? — perguntava agora.

— Passáveis. Você não irá muito longe com o MG.

— Não tenho intenção de ir a lugar nenhum. — Tirou o cigarro da boca e fez pontaria na lareira. Acendeu-se uma minúscula chama. Retirou mais lenha da grande cesta ao lado da lareira e atirou-a nas cinzas da turfa. Uma nuvem de pó se levantou. As achas pegaram fogo. Uma pequena explosão, e uma ou duas fagulhas voaram para o velho tapete da lareira. Jock sentiu o cheiro de lã queimada entrar pelas narinas, e Roddy apagou as fagulhas com a sola de seu borzeguim rústico de couro cru.

— Você devia ter um guarda-fogo — disse Jock.

— Não suporto a aparência deles. Além do mais, acumulam todo o calor. — Olhou pensativamente para a sua la-

reira. — Eu bem que poderia comprar uma dessas cortinas com correntes. Vi um anúncio outro dia, mas não consigo me lembrar onde. — Mal terminara o drinque e já começava a se virar em direção às garrafas.
— Você mal tem tempo para outro. Já passa de uma hora — disse Jock.
Roddy olhou o relógio de pulso.
— Tem razão. Valha-me Deus, é um milagre Ellen ainda não nos ter presenteado com o seu berro semanal. Você não conseguiu persuadi-la a usar o velho gongo. Ela iria trazê-lo para o pátio do estábulo e fazê-lo soar. Seria tão mais de acordo se eu pudesse ser convocado para o almoço de domingo no casarão por um dignificante retumbar de um gongo. À encantadora existência e outras coisas do gênero, não devemos renunciar Jock. Devemos manter as aparências mesmo que não haja ninguém para apreciar os nossos esforços. Pense nos antigos construtores de impérios, jantando na selva com suas camisas engomadas e gravatas-borboleta. É preciso ter coragem e determinação.
O copo de xerez havia liberado um pouco as inibições de Jock.
— Nesta manhã, o ministro me disse que precisávamos um pouco de companhia jovem em Benchoile — contou a Roddy.
— Bem, essa é uma boa idéia. — Roddy hesitava junto à garrafa de uísque, então pensou melhor e serviu-se de um pouco de xerez. — Belos rapazes e belas moças. O que aconteceu com todos aqueles jovens parentes de Lucy? Costumava ter vários sobrinhos e sobrinhas correndo pela casa. Eles estavam em todos os lugares, feito camundongos.
— Cresceram. Casaram-se. Foi isso que aconteceu com eles.

—Vamos organizar uma grande reunião e chamá-los de volta. Vamos colocar uma nota na coluna social do *Times*. *"Os Dunbeath de Benchoile requerem jovem companhia. Todas as cartas serão examinadas e respondidas."* Poderíamos receber algumas respostas divertidas.

Jock pensou na carta que escrevera a John. Ele não contara nada a Roddy. Com muita cautela, resolveu que apenas quando chegasse uma resposta de John, e não antes, iria confidenciar com Roddy.

Agora, porém, hesitava com essa resolução. Ele e Roddy viam-se tão pouco, e era raro se encontrarem em tal estado de termos amigáveis, como estavam ali agora. Se no momento ele trouxesse à tona o assunto de John, então poderiam discutir o assunto no almoço de domingo. Afinal de contas, algum dia o assunto teria de vir à tona. Terminou o seu xerez. Aprumou o corpo e disse:

—Roddy...

Mas foi interrompido por uma pancada na porta. Em seguida, uma rajada de ar gelado entrou quando a porta se abriu. Uma voz estridente e rachada elevou-se do sopé da escada.

—Já passa de uma hora. Vocês sabiam disso?

Roddy olhou resignado.

—Sim, Ellen, sabíamos.

—O coronel está com você?

—Sim, está aqui.

—Eu vi o Landrover na garagem, mas ele não está no casarão. É melhor vocês dois virem agora, ou a ave estará arruinada. —Ellen nunca fora de muitas formalidades.

Jock largou seu copo vazio e foi apanhar o casaco.

— Estamos indo agora, Ellen, estamos indo agora mesmo.

6

SEGUNDA-FEIRA

O fato das linhas telefônicas estarem interrompidas era um problema menor para Roddy Dunbeath. Enquanto outras pessoas, após várias tentativas, sacudiam o aparelho em vã exasperação e decidiam abrir caminho em meio a neve à procura da cabine mais próxima, Roddy permanecia imperturbável. Não desejava entrar em contato com ninguém e divertia-se com a sensação de estar imperturbável e inalcançável.

Assim sendo, quando o telefone sobre a escrivaninha começou tocar, às 11:30 da manhã de segunda-feira, ele ficou sobressaltado, e depois, irritado.

Durante a noite, o vento se fora, depois de varrer todas as nuvens do céu. A manhã despontara tardiamente, clara e serena. O céu estava pálido, azul-ártico. O sol, levantando-se sobre o lago, coloriu o campo coberto de neve, primeiro de cor-de-rosa, e depois de um branco estonteante. Pegadas de coelhos e lebres formavam aqui e ali um desenho sobre o gramado em frente à casa. Também um cervo estivera por lá, comendo os arbustos que Jock plantara no final do ano passado. A sombra, projetada por eles, dava a idéia de copas com frutas mordidas. À medida que o sol se erguia sobre as montanhas, o azul do céu ficava mais profundo e refletia-se no espelho d'água do lago. A geada cintilante e o ar gelado estavam tão imóveis que, quando Roddy abriu a janela para atirar um punhado de migalhas aos seus pássaros, pôde ouvir o balido dos carneiros pastando ao longe, nas encostas do outro lado do lago.

Não era um dia para muita atividade. Mas, com um pouco de determinação e o prazo por se esgotar, Roddy prontificara-se a terminar o primeiro rascunho de seu artigo para o *Scottish Field*. Uma vez terminado, sucumbiu mais uma vez à preguiça e sentou-se à janela empunhando um cigarro e o binóculo. Notara gansos selvagens alimentando-se do velho restolho nos campos arados além dos pinheiros. Algumas vezes, em tempos duros como aquele, eles apareciam aos milhares.

O telefone tocou.

— Oh, que droga — Roddy exclamou em voz alta. Ao som de sua voz, Barney levantou a cabeça e balançou o rabo — Está tudo bem, amigão, não é culpa sua. — Ele largou o binóculo, levantou-se e foi, com alguma relutância, atender a chamada.

— Roddy Dunbeath.

Ouviram-se estranhos chiados. Por um instante, Roddy teve esperanças de que o aparelho continuasse enguiçado; então, o chiado parou e ouviu-se uma voz. Sua esperança morreu.

— É de Benchoile?

— Da Casa Estábulo, sim. Aqui é Roddy Dunbeath.

— Roddy. Aqui é Oliver Dobbs.

Após uma pausa, Roddy interrogou: — Quem?

— Oliver Dobbs. — A voz era agradável, jovem, profunda, vagamente familiar. Roddy pesquisou sem sucesso em sua precária memória.

— Não estou me lembrando, meu amigo.

— Nos conhecemos em um jantar em Londres, há alguns anos. Sentamos um ao lado do outro...

A memória manifestou-se. Claro, Oliver Dobbs. Rapaz esperto. Um escritor. Ganhara algum prêmio. Haviam batido um bom papo juntos. — Mas é claro. — Apanhou uma cadeira e acomodou-se para conversar. — Meu querido amigo, que esplêndido ouvir você. De onde está chamando?

— Do distrito Lake.

— E o que está fazendo aí?

— Tirei alguns dias de folga e estou viajando para a Escócia.

— Virá até aqui, é claro.

— Bem, é por isso que estou telefonando. Tentei ligar ontem, mas disseram que as linhas estavam interrompidas. Quando nos encontramos, você me intimou a visitá-lo em Benchoile e receio já estar aceitando.

— Nada de receio; eu não poderia estar mais feliz.

— Pensamos em ficar talvez alguns dias.

— Claro que devem vir. — Passar alguns dias na companhia daquele rapaz, vivaz e inteligente, era uma perspectiva estimulante. — Mas, nós quem? — perguntou Roddy.

— Bem, este é o problema — respondeu Oliver Dobbs. — Somos uma espécie de família. Victoria, Thomas e eu. Thomas tem apenas dois anos, mas é extremamente bem-comportado e não é birrento. Haverá lugar para nós três? Se não houver, tudo bem; Victoria disse que poderemos ir para uma pensão, se tiver alguma aí por perto.

— Nunca ouvi tamanha besteira — respondeu Roddy

meio indignado. A hospitalidade de Benchoile sempre fora legendária. A verdade é que, durante os últimos cinco anos, desde a morte de Lucy, as assinaturas de ingresso no maltratado livro de visitantes encadernado em couro, que ficava na mesa alta do casarão, eram poucas e espaçosas, mas isso não significava que já não houvessem calorosas boas-vindas a qualquer um que desejasse vir e se hospedar. — É claro que devem vir para cá. Quando chegarão?

— Talvez na quinta-feira. Pensamos em seguir de carro pela costa oeste. Victoria nunca esteve nas Highlands.

— Venha por Strome Ferry e Achnasheen. — Roddy conhecia as estradas escocesas como a palma de sua mão.

— E depois por Strath Oykel até Lairg. Você jamais viu uma paisagem assim em toda a sua vida.

— Está nevando por aí?

— Já nevou muito, mas o bom tempo está de volta. Quando você chegar, a estrada já deverá estar livre.

— Tem certeza de que não irá se incomodar com a nossa chegada?

— Estou absolutamente encantado. Esperamos vocês na quinta-feira para o almoço. E para ficar — acrescentou ele com a expansividade de um anfitrião em potencial, daqueles que não tinham a menor intenção de se envolver em enfadonhas necessidades de lençóis limpos, quartos sem poeira ou cozinhar refeições — fiquem o tempo que quiserem!

O telefonema inesperado deixou Roddy estimulado e contente. Após desligar o aparelho permaneceu sentado por um momento, terminando o cigarro e, satisfeito como um menino, saboreando a expectativa da visita prestes a chegar.

Ele amava os jovens. Preso àquele enorme corpo e

com os cabelos já brancos pela aproximação da velhice, ainda se considerava jovem. Por dentro, sentia-se jovem. Relembrou com prazer a amizade instantânea que brotou entre ele e Oliver Dobbs. Lembrou como passaram aquele jantar, com os rostos sérios, contendo as risadas durante os intermináveis discursos dominados por chavões.

Em determinado momento, Oliver emitiu um comentário, pelo canto da boca, sobre as medidas dos peitos da moça sentada em frente a eles, e Roddy pensara: "Você lembra a mim". Talvez fosse isso. Oliver era seu alterego, o jovem rapaz que Roddy fora um dia. Ou, talvez, o jovem rapaz que ele gostaria de ter sido, se as circunstâncias tivessem sido outras, se tivesse nascido para um estilo de vida diferente, se não tivesse havido a guerra.

A boa notícia precisava ser compartilhada. Não apenas isso, Ellen Tarbat precisava saber. Ela faria cara feia, balançaria a cabeça e assumiria a responsabilidade da situação com uma resignação martirizada. Isso era comum e não significava nada. Ellen sempre fazia cara feia, balançava a cabeça e parecia martirizada, mesmo acontecendo de alguém ser o portador de notícias maravilhosas.

Roddy apagou o cigarro e, sem se incomodar em pôr um casaco, levantou-se da cadeira e desceu a escada. Seu cão o seguiu. Saíram juntos para o ar frio da manhã, atravessaram as pedras arredondadas congeladas do pátio, e entraram pela porta dos fundos do casarão.

Os corredores, pavimentados com pedras, eram frios e pareciam não ter fim. Portas davam para depósitos de carvão, depósitos de lenha, lavanderias, despensas, adegas. Por fim, passou por uma porta verde de baeta e chegou ao enorme saguão do velho casarão. Ali, a temperatura estava um pouco mais alta. O sol atravessava pelas janelas compridas e pela porta interna de vidro na entrada da frente. Lançava feixes de raios luminosos que dançavam com a poeira sobre a escada tosca e extinguiam-se na lareira, na qual uma camada de brasas ardia atrás da enorme grade protetora. Roddy colocou mais turfa na brasa, retirando-a da cesta ao lado e, então, foi à procura do irmão.

Encontrou, inevitavelmente, Jock na biblioteca, sentado à antiquada escrivaninha de tampo corrediço que pertencera ao pai deles, e trabalhando em cálculos infindáveis e em documentos relacionados à administração da fazenda.

Por um acordo tácito, desde que Lucy morrera a sala de visitas fora trancada. Agora, a biblioteca era o lugar onde Jock passava os dias. Era uma das salas favoritas de Roddy, mas estava desgastada e em mau estado, com as paredes repletas de livros, mas com o velho couro dos sofás e das poltronas macio e confortável. Naquela manhã, também aquele cômodo estava cheio da clara luz do sol de inverno. Em outra lareira o fogo ardia, e os dois cães labradores dourados de Jock deitavam-se entorpecidos pelo calor.

Assim que Roddy abriu a porta, Jock levantou os olhos sobre os óculos que, habitualmente, escorregavam para a ponta de seu nariz adunco.

— Bom-dia — Roddy cumprimentou.

— Olá — respondeu ele, retirando os óculos e recostando-se na poltrona. — O que você quer?

Roddy entrou e fechou a porta.

— Tenho boas novas — contou. Jock esperou educadamente. — Você vai até achar que sou uma espécie de fada madrinha, realizando todos os seus desejos.

Jock continuou esperando. Roddy sorriu e largou cuidadosamente o peso sobre uma poltrona de braços, junto ao fogo. O pátio e os corredores gelados de Benchoile entorpeceram seus pés. Ele, então, descalçou as sapatilhas e remexeu-os ao calor. Percebeu um buraco em uma das meias. Precisava entregá-la a Ellen para costurar.

— Sabe, ontem — ele continuou — você comentou que o ministro, em Creagan, dissera que precisávamos de um pouco de companhia jovem. Bem, nós a teremos.

— Quem virá nos visitar?

— Um jovem encantador e brilhante chamado Oliver Dobbs e o que lhe apetece chamar de "espécie de família".

— Quem é Oliver Dobbs?

— Se você não fosse um velho reacionário já teria ouvido falar. Um jovem bem versado, com uma série de sucessos literários.

— Ah — ironizou Jock. — Mais um daqueles...

— Você gostará dele. — O mais extraordinário é que Jock provavelmente gostaria. Roddy chamara seu irmão de reacionário, mas Jock não fazia o tipo. Era um liberal, completamente. Sob a aparência fria e arrogante ocultava-se um verdadeiro homem — gentil, tolerante e de boas maneiras. Jamais se viu Jock destratar uma pessoa. Estava sempre pronto e prestativo, mesmo sendo reservado, a entender o ponto de vista do seu semelhante.

— E no que consiste — perguntou Jock suavemente — essa "espécie de família"?

— Não estou inteiramente certo, mas seja o que for, podemos nos abster de esclarecer Ellen.

— Quando chegam?

— Ele disse quinta-feira. Espero que na hora do almoço.

— E onde irão dormir?

— Podiam dormir aqui, no casarão. Há mais espaço.

— Terá de comunicar a Ellen.

— Estou criando coragem.

121

Jock enviou um olhar divertido a Roddy, que abriu um amplo sorriso. Jock recostou-se na poltrona e esfregou os olhos com o gesto de alguém que passara a noite toda acordado. — Que horas são? — indagou, e olhou para o seu relógio. Roddy, que desejava um drinque, disse que era meio-dia, mas Jock não notou a insinuação, ou, se reparou, não tomou conhecimento. Ao invés, disse: — Vou sair para dar um passeio.

Roddy conteve seu desapontamento. Voltaria a sua própria casa e se serviria de um drinque lá mesmo. — Está fazendo uma bela manhã — comentou.

— Sim — respondeu Jock. Olhou pela janela. — Linda. Benchoile está no auge de sua beleza.

Conversaram um pouco e então Roddy partiu, com o ânimo contrafeito, para os arredores da cozinha à procura de Ellen. Jock levantou-se de sua escrivaninha e, com os cães nos calcanhares, atravessou o saguão até o armário de armas. Apanhou uma jaqueta de caça, tirou as sapatilhas, calçou um par de botas de borracha verdes. Apanhou o boné e o enterrou na cabeça quase até o nariz. Um cachecol ao redor do pescoço para se proteger do vento. No bolso da jaqueta encontrou luvas de tricô. Seus dedos espicharam-se pelas aberturas da luva, inchados e vermelhos feito salsichas.

Encontrou seu cajado, um comprido bordão de pastorear. Feliz e satisfeito, ele deixou a casa. O ar frio o golpeou, a friagem penetrou profundamente em seus pulmões. Há dias não se sentia bem. Creditava o mal-estar ao cansaço e ao tempo amargo; de repente, ao frágil calor do sol de fevereiro, sentiu-se um pouquinho melhor. Talvez devesse sair mais, entretanto, era necessária uma boa razão para empreender tal esforço.

Caminhando pesadamente sobre a neve ao redor do

lago, pensou nos jovens que Roddy convidara para uma temporada. Ele não se assustara com a perspectiva como muitos homens de sua idade. Gostava de jovens tanto quanto o seu irmão, mas sempre fora tímido e tinha dificuldades em lidar com eles. Sabia que suas maneiras, retidão e aparência militar afastavam os jovens, mas o que se podia fazer a respeito da própria aparência? Talvez, se tivesse tido filhos, tivesse sido diferente. Não haveria necessidade de se esforçar para quebrar as barreiras da timidez.

Hóspedes em casa. Precisariam arrumar os quartos, acender as lareiras, talvez até abrir o antigo quarto de bebê. Esquecera-se de perguntar a Roddy sobre a idade da criança. Uma pena não poderem pescar, mas, de qualquer forma, o barco estava guardado e a garagem trancada durante o inverno.

Sua mente voltou-se para outras festas em casa, outras crianças. Ele e seus irmãos quando crianças. Seus amigos, e depois os numerosos sobrinhos e sobrinhas de Lucy. Chamava-os de amigos e parentes de coelhos. Sorriu de si mesmo. Amigos e parentes de coelhos.

Alcançara a beira do lago, que se estendia à frente dele com a margem coberta de gelo, e na qual moitas de junco pontudo cresciam dispersas. Um par de gaivotas de cabeça negra voava acima; levantou, então, a cabeça para olhá-las bem. O sol cegou seus olhos, ele colocou a mão servindo de anteparo para o brilho ofuscante. Seus cães focinhavam pela neve descobrindo odores estimulantes. Eles inspecionaram o gelo, em pequenos movimentos rápidos e nervosos, mas não eram corajosos, ou talvez imprudentes, o bastante para se aventurarem naquela superfície brilhante.

Era de fato um belo dia. Voltou-se para olhar o casarão. Ficava um pouco acima dele, no alto de uma elevação coberta de neve; familiar, amada, segura. A luz do sol reluzia nas janelas, fumaça subia das chaminés, seguindo reta no ar imóvel. Sentia cheiro de turfa e da resina do espruce. Atrás da casa, as montanhas erguiam-se em direção ao céu azul. Suas montanhas. Montanhas de Benchoile. Sentiu-se imensamente feliz.

Bem, a jovem companhia chegava. Estariam lá na quinta-feira. Haveria risadas, vozes e passos nas escadas. Benchoile esperava por eles.

Virou as costas para a casa e retornou ao passeio, o cajado nas mãos, os cães nos calcanhares, o espírito desanuviado.

Quando ele não apareceu para a refeição da metade do dia, Ellen ficou preocupada. Foi até a porta da frente, mas tudo o que viu foi uma única fileira de pegadas indo em direção à margem do lago. Lembrou que muitas outras vezes Jock se atrasara; dessa vez, contudo, seus instintos das Highlands anunciavam mistério e maus presságios. Foi procurar Roddy, que logo telefonou para Davey Guthrie. Em pouco tempo, Davey apareceu com a caminhonete e os dois homens foram juntos procurar por Jock.

Não foi difícil encontrá-lo, pois suas pegadas e a de seus cães marcavam claramente a neve. Encontraram os três no prado protegido por um dique de pedras. Jock estava calmamente deitado com a face serena voltada para o sol. Os cães mostravam-se ansiosos, mas ficou imediatamente claro que o dono deles jamais vivenciaria a ansiedade novamente.

7
TERÇA-FEIRA

Thomas Dobbs, calçando botas novas de borracha vermelha, estava agachado à beira d'água, fascinado pelo estranho e novo fenômeno que surgira em sua vida. Olhava fixamente a água, hipnotizado como o olhar de um velho marinheiro. Era tudo bem maior, brilhante e molhado do que qualquer outra coisa que vira antes em sua curta existência, e como eram divertidas as pequeninas ondas iluminadas pelo sol, e tão animados os pássaros marinhos que giravam e gritavam no ar frio sobre sua cabeça, e os barcos que passavam ocasionalmente. De vez em quando ele cavava um punhado de areia grossa e atirava ao mar.

Poucos metros atrás dele, Victoria sentara-se na praia coberta de cascalho e o observava. Vestia grossas calças compridas de veludo cotelê e três suéteres, dois dela mesmo e um terceiro que tomara emprestado de Oliver. Abraçava os joelhos para esquentar-se. Na verdade, estava extremamente frio. Mas, naquele momento, às dez horas de uma manhã de fevereiro no norte da Escócia, ou melhor, pertinho do norte da Escócia, seria surpreendente se estivesse fazendo qualquer outra temperatura.

O lugar não era sequer uma praia de verdade, apenas uma faixa estreita de cascalho entre o muro do jardim do hotel e a água do mar. Cheirava a peixe e piche, e estava coberta de sujeira com o refugo dos barcos que navegavam para cima e para baixo no grande lago marítimo, indo ou voltando das zonas de pesca. Havia pedaços de corda, uma ou duas cabeças de peixe, e um objeto viscoso e peludo, que uma olhada mais atenta provou ser um capacho podre.

— Nos confins do mundo — Oliver dissera na noite anterior, quando o Volvo atingiu o topo do caminho, começando a longa e gradual descida para o mar. Contudo, Victoria considerara aquele isolamento maravilhoso. Estavam bem mais ao norte do que tiveram a intenção de ir, e tão a oeste que, se dessem mais um passo, cairiam no mar; mas as paisagens, o esplendor do campo, as cores e a luminosidade cintilante do ar bem valiam este desvio.

Na véspera, haviam acordado com chuva no distrito Lake, mas à medida em que se aproximavam da Escócia o vento oeste soprou e as nuvens desapareceram. Durante toda a tarde anterior e novamente naquela manhã, o céu estivera claro, o ar frio e penetrante. Os picos das montanhas distantes cobertos de neve brilhavam como vidro, e as águas do lago marítimo eram de um azul-escuro índigo.

O lago, Victoria descobrira, chamava-se Lago Morag. O vilarejo, com suas minúsculas lojas e sua flotilha de barcos pesqueiros atados ao cais, também chamava-se Lago Morag, e o nome do hotel também era Lago Morag Hotel. (Oliver dissera esperar que o gerente se chamasse Sr. Lago Morag e a esposa, Sra. Lago Morag.) Construído com o único propósito de atender aos pescadores — pois ambos, água fresca e peixe, vangloriava o folheto, estavam na soleira de sua porta — era grande e feio, as paredes externas revestida de uma estranha pedra marrom, e a parte superior com ameias e torres em excesso. O interior era mobiliado com carpetes surrados e papel de parede sem colorido, da cor de mingau. Entretanto, a turfa queimava nas lareiras das salas de estar, e as pessoas eram muito gentis.

— Será que o menininho gosta de chá forte? — perguntou a tranqüila senhorita, em um vestido cor de malva, que parecia, naquela calma estação, ter acumulado as tarefas não só de chefe de cozinha e garçonete, como igualmente de recepcionista. — Quem sabe um ovo quente, ou um pedacinho de bolo de aveia? — Thomas a encarava, sem ajudar. — Ou gelatina? Gostaria de uma gelatina, querido?

Por fim, escolheram um ovo quente e uma maçã, e a gentil senhorita (Sra. Lago Morag?) levou tudo para o quarto numa bandeja, e sentou-se com Thomas enquanto Victoria tomava um banho. Quando ela saiu do banheiro, encontrou a Sra. Lago Morag brincando com Thomas e o porquinho feito de tecido de algodão rosa e branco que haviam comprado para ele em Londres antes de partir, juntamente com uma coleção de roupas, uma escova de dentes e um penico. Victoria quisera comprar um cativante ursinho, mas Oliver a informara de que Thomas não gostava de animais de pelúcia, e escolhera o porco.

O porquinho fora apelidado de Piglet. Usava calças azuis e suspensórios vermelhos. Os olhos eram escuros, parecendo duas contas. Thomas gostou do brinquedo.

— Você tem um menininho adorável, Sra. Dobbs. Com que idade ele está?

— Dois anos.

— Ficamos amigos, mas, olhe, ele não me disse uma palavra.

— Ele... não conversa muito.
— Oh, já devia estar falando. — Ela suspendeu Thomas em seus joelhos. — Que menininho preguiçoso, não fala nada. Pode falar mamãe, agora, não pode? Você não vai falar mamãe? Não vai me contar o nome do seu porquinho? — Ela pegou o brinquedo e o balançou para cima e para baixo, como se estivesse dançando. Thomas sorriu.
— Ele se chama Piglet — Victoria disse a ela.
— É um nome bonito. Por que Thomas não diz *Piglet*?

Mas ele não falou *Piglet*. Na verdade, ele quase não falava. Todavia aquilo em nada diminuía o seu charme. De fato, até acrescentava, pois era uma criança tão alegre e tranqüila, que os quatro dias em sua companhia foram de puro prazer. No carro, durante o longo trajeto até o norte, ele sentara-se sobre os joelhos de Victoria, segurando seu novo brinquedo e olhando pela janela os caminhões passarem, os campos, as cidades; claramente divertindo-se com todas aquelas novas e estranhas imagens, mas sem nada comentar sobre elas. Quando paravam para comer ou esticar as pernas, Thomas reunia-se a eles, comendo ovos com bacon ou bebendo leite ou mastigando fatias de maçãs que Oliver descascava e cortava para ele. Quando ficava cansado ou entediado, enfiava o polegar na boca, ajeitava-se nos braços de Victoria com confiança afetuosa e cantava para si próprio, com os olhos fechados e os cílios escuros e sedosos de encontro às suas bochechas redondas e rosadas.

— Às vezes me pergunto: por que ele não fala mais? — indagara a Oliver uma vez, quando Thomas estava dormindo em seu colo e não podia ouvir a discussão.

— Provavelmente porque nunca ninguém fala com ele. Talvez estejam todos muito ocupados esterilizando a casa, tratando do jardim feito manicura, e fervendo os brinquedos dele.

Victoria não concordava com Oliver. Nenhuma criança, tão bem ajustada e feliz, podia ter sido negligenciada no menor aspecto. Na verdade, aquele comportamento e a sua boa disposição davam todas as indicações de que ele passara sua vida, tão breve, envolvido em afeição.

Ao expor seu pensamento, imediatamente incitou a ira de Oliver.

— Se os avós são tão maravilhosos, então como é que ele nem parece sentir saudades? Ele não pode ter sido tão ligado assim, uma vez que não perguntou por eles.

— Ele não perguntou por nada — Victoria observou.

— E muito do fato dele ser tão confiante e destemido tem a ver com a maneira como foi criado. Se ninguém foi grosseiro com ele, desta forma ele não espera grosseria. Eis o motivo dele estar se comportando tão bem conosco.

— Que absurdo — disse Oliver rispidamente, pois não suportava ouvir uma única palavra sobre os Archers.

Victoria sabia que ele não estava sendo razoável.

— Se Thomas gritasse por seus avós o tempo todo, e reclamasse, e molhasse as calças e se comportasse como a maioria das crianças geralmente se comportam nessas circuntâncias, suponho que você culparia os Archers também.

— Você está falando em círculos hipotéticos.

— Não estou. — Mas por não saber o que era um círculo hipotético, ela não pôde mais argumentar. Ao invés disso, mergulhou em silêncio. *Mas devemos telefonar aos Archers*, pensou. Ou escrever, talvez. Oliver devia deixá-los saber que Thomas estava bem. Algum dia.

Esse, talvez, fosse o único motivo de briga entre eles. De outro modo, o compromisso inteiro, que poderia ter sido, e até mesmo merecia ser, desastroso, se revelava um sucesso absoluto. Nada saíra errado. Tudo se mostrava simples, fácil, agradável. As estradas vazias; o cenário, o céu limpo, a formidável zona rural, tudo contribuía para a satisfação deles.

No distrito do Lago chovera, mas eles estavam usando capas impermeáveis e andaram por quilômetros com Thomas, alegre como sempre, enganchado sobre os ombros do pai. O fogo queimava agradavelmente na lareira do quarto do pequeno hotel ao lado do lago, e barcos estavam atracados ao cais no fim do jardim. À noite, uma gentil camareira tomara conta de Thomas enquanto Oliver e Victoria jantavam, à luz de velas, trutas grelhadas e bifes que jamais tinham visto o interior de um congelador.

Aquela noite, deitada na suave escuridão ao calor do colchão de penas, nos braços de Oliver, ela olhara as cortinas agitando-se com a janela aberta e sentira o ar frio e úmido em sua face. Da serena escuridão além da janela vinham sons de água e dos estalidos dos botes amarrados ao cais, e sobreveio uma desconfiança de tal felicidade perfeita. Certamente, dissera a si mesma, isso não ia durar. Seguramente alguma coisa iria acontecer que estragaria tudo.

No entanto, suas apreensões foram infundadas. Nada acontecera. O dia seguinte fora ainda melhor, com a estrada correndo para o norte em direção à Escócia e o sol aparecendo assim que cruzaram a fronteira. Pela tardinha, os altos cumes das Highlands ocidentais surgiram à frente, cobertos de neve, e ao pé de Glencoe eles pararam em um bar para beber chá e comerem pãezinhos caseiros cobertos de manteiga derretida. Depois disso, a região campestre ficou cada vez mais magnífica, Oliver contou a Victoria que

VICTORIA

o lugar se chamava Lochaber e começou a cantar "A Rota para as Ilhas".
"Certamente pelo *Tummel* e *Lago Rannoch* e *Lochaber* nós iremos..."

Hoje, Lago Morag. Amanhã, ou talvez no próximo dia, Benchoile. Victoria perdera toda a noção do tempo. Perdera a noção de qualquer coisa. Observando Thomas, ela abraçou-se com mais força e descansou o queixo em seus joelhos. Felicidade, ela concluiu, deveria ser palpável. Uma coisa que se pudesse segurar e pôr em algum lugar seguro, como uma caixa com tampa ou uma garrafa com rolha. E, mais tarde, então, quando estivesse muito triste, que fosse possível tirar, olhar, sentir, cheirar e ser feliz novamente.

Thomas cansou-se de atirar areia ao mar. Endireitou-se sobre as perninhas e olhou em volta. Espiou Victoria, sentada onde a deixara. Abriu um largo sorriso e, com o andar vacilante, aproximou-se subindo a prainha suja.

Observá-lo enchia o coração de Victoria com uma ternura quase insuportável. "Se eu me sinto assim a respeito de Thomas", pensou ela, "com apenas quatro dias em sua companhia, como se sentirá a Sra. Archer, sem sequer saber onde ele está?"

Não suportou mais pensar no assunto. Desprezivelmente, covardemente, empurrou a idéia até o fundo da mente e abriu os braços para Thomas. Ele a alcançou e ela o recebeu com um abraço. O vento soprava seus cabelos compridos sobre as bochechas dele, fazendo cócegas. Ele começou a rir.

* * *

Enquanto Victoria e Thomas aguardavam na praia por Oliver, ele telefonava. Sua peça, *Bent Penny*, estreara em Bristol na véspera, e ele mal podia esperar para saber o que os críticos haviam dito nos jornais.

Oliver não estava exatamente aflito, pois sabia que a peça era boa, sua melhor peça, na verdade. Contudo, havia sempre elementos e reações que podiam surpreendê-lo. Desejava saber como a representação se desenvolvera, a resposta do público, e se Jennifer Clay, a nova atrizinha tendo sua primeira grande chance, teria justificado a fé que o produtor e Oliver haviam depositado nela.

Conversou ao telefone por quase uma hora, escutando, enquanto críticas extasiantes eram lidas em voz alta para ele, percorrendo mil quilômetros de ruidosas linhas telefônicas. Os críticos do *Sunday Times* e do *Observer*, lhe contaram, iriam ver o espetáculo apenas no final de semana. Jennifer Clay estava a ponto de ser alçada ao estrelato, e rumores diziam que um casal de importantes empresários de West End estavam interessados na peça.

— De fato, Oliver, acho que temos um sucesso em nossas mãos.

Oliver estava encantado, mas vira o espetáculo durante os ensaios e não se mostrava particularmente supreso. O telefonema para Bristol finalmente chegou ao fim, ele telefonou então para o seu agente, e todas as boas notícias foram confirmadas. Da mesma forma, havia boas notícias de Nova Iorque sobre sua peça *A Man in the Dark*, que tanto sucesso fizera em Edinburgh no verão passado.

— Estaria interessado? — perguntou o seu agente.

— O que quer dizer com "interessado"?
— Estaria preparado para ir a Nova Iorque se precisasse?

Oliver amava Nova Iorque. Era um dos seus lugares favoritos.

— Estaria preparado para ir mesmo que não precisasse — respondeu.
— Quanto tempo ficará fora de Londres?
— Duas semanas.
— Posso entrar em contato com você?
— Depois de quinta-feira estarei em Benchoile, Sutherland. Na casa de um sujeito chamado Roddy Dunbeath.
— *The Eagle Years* Dunbeath?
— Este mesmo.
— Qual é o número do telefone?

Oliver abriu sua agenda de couro, folheando-a. — Creagan, dois três sete.

— OK, já anotei. Se eu tiver outras notícias ligarei para você.
— Faça isso.
— Boa sorte, então, Oliver. E parabéns.

Seu agente desligou. Após um momento, como se estivesse relutante em pôr fim a uma conversa tão significativa, repôs o fone no gancho e ficou olhando para o aparelho por um ou dois minutos, e lentamente uma sensação de alívio o inundou. Terminara. *Bent Penny* estava lançada, como uma criança enviada ao mundo. Uma criança concebida com paixão, trazida à vida entre as maiores dores torturantes do parto, embalada e adulada até a maturidade. Esculpida em sua forma, era, finalmente, não mais responsabilidade de Oliver.

Tudo acabado. Ele refletia a respeito da produção, dos

ensaios, dos problemas de personalidade, dos temperamentos, das lágrimas. O caos, o pânico, a nova redação, o total desespero.

Acho que temos um sucesso em nossas mãos.
Este sucesso provavelmente lhe traria muito dinheiro. Poderia até torná-lo rico. Mas isso não tinha a menor importância se comparado ao alívio de seu espírito e à sensação de liberdade agora que tudo ficara para trás.
E à frente...? Ele acendeu um cigarro. Havia algo esperando por ele, mas não tinha certeza do quê. Sabia apenas que a força subconsciente de sua imaginação, aquela parte que fizera todo o trabalho, já estava lotada de personagens. Pessoas vivendo em um certo lugar, com um certo estilo de vida. Vozes conversavam. Os diálogos tomavam forma e harmonia toda própria, e as palavras, bem como as faces do indivíduos que as falavam, emergiam, como sempre, de sua prodigiosa memória.

Aquele rebuliço inicial tornava a existência cotidiana tão intensa e dramática para Oliver, como para a maioria dos homens que se apaixonam. Aquilo, para ele, era a melhor parte do ofício de escrever. Era a mesma sensação de expectativa pela espera, na escuridão do teatro, da abertura da cortina para o primeiro ato. Não se sabia o que iria acontecer, sabia-se, no entanto, que seria maravilhoso e tremendamente excitante, e melhor, muito melhor, do que qualquer outra coisa vista antes.

Levantou da cama, caminhou até a janela e abriu-a dando para o ar gelado da manhã. Gaivotas volteavam e gritavam sobre a chaminé de um barco de pesca, castigado pelo mau tempo, que ia contra o vento oeste em direção ao mar aberto.

Do outro lado da água azul-escura, as montanhas estavam congeladas em branco, e logo embaixo ficava o jardim do hotel e a faixa de praia. Olhou para Victoria e seu filho Thomas. Eles não sabiam que estavam sendo observados. Nesse momento, Tom cansou-se de atirar areia na água e aproximou-se de Victoria. Ela estendeu os braços puxando-o para perto, seu cabelo comprido e louro espalhando-se sobre as bochechas rosadas e rechonchudas de Tom.

A combinação daquela cena deliciosa e sua eufórica disposição de espírito despertou em Oliver uma felicidade desconhecida. Ele sabia que tudo era efêmero; podia durar um dia ou mesmo uma ou duas horas. Mas, subitamente, pareceu-lhe que o mundo estava mais brilhante e aquele era um lugar dos mais auspiciosos; que o menor incidente poderia ter um imenso significado; que a afeição se transformaria em amor, e amor, aquela palavra enfadonha, em paixão.

Fechou a janela e desceu para contar-lhes as boas novas.

8

QUINTA-FEIRA

Senhorita Ridgeway, aquela impecável secretária particular, de idade indeterminada, já estava sentada a sua mesa quando, faltando quinze minutos para as nove da manhã, John Dunbeath surgiu do elevador, no nono andar do novo edifício Regency House, nos escritórios opulentos e elegantes da Wargburg Investiment.

Ela levantou os olhos quando ele atravessou a porta, com a expressão de sempre — cortês, agradável e impassível.

— Bom-dia, Sr. Dunbeath.

— Olá.

Ele jamais tivera uma secretária que não pudesse chamar pelo nome de batismo e, algumas vezes, a formalidade de "Senhorita Ridgeway" entalava em sua garganta. Afinal de contas, já trabalhavam juntos há alguns meses. Teria sido muito mais fácil chamá-la de Mary ou Daphne, ou qualquer outro nome, mas a verdade é que ele ainda não havia descoberto o seu nome, e havia algo tão estritamente formal em suas maneiras, que ele jamais tivera coragem de perguntar.

De vez em quando, vendo-a sentada com uma belíssima perna cruzada sobre a outra, tomando notas de suas cartas com suas pequenas e impecáveis mãos, ele ponderava sobre a vida particular dela. Será que cuidava de uma mãe idosa e tinha interesse em bons trabalhos? Iria a concertos no Albert Hall e passava os feriados em Florença? Ou será que ela, como a secretária de um filme, tirava os óculos e sacudia os cabelos, castanhos e sem brilho, ao receber os namorados, e entregava-se a cenas de paixão desenfreada?

Ele sabia que jamais iria descobrir.

— Como foi a viagem? — perguntou ela.

— Foi boa. Mas o avião atrasou ontem à noite. Ficamos retidos em Roma.

Os olhos dela moviam-se pelo seu terno escuro e a gravata preta. — Recebeu o telegrama? — ela perguntou.
— Aquele do seu pai?

— Sim, obrigado.

— Chegou na manhã de terça-feira. Achei que gostaria de saber. Imediatamente enviei uma cópia para Bahrain. O original está sobre sua mesa com outras correspondências pessoais... — John andou em direção ao seu escritório e a Srta. Ridgeway o seguiu. — ... e o anúncio foi publicado no *Times* de ontem. Achei que gostaria de ver.

Ela pensava em tudo. "Obrigado", disse ele novamente, e abriu sua pasta retirando o relatório de doze páginas de papel ofício, cobertas com sua caligrafia caprichosa, que escrevera durante o vôo de volta a Londres.

— É melhor você pedir a uma das datilógrafas que bata isso imediatamente. O vice-presidente vai querer ver assim que for possível. E quando o Sr. Rogerson chegar, diga-lhe que venha falar comigo. — Ele deu uma espiada em sua mesa. — E o jornal *Wall Street* desta manhã?

— Está comigo, Sr. Dunbeath.

— Consiga também o *Financial Times*. Não tive tempo de comprar. — Ela já estava saindo do escritório quando ele a chamou de volta. — Espere um momento. — Ela voltou-se e ele lhe entregou mais papéis. — Quero o arquivo disto aqui. E se puder, encontre-me alguma informação sobre uma empresa texana chamada Albright; andaram perfurando poços na Líbia. E isso aqui deve ser passado em telex para o xeque Mustafá Said, e isso... e isso...

Após um momento, a Srta. Ridgeway perguntou: — Isso é tudo?

— Por ora, sim. — Ele abriu um largo sorriso. — Exceto que eu apreciaria uma boa xícara de café.

A Srta. Ridgeway sorriu, compreensiva, tornando-se quase humana. Ele gostaria que ela pudesse sorrir mais.

— Vou buscar — comunicou ela, e o deixou, fechando a porta atrás de si, sem fazer qualquer barulho.

Ele sentou-se à sua mesa cintilante e refletiu sobre o que deveria fazer primeiro. A bandeja escrito "entrada" estava repleta, cartas caprichosamente arrumadas por ordem de prioridade, com os documentos mais urgentes em cima. As três cartas particulares haviam sido colocadas no meio do seu mata-borrão que, como todos os dias, estava limpo e branco. Havia também um exemplar do *Times* do dia anterior.

Ele apanhou o telefone verde para fazer uma ligação interurbana.

— Sr. Gardner, por favor.

Segurou o aparelho telefônico com o queixo e abriu o jornal na última página.

—Aqui é John Dunbeath falando. Ele já chegou?

—Sim, ele já chegou, Sr. Dunbeath, mas não se encontra no escritório no momento. Devo pedir que ele lhe telefone?

—Sim, por favor. —E colocou o aparelho no gancho.

DUNBEATH. Subitamente, dia 16 de fevereiro em Benchoile, Sutherland, o Tenente-coronel John Rathbone Dunbeath, D.S.O. J.P. 1º Batalhão de Tiro da Escócia, ao sessenta e oito anos. Os serviços funerários serão na igreja Parish, em Creagan, às 10:30 da manhã. Quinta-feira, 19 de fevereiro.

Ele lembrou do velho camarada, alto e magro, sob todos os aspectos um soldado aposentado; o olhar lívido e o nariz adunco; suas pernas compridas galgavam a montanha com facilidade através da urze, que atingia a altura dos joelhos; sua paixão pela pesca; pela caça ao galo silvestre, pela sua terra. Nunca foram muito chegados; no entanto, persistia uma sensação de perda, de vazio, como sempre acontece quando morre alguém da família.

Largou o jornal e retirou o telegrama, enviado por seu pai, do envelope que a senhorita Ridgeway havia guardado. Releu o que já lera em Bahrain, dois dias antes.

SEU TIO JOCK MORREU EM CONSEQÜÊNCIA DE UM ATAQUE CARDÍACO BENCHOILE SEGUNDA-FEIRA 16 FEVEREIRO PONTO FUNERAL CREAGAN 10:30 MANHÃ QUINTA-FEIRA 19 FEVEREIRO PONTO FICAREMOS AGRADECIDOS SE PUDER REPRESENTAR SUA MÃE E A MIM PONTO PAPAI

Ele enviara telegramas de Bahrain. Para seus pais, no

139

Colorado, explicando por que não poderia cumprir o pedido. Para Benchoile, a Roddy, ele enviava pêsames e mais explicações, e antes de partir de Bahrain encontrara tempo de escrever a Roddy uma carta de condolências, a qual postara no correio de primeira-classe durante sua chegada, no aeroporto de Heathrow.

Mais duas cartas esperavam por sua atenção, um envelope com caligrafia manuscrita e outro datilografado. Apanhou a primeira e abriu, e então parou, atenção inteiramente voltada para a caligrafia, escrita com uma antiga caneta tinteiro, de tinta preta, as maiúsculas fortemente definidas. Olhou para o selo e viu CREAGAN. Estava datada de 10 de fevereiro.

Sentiu o estômago contrair. *Um fantasma saindo do túmulo*, seu pai costumava dizer, quando John era um garotinho e se assustava com o desconhecido. E era isso. *Um fantasma saindo do túmulo.*

Puxou a carta de dentro do envelope. Suas suspeitas foram confirmadas. Era de Jock Dunbeath.

> Benchoile,
> Creagan,
> Sutherland.
> Quarta-feira,
> 9 de fevereiro.

Estimado John,

Seu pai me contou que você está de volta a este país e trabalhando em Londres. Como não sei o seu endereço, estou enviando esta carta para o seu escritório.

Parece que já decorreu um longo tempo desde

que esteve conosco. Procurei no livro de registro de visitantes e creio que já fazem dez anos. Sei que é um homem muito ocupado, todavia, se puder tirar alguns dias de folga, talvez queira vir ao norte e passar alguns dias em Benchoile. É possível vir de avião até Inverness ou de trem até Euston e, neste caso, eu ou Roddy iremos até Inverness buscá-lo. Há trens para Creagan, mas são poucos e em horários espaçados, e isso requer várias horas de espera.

Tivemos um inverno suave, contudo, acho que o tempo frio ainda está por vir. Melhor agora do que na primavera, quando geadas tardias destroem os filhotinhos dos galos silvestres.

Deixe-me saber o que acha disso e quando será conveniente, para você, vir nos visitar. Estamos ansiosos para vê-lo novamente.

Com os melhores votos,

Afetuosamente,
Jock

A chegada, inesperada, daquele convite extraordinário; a coincidência do momento, o fato de ter sido escrita apenas alguns dias antes do ataque cardíaco fatal de Jock, tudo aquilo era intensamente perturbador. John recostou-se em sua cadeira e releu a carta mais uma vez, procurando conscientemente algum significado oculto entre as linhas escritas cuidadosamente e em estilo característico. Não conseguiu encontrar nenhum.

Parece que já fazem dez anos.

Faziam dez anos. Lembrou de si mesmo aos dezoito anos, tendo já freqüentado Wellington e com todas as alegrias de Cambridge adiante, passando parte das férias de verão com seu pai em Benchoile. E depois disso, nunca mais retornara.

Naquele momento, ocorreu-lhe que talvez devesse sentir-se culpado acerca daquele lapso. Mas tanta coisa acontecera. Ele estivera em Cambridge e depois em Nova Iorque, e então em Harvard, passando todas as suas férias no Colorado, ou na fazenda de seu pai ou esquiando em Aspen. E então Lisa apareceu em sua vida, e depois disso todas as suas energias disponíveis tinham sido dispendidas em simplesmente manter o relacionamento. Mantê-la feliz, diverti-la, mantê-la em seu alto estilo ao qual ela estava convencida ter pleno direito. Casar-se com Lisa significou o fim de suas férias no Colorado. Ela achava a fazenda entediante e era muito frágil para esquiar. Mas ela adorava o sol, por isso havia ido para as Bahamas, onde John sentia saudade das montanhas e tentava colocar o físico em forma mergulhando ou velejando.

Após o divórcio, ele mergulhara tão intensamente no trabalho que, de algum modo, não parecia haver tempo para sair da cidade. Fora seu presidente, em Nova Iorque, quem finalmente notara o seu comportamento obsessivo e o enviara para Londres. Não se tratava apenas de uma promoção, ele dissera a John, mas de uma mudança vital e necessária de ritmo. Londres é uma cidade mais calma do que Nova Iorque, a competição não tão frenética, e o ambiente, geralmente, mais despreocupado.

"Você poderá viajar ao norte e ver Jock e Roddy", seu pai lhe dissera ao telefone quando John ligara para dar notícias; entretanto, fazendo uma coisa e outra, John não conseguira fazer aquilo. Agora, ocorria-lhe que deveria sentir-se culpado acerca daquele lapso. Mas a verdade era que

Benchoile, embora, sem dúvida alguma, um belo lugar, não mais o atraía irresistivelmente. Tendo sido criado no coração das Montanhas Rochosas, ele achava as montanhas e os vales estreitos de Sutherland tranqüilos, mas, de certo modo, insípidos. Havia a pesca, é claro, mas a pesca no Colorado, nos afluentes do possante Uncompahgre, que corriam através das terras de seu pai, era sem igual. Benchoile tinha uma fazenda, mas novamente parecia pequena comparada às extensões sem fim do rancho, e havia a caça ao galo silvestre que, com suas regras, princípios, suas tradições de tiro ao alvo e golpes, havia deixado o jovem John inteiramente desanimado.

Mesmo quando garoto, rebelara-se contra o massacre aos animais selvagens, e nunca saíra para caçar veados de orelhas compridas ou alces com outros homens, e parecia irracional o fato de só porque passava uma temporada na Escócia que se esperasse isso dele, de abandonar os hábitos e convicções de uma vida.

Finalmente, e essa era a razão mais importante de todas, ele nunca pensara que seu Tio Jock gostasse tanto dele. "Ele é apenas reservado, é tímido", assegurava-lhe o pai. No entanto, por mais que tentasse, ele não conseguia estabelecer um relacionamento com o irmão mais velho de seu pai. As conversas entre eles, rememorava, nunca passaram de árduos rangidos como as rodas de uma carroça necessitando de uma boa lubrificação.

Suspirou, largou a carta e pegou o último envelope. Dessa vez rasgou-o sem examiná-lo primeiro e, ainda meditando sobre a carta de Jock, desdobrou a única folha de papel. Olhou o cabeçalho fora de moda, a data.

> McKenzie, Leith & Dudgeon,
> Advogados, Escrever para
> O Sinete.
> 18 Trade Lane,
> Inverness.
> Terça-feira, 17 de fevereiro.

John Dunbeath
Empresa Warburg Investment,
Regency House,
Londres.

John Rathbone Dunbeath Falecido.

Caro Sr. Dunbeath,

    Informo-lhe que, sob os termos do testamento de seu tio, John Rathbone Dunbeath, foi-lhe legada a propriedade rural de Benchoile, em Sutherland.

    Sugiro que consiga o mais breve possível uma oportunidade para vir ao norte e nos encontrarmos, de forma a combinarmos os detalhes práticos para o gerenciamento e futuro da propriedade.
Ficarei feliz em vê-lo a qualquer momento.

> Cumprimentos sinceros,
> Robert Mckenzie.

    Quando a Srta. Ridgeway voltou ao escritório, trazendo o café numa bela caneca branca de faiança inglesa, encontrou John sentado, imóvel em sua mesa, um cotovelo sobre o mata-borrão, a metade inferior de sua face coberta com a mão.

— Aqui está o seu café — disse ela. Ele levantou os olhos, e a sua expressão era tão sombria, que ela foi levada a perguntar se ele estava bem, se algo acontecera.

John não respondeu imediatamente. Então recostou-se em sua cadeira, deixando a mão cair em seu colo, e disse que sim, algo acontecera. Mas após uma longa pausa, durante a qual não mostrou vontade em elucidar o comentário, ela deixou a xícara e o pires ao lado dele e saiu da sala, fechando a porta entre eles com sua costumeira discrição.

9
QUINTA-FEIRA

À medida que seguiam para o leste, subindo e afastando-se dos lagos mansos do oeste da Escócia e deixando para trás os vilarejos e o cheiro das plantas marinhas atiradas à praia, a zona rural mudava sua característica com uma desconexão atordoante. A estrada vazia subia sinuosamente, adentrando a imensidão de um urzal desolado. Era uma região aparentemente despovoada, exceto por alguns carneiros desgarrados e ocasionais aves de rapina pairando no ar.

O dia estava frio e encoberto, com o vento soprando do leste. Ondas de nuvens cinzentas cruzavam vagarosamente o céu. De vez em quando surgia um intervalo, um fragmento esfarrapado de azul-pálido onde se vislumbrava a tênue luz do sol do inverno, acentuando ainda mais o isolamento em vez de contribuir para aliviá-lo.

A terra ondulada espalhava-se em todas as direções, tão longe quanto a vista podia alcançar, formando uma colcha de retalhos com as pastagens descoradas pelo inverno e vastas extensões de urze escura. De vez em quando, a monotonia da paisagem era quebrada por um monte de turfa ou um lúgubre pântano. Então, restos de neve começaram a aparecer, feito manchas brancas de um cavalo malhado, aprisionada em escavações circulares nas encostas das montanhas, vales e planícies de diques degradados de pedras. À medida que a inclinação ficava mais íngreme, a neve tornava-se mais densa e, ao atingirem o topo do urzal — a crista, por assim dizer — via-se, por toda parte à volta deles, uma camada de neve de quinze centímetros ou mais de profundidade. A estrada, com marcas no gelo, era traiçoeira sob os pneus do Volvo.

Era como estar no Pólo Norte ou na Lua. Certamente em um lugar que ninguém, nem remotamente, imaginaria visitar. Abruptamente, o urzal selvagem e desolado desapareceu. Haviam atravessado um divisor de águas e, imperceptivelmente, a estrada recomeçou a descer mais uma vez. Agora notavam-se rios, cachoeiras e plataformas de pinheiros e lariços. Primeiro apareceram chalés isolados, depois fazendas em colinas, e então os vilarejos. Naquele momento, rodavam junto a um imenso lago interiorano; depois passaram pela enorme barragem de uma hidrelétrica e logo a seguir surgiu uma cidadezinha. A rua principal margeava a beira d'água, e também passaram por um hotel e vários barquinhos estacionados sobre os seixos. Uma placa de trânsito apontava para Creagan.

Victoria ficou agitada. — Estamos quase lá. — Inclinou-se para a frente e retirou do porta-luvas o mapa que Oliver comprara. Com a "ajuda" de Thomas, ela o abriu. Uma das pontas do papel tocou a direção e Oliver empurrou-o bruscamente.

— Cuidado aí, você vai me cegar — disse ele.

— Só faltam mais dez quilômetros até Creagan.

Thomas, usando Piglet como arma, golpeou o mapa fazendo-o cair das mãos de Victoria para o chão.

147

— Guarde isso antes que ele o pique em pedacinhos — disse Oliver. E bocejou em seu assento. Passara uma dura manhã na direção.

Victoria resgatou o mapa, dobrou-o e guardou-o. A estrada adiante serpenteava uniformemente montanha abaixo por entre barrancos de samambaias e bosques de bétulas prateadas. Um riacho fazia-lhes companhia, desdobrando-se numa série de pequenos poços e cachoeiras. O sol, obsequiosamente, saiu de trás de uma nuvem; eles viraram numa última curva e depararam com o mar, faiscante e prateado.

— É realmente espantoso — disse Victoria. — Deixamos um litoral atrás de nós, subimos a montanha passando pelo urzal e pela neve, e então encontramos outro mar. Olhe, Thomas, lá está o mar.

Thomas olhou, mas não se impressionou. Já estava cansado da viagem. Cansado de ficar sentado sobre os joelhos de Victoria. Ele botou o polegar na boca e voou para trás, atingindo, com a cabeça, o peito de Victoria num golpe retumbante.

— Oh, pelo amor de Deus, fique quieto — falou o pai, exasperado.

— Ele tem ficado quieto — Victoria foi impelida em defesa de Thomas. — Tem sido um bom garoto. Só está cansado. Você acha que há uma praia em Creagan? Quer dizer, uma praia com areia e tudo? Ainda não passamos por uma verdadeira praia com areia. Todas aquelas praias do oeste eram cobertas de pedras. Se houvesse ao menos uma onde pudesse levá-lo.

— Vamos perguntar a Roddy.

Victoria pensou no assunto. Então disse: — Espero que ele não se importe mesmo com a nossa chegada. Espero que não seja difícil. — Ela não se livrara inteiramente das apreensões.

— A toda hora tenho de lhe dizer que está tudo bem. Já falei mais de uma dúzia de vezes. Pare de ser tão ansiosa.

— Não posso evitar de sentir que você imprensou Roddy contra a parede. Talvez ele não tenha tido tempo de pensar em alguma desculpa.

— Ele ficou encantado. Feliz da vida com a perspectiva de uma companhia alegre.

— Ele conhece você, mas não conhece Tom nem a mim.

— Nesse caso, vocês dois terão de se comportar muito bem. Se eu conheço Roddy, ele não irá se importar se você tiver duas cabeças e um rabo. Ele só irá perguntar, muito gentilmente, como tem passado, e, depois, eu espero e acredito que irá me servir um enorme copo de gim-tônica.

Creagan, quando lá chegaram, revelou-se uma surpresa. Victoria esperava pela típica cidadezinha das Highlands, com uma única e estreita rua principal, ladeada por fileiras de casas rentes às calçadas e construídas com pedras chatas. Mas Creagan tinha uma ampla avenida com três faixas e, de ambos os lados, amplas calçadas pavimentadas com pedras arredondadas. As casas ficavam afastadas da rua por enormes jardins, todas em centro de terreno e dignas de nota, de proporções simples e ornamentos elegantes associados ao melhor período da arquitetura doméstica escocesa.

No centro da cidade, a avenida principal desembocava numa ampla praça, e, no meio dela, situada sobre um gramado, mais exatamente como se tivesse sido cuidadosamente colocada no meio de um tapete verde, erguiam-se as paredes de granito e a torre de ardósia de uma grande e bela igreja.

— Mas é adorável! — exclamou Victoria. — Parece uma cidade francesa.

Oliver, todavia, havia notado algo mais. — Está vazia.

Ela olhou de novo e viu que era verdade. Uma imobilidade pairava sobre Creagan, como a melancolia piedosa do Sabbath. Pior, pois não havia nem mesmo o alegre estrondo dos sinos. Também não parecia haver gente nas ruas em volta, apenas alguns poucos carros. E...

— Todas as lojas estão fechadas — disse Victoria. — Estão fechadas e todas as persianas arriadas. Talvez tenham sido fechadas antecipadamente.

Ela baixou o vidro da janela e deixou o ar frio bater em sua face. Thomas esticou a cabeça para o lado de fora e ela o puxou de volta para os seus joelhos. Sentiu o odor da maresia e o forte aroma das algas marinhas. Do alto de um telhado, uma gaivota gritava.

— Há uma loja aberta — disse Oliver.

Era uma pequena papelaria, com brinquedos de plástico na vitrine e um mostruário de cartões-postais coloridos na porta. Victoria fechou a janela porque o ar estava muito frio.

— Podemos ir lá e comprar alguns postais.

— Para que você quer comprar postais?

— Para enviar para as pessoas. — Ela hesitou. Desde aquela manhã, em Lago Morag, sua consciência andava perturbada. Censurava-se pela ansiedade que a Sra. Archer devia estar sentindo, angustiada por Thomas. A oportunidade de confidenciar com Oliver não havia ainda se apresentado, mas agora... Ela aspirou profundamente e prosseguiu com firme determinação. — Podemos enviar um para a avó de Thomas.

Oliver ficou em silêncio.

Victoria não tomou conhecimento da ausência de resposta.

— Só uma linha. Para que ela fique sabendo que ele está são e salvo.

Oliver continuou calado, o que não era um bom sinal.

— Certamente isso não vai causar nenhum dano. — Ela podia sentir o tom suplicante de sua própria voz e desprezou a si mesma por isso. — Um cartão-postal, ou uma carta ou *alguma coisa*.

— Como você perturba.

— Gostaria de mandar-lhe um postal.

— Não vamos mandar droga nenhuma.

Victoria custava a acreditar que ele pudesse ser tão teimoso. — Mas por que fazer isso? Estive pensando...

— Bem, pare de pensar. Se não pode chegar a uma conclusão mais inteligente do que essa, então simplesmente não se manifeste.

— Mas...

— O motivo de nossa viagem é para nos afastarmos dos Archers. Se eu quisesse que eles ficassem batendo na minha porta, perseguindo-me tenazmente com cartas de advogados e detetives particulares, teria permanecido em Londres.

— Mas se ela *soubesse* onde ele está...

— Ora, cale a boca.

Não foi tanto o que ele disse, mas o tom de voz que usou para dizer. Um silêncio abateu-se entre eles. Depois de um tempo, Victoria virou a cabeça e olhou para Oliver. Seu perfil estava petrificado, o lábio inferior protuberante, os olhos estreitados fixando a estrada. Haviam deixado a cidade para trás, e o carro aumentou a velocidade quando viraram uma esquina e, na mesma hora, viram uma placa de trânsito apontando para Benchoile e lago Muie. Oliver foi pego de surpresa. Freou abruptamente e virou o carro fazendo guinchar os pneus. Seguiram por uma estrada muito estreita, em direção às montanhas.

Absorta, Victoria olhou para a frente. Ela sabia que Oliver estava errado, e este era, talvez, um dos motivos dele estar sendo tão obstinado. Mas Victoria não poderia ficar inflexível também.

— Você já me disse que ela não pode fazer nada legalmente — prosseguiu. — Que não pode pegar Thomas de volta. Ele é seu filho e sua responsabilidade.

Novamente, Oliver continuou calado.

— Portanto, se você está tão seguro de si, não há razão para não deixá-la saber que ele está bem.

Ele permaneceu silencioso, e Victoria jogou a cartada final.

— Bem, você pode não ter a intenção de contar à Sra. Archer que Thomas está bem e em segurança, mas nada me impedirá de escrever a ela.

Finalmente, Oliver falou: — Se fizer isso, ou se telefonar, eu prometo que vou bater em você até lhe deixar roxa.

Oliver falou como se, de fato, fosse fazer isso. Victoria olhou-o atônita, procurando algum sinal para se tranqüilizar, para convencer-se de que Oliver estava simplesmente utilizando as palavras como sua arma mais poderosa. Mas não encontrou nada para se tranqüilizar. A frieza de sua raiva era devastadora, e ela percebeu que estava trêmula, como se ele já a tivesse surrado. As feições endurecidas dele anuviaram-se ante os olhos de Victoria, que encheram-se de lágrimas ridículas. Ela virou o rosto para o outro lado, para que ele não as percebesse, e depois, sub-repticiamente, enxugou-as.

E foi assim, com a amargura desta da briga pairando entre eles, e com Victoria esforçando-se para não chorar, que chegaram a Benchoile.

O funeral de Jock Dunbeath fora um grande e importante acontecimento, condizente com um homem de sua posição. A igreja ficou cheia e, mais tarde, o cemitério ficou lotado de homens trajados sobriamente, vindos de todas as direções. Alguns haviam, inclusive, percorrido grandes distâncias para prestar homenagens a um velho e muito querido amigo.

Mas o velório que se seguiu foi pequeno. Apenas alguns companheiros mais próximos foram até Benchoile, para se reunirem junto ao fogo chamejante na biblioteca, compartilhar dos pãezinhos caseiros de Ellen e tomar uma ou duas doses do melhor uísque maltado.

Uma dessas pessoas era Robert Mckenzie, não apenas advogado da família, mas igualmente um amigo de longa data de Jock Dunbeath. Robert fora padrinho de casamento de Jock e Lucy, e Jock fora padrinho do filho mais velho de Robert. Ele dirigira de Inverness naquela manhã e aparecera na igreja trajando um sobretudo preto comprido que lhe emprestava um ar de agente funerário. Quando chegou a hora do sepultamento, ele carregou o caixão.

Agora, com suas tarefas por terminar e um drinque nas mãos, retornara mais uma vez à sua costumeira personalidade, sagaz e eficiente. Em meio aos procedimentos, puxou Roddy de lado.

—Roddy, se for possível, gostaria de ter uma palavrinha com você.

Roddy enviou-lhe um olhar perspicaz, mas o rosto do outro homem estava ajustado em sua expressão profissional e nada revelou. Roddy suspirou. Esperava algo assim, mas não tão cedo.

— A qualquer hora, camarada. O que quer que eu faça, que dê um pulo até Inverness? Que tal no início da próxima semana?

— Talvez, mais tarde, essa possa ser uma boa idéia. Mas eu preferia ter um momento agora. Quer dizer, quando isso acabar. Não vou precisar mais do que cinco minutos.

— Mas claro. Fique e almoce conosco. Não deve ter mais do que sopa e queijo, mas você é mais do que bem-vindo.

—Não, não vai dar. Preciso voltar. Tenho um encontro às três horas. Mas eu poderia ficar mais um pouco depois dos outros irem embora?

— Claro que sim. Nenhum problema... — Os olhos de Roddy afastaram-se do advogado. Ele percebera um copo vazio na mão de alguém. —Caro companheiro, outra dose antes de pegar a estrada...

Não foi uma reunião melancólica. Na verdade, só havia fatos felizes a recordar, e logo ouviram-se risos e até gargalhadas. Quando finalmente os convidados saíram, indo embora em Range Rovers, carros oficiais, ou caminhonetes rurais amassadas, Roddy ficou na porta da frente observando a despedida, sentindo-se como se estivesse dando adeus às armas, ao fim de um divertido dia de caçada.

A comparação agradou-lhe porque foi tudo exatamente do jeito que Jock gostaria que fosse. O último carro partiu pelo caminho de azaléias, ultrapassando o mata-burro e sumindo de vista após virar a esquina. Somente o antigo Rover de Robert McKenzie permanecia estacionado.

Roddy voltou para dentro de casa. Robert esperava por ele em pé junto ao console da lareira, com as costas voltadas para o fogo.

— Foi tudo muito bem, Roddy.

— Graças a Deus não choveu. Nada pior do que um aguaceiro em meio a um funeral. — Ele bebera apenas dois uísques. Robert ainda tinha um pouco de bebida em seu copo, e Roddy serviu-se de mais uma pequena dose. — Sobre o que queria me falar?

— Benchoile — disse Robert.

— Sim, imaginei que fosse isso.

— Não sei se Jock conversou com você sobre o que ele pretendia fazer com o lugar.

— Não. Nunca discutimos isso. Não parecia haver uma necessidade premente em falar desse assunto. — Roddy considerou. — Mas como as coisas se apresentaram, talvez devêssemos ter falado.

— Ele nunca mencionou o jovem John?

— Fala do menino de Charlie? Nem uma palavra sequer. Por quê?

— Ele deixou Benchoile para John.

Roddy serviu-se de água em seu uísque. Um pouco dela respingou sobre a bandeja. Ele levantou o rosto, e seus olhos encontraram-se com os de Robert. Lentamente ele pousou o jarro de água e disse: — Bom Deus.

— Não fazia idéia?

— Idéia nenhuma.

— Jock pretendia conversar sobre isso com você. Ele

tinha mesmo a intenção de fazer isso. Talvez não tenha tido oportunidade.

— Nós não nos víamos muito, você sabe. Mais ou menos vivendo na mesma casa, mas não nos víamos muito. Na realidade, não conversávamos... — A voz de Roddy extinguiu-se. Ele estava confuso, perplexo.

Robert perguntou delicadamente: — Você se importa?

— Importar? — Os olhos azuis de Roddy arregalaram-se atônitos. — Importar? Claro que não me importo. Benchoile nunca foi meu do jeito que foi de Jock. Não sei nada sobre a fazenda; não tenho nada a ver com a casa ou com o jardim; nunca estive particularmente interessado na caça ao galo silvestre. Simplesmente eu me alojo aqui. Sou um hóspede.

— Então não esperava ser contemplado? — Robert estava consideravelmente aliviado. Ninguém poderia imaginar Roddy Dunbeath disputando coisa alguma, mas ele poderia ter ficado desapontado. Agora, parecia que nem mesmo isso.

— Para dizer a verdade, meu amigo, nunca pensei nisso. Nunca pensei na morte de Jock. Ele sempre me pareceu tão firme e forte, subindo as montanhas, puxando os carneiros com Davey Guthrie e constantemente trabalhando no jardim.

— Mas — Robert lembrou — ele havia tido um ataque cardíaco.

— Bem fraco. Nada preocupante, dissera o doutor. Ele parecia estar bem. Nunca se queixava... mas claro, Jock nunca foi homem de se queixar... — Mais uma vez a frase dissipou-se em silêncio. Até mesmo para Roddy Dunbeath, pensou o advogado, o seu processo mental parecia bem mais do que o usualmente nebuloso.

—Mas Roddy, desde a morte de Jock, certamente deve ter-se perguntado sobre o que aconteceria com Benchoile.

— Para falar a verdade, meu amigo, não tive muito tempo para essas questões. Um monte de coisas para organizar, você sabe, quando algo assim acontece. Andei acordando no meio da noite, suando frio ao tentar lembrar o que me esquecera de fazer.

—Mas...

Roddy começou a sorrir. — E claro, só na metade das vezes eu não havia esquecido de nada.

Era impossível. Robert abandonou o futuro de Roddy e foi direto ao ponto.

—Sobre John, então. Escrevi para ele, mas ainda não recebi resposta.

—Ele esteve em Bahrain. Mandou-me um telegrama. Este é o motivo por não ter aparecido aqui hoje de manhã.

— Eu o convidei para um encontro. O futuro da propriedade terá de ser discutido.

—Sim, suponho que sim. —Roddy pensou a respeito. E disse, com alguma convicção: — Ele não vai querer morar aqui.

— O que faz você ter tanta certeza?

— Não consigo imaginar ele tendo o menor interesse no lugar.

— Jock parecia não pensar assim.

— Algumas vezes era difícil saber o que exatamente Jock pensava. Nunca achei que ele, particularmente, gostasse do garoto de Charlie. Eles sempre foram intensamente formais um com o outro. Não é um bom sinal, você sabe, quando as pessoas são muito formais. Além disso, John Dunbeath tem a própria carreira. Ele é esperto, um jovem homem de sucesso, negociando e ganhando muito dinheiro. Não que precise ganhar muito dinheiro porque sempre o teve por parte da mãe. E há outra coisa: ele é americano.

— Meio americano. — Robert permitiu-se um sorriso. — E eu pensava que você seria o último homem do mundo a usar isso contra ele.

— Não estou fazendo isso. Não tenho nada contra John Dunbeath. Ele foi um garoto excepcional e extremamente inteligente. Mas não o vejo como o Laird de Benchoile. O que ele faria de si mesmo? Ele tem apenas vinte e oito anos. — Quanto mais Roddy pensava sobre isso, mais despropositada a idéia se tornava. — Acho até que ele nem sabe diferenciar uma ponta do carneiro de outra.

— Não é necessário muita inteligência para aprender.

— Mas por que John? — Os dois homens entreolharam-se sombriamente. Roddy suspirou. — É claro que eu sei por quê. Porque Jock não teve filhos, eu também não tive filhos, e não havia mais ninguém.

— O que acha que vai acontecer?

— Acho que ele vai vender a propriedade. É uma pena, mas não consigo pensar em mais nada que ele possa fazer com o lugar.

— Conservar. Passar os feriados aqui. Por que não?

— Uma casa de fim de semana com quatorze quartos?

— Ou então manter a fazenda produtiva e vender a casa.

— Não conseguirá livrar-se da casa, a menos que venda também os direitos de caça, e Davey Guthrie necessita daquela terra para os seus carneiros.

— Se ele vender Benchoile, o que você irá fazer?

— É uma boa pergunta. Eu vivi aqui, indo e voltando, toda a minha vida; talvez seja muito tempo para um homem permanecer em um só lugar. Devo me mudar. Sair daqui. Ir para algum lugar distante.

Robert imaginou Roddy em Ibiza, usando um chapéu-panamá. — Como Creagan — finalizou ele, e Robert gargalhou.

— Bem, estou contente que você já saiba — disse o advogado, terminando seu drinque e colocando o copo vazio na bandeja. — E espero que todos nós tenhamos capacidade de arranjar tudo. Eu... eu acho que John virá, mais cedo ou mais tarde. Para Benchoile, quero dizer. Vai estar tudo certo?

— Certo como a chuva, camarada. A qualquer hora. Diga-lhe para me telefonar.

Os homens andaram em direção à porta.

— Manterei contato.

— Faça isso. E Robert, muito obrigado por hoje. E por tudo.

— Sentirei a falta de Jock.

— Todos nós sentiremos.

Ele foi embora em direção a Inverness e para o seu compromisso às três da tarde. Era um homem ocupado, com muita coisa para pensar. Roddy observou o Rover desaparecer de vista, e então ficou inteiramente só, sabendo que agora estava realmente tudo terminado. Tudo se realizara com muito sucesso, o que foi muito surpreendente. Nenhum contratempo ocorrera. O funeral transcorrera ordenadamente, em estilo militar, justamente como se o próprio Jock o tivesse organizado, e não o seu singular e desleixado irmão. Roddy deu um longo suspiro, em parte por alívio, em parte por tristeza. Levantou os olhos para o céu, ouvindo o chilreio dos gansos selvagens acima das nuvens, mas eles estavam fora do alcance da vista. Uma brisa subiu o vale vinda do mar, e a superfície azul-acinzentada da água do lago tremeu ao seu toque.

Jock estava morto e agora Benchoile pertencia ao jovem John. Talvez, assim, este dia não fosse apenas o fim do começo, mas também, se John decidisse vender tudo, o começo do fim. Levaria tempo para se acostumar a essa idéia, mas, no livro de Roddy, havia somente um modo de atacar problemas tão grandes, e este era o mais lentamente possível, um único passo de cada vez, o que significava nenhuma expectativa e nenhuma ação precipitada. A vida seguiria seu curso.

Ele olhou para o relógio. Marcava meio-dia e meia. Seus pensamentos moveram-se para a frente, para o restante do dia, e de repente lembrou-se da jovem família que estava chegando para passar alguns dias em Benchoile. Oliver Dobbs, com uma mulher e uma criança. Ocorreu-lhe que Oliver era o tipo de homem que teria sempre alguma mulher a tiracolo.

Estariam chegando a qualquer momento, e essa perspectiva desanuviou o seu espírito. Aquele era um dia triste, mas, pensou Roddy, onde Deus fecha uma janela, Ele abre uma porta. O que este antigo ditado tinha a ver com Oliver Dobbs ele não sabia, mas o ajudava a se dar conta de que não havia tempo para lamentações inúteis, e sentiu-se reconfortado com aquilo.

A idéia de conforto trouxe-lhe à consciência uma agonia física que suportara durante toda a manhã.

Tinha a ver com sua saia kilt. Havia dois anos ou mais que ele não usava este traje, mas lhe pareceu apropriado vestir para o funeral do Laird. Então, naquela manhã, ele retirara o traje, rescendendo a cânfora, do armário, apenas para descobrir que havia ganho tanto peso que a saia kilt mal dava a volta em sua cintura e, depois de lutar com ela por cinco minutos, fora forçado a ir até o casarão recrutar a ajuda de Ellen Tarbat.

Encontrou-a na cozinha trajando um vestido negro, reservado para os funerais, e com o seu chapéu mais melancólico — nenhum dos chapéus de Ellen era muito alegre — já enviesado sobre sua cabeça e preso por um imenso grampo de chapéu. As lágrimas de Ellen por Jock tinham sido vertidas particularmente, decentemente, atrás da porta bem fechada de seu quarto, no alto da casa. Agora, com os olhos secos e lábios comprimidos, ela estava ocupada em polir os melhores copos antes de colocá-los sobre a mesa forrada em damasco na biblioteca. Quando Roddy apareceu, agarrando sua saia kilt como se fosse uma toalha de banho, ela comentou "Eu lhe disse", como se ele soubesse o quê; entretanto, Ellen largou a toalha de chá e aproximou-se corajosamente em seu auxílio, empregando seu peso insignificante nas tiras de couro da saia, feito um pequenino cavalariço tentando apertar a sela de um robusto cavalo.

Finalmente, pela força bruta, o pino da fivela entrou no último buraco da tira de couro.

— Aí está — disse Ellen triunfantemente. Ela estava com as faces completamente vermelhas, e alguns fios de cabelos brancos haviam escapado de seu coque.

Roddy havia prendido a respiração. Agora, expirava cautelosamente. A saia kilt apertava-lhe a barriga como um espartilho, mas as tiras permaneciam miraculosamente atadas.

— Você conseguiu — ele disse.

Ellen arrumou os cabelos. — Se você me perguntasse, eu diria que está na hora de seguir uma dieta. Ou terá que levar sua kilt até Inverness e arranjar alguém para alargá-la. De outra forma, irá provocar em si mesmo um ataque e será o próximo a ser enterrado.

Enfurecido, Roddy saiu a passos largos da cozinha. As tiras da saia haviam permanecido atadas, de algum modo, durante toda a manhã. Mas agora, aliviado, dava-se conta de que não precisava sofrer mais, indo em direção à Casa Estábulo retirar seus atavios e vestir as roupas mais confortáveis que possuía.

Estava justamente encolhendo-se dentro de sua velha jaqueta de tweed quando ouviu a aproximação do carro. Da janela do quarto viu o Volvo azul-escuro subindo pelo caminho de azaléias e parando rente ao gramado defronte à casa. Roddy deu uma olhadela no espelho, passou a mão nos cabelos despenteados e saiu do quarto. Seu velho cão Barney levantou-se e o seguiu. O cão passara a manhã trancado e sozinho, e não iria arriscar novamente ser deixado para trás. Os dois surgiram no pátio justamente quando Oliver saía do carro. Ele viu Roddy e bateu a porta do carro atrás de si. Roddy aproximou-se dele, os pés arrastando no cascalho, a mão estendida em sinal de boas-vindas.

— Oliver!

Oliver sorriu. Não mudara nada, pensou Roddy com satisfação. Ele não gostava de pessoas que mudavam. Naquele jantar da televisão, Oliver usara uma jaqueta de veludo liso e uma gravata florida. Agora vestia uma jaqueta de veludo cotelê claro e um enorme suéter norueguês, mas, fora isso, parecia exatamente o mesmo. O mesmo cabelo acobreado, a mesma barba, o mesmo sorriso.

Oliver aproximou-se e encontraram-se no meio do cascalho. A visão daquele homem, alto, jovem e bonito, deu a Roddy um novo sopro de vida.

— Alô, Roddy.

Roddy apertou a mão de Oliver entre as suas, cumprimentando-o, tão feliz que estava em vê-lo.

— Meu caro companheiro, como está você? Que bom que puderam vir. E chegaram na hora, também. Teve algum problema em achar o caminho?

— Não, problema nenhum. Compramos um mapa em Fort William e simplesmente seguimos as linhas vermelhas. — Ele olhou em volta, para a casa, o pátio inclinado, as águas cinzentas do lago, as montanhas além. —Que lugar fantástico.

— Sim, é adorável, não é? — Um ao lado do outro, eles contemplaram a vista. — Embora não seja o melhor dia para apreciar a paisagem. Vou ter que arranjar um pouco de bom tempo para vocês.

— Não nos incomodamos com o tempo. Por mais que esteja frio, tudo o que Victoria parece gostar de fazer é sentar-se na praia. — Então, Oliver lembrou dos demais ocupantes do carro. Fez um movimento em direção ao veículo, mas Roddy o interpelou.

— Olhe... apenas um minuto, camarada. Acho que devemos ter uma palavrinha antes. — Oliver olhou para ele. Roddy dobrou a cabeça para trás, procurando as melhores palavras. — O problema é... — não encontrando um jeito de tocar no assunto, foi direto ao ponto. — Meu irmão morreu no início da semana. Jock Dunbeath. O enterro foi hoje de manhã. Em Creagan.

Oliver ficou horrorizado. Encarou Roddy, assimilando a notícia, e então disse: — Oh, Deus — e transmitiu tudo em sua voz: aflição, pesar e uma espécie de constrangimento pungente.

— Caro amigo, não se sinta mal por isso. Quis lhe contar imediatamente para que entendesse logo a situação.

— Passamos por Creagan. Vimos tudo fechado, mas não sabíamos o motivo.

— Bem, você sabe como é. Nesta parte do mundo, as pessoas ainda gostam de prestar homenagens, especialmente quando é para um homem igual a Jock.

— Estou terrivelmente sentido. Mas quando foi que aconteceu?

— Segunda-feira. Por volta do meio-dia. Mais ou menos nessa mesma hora. Ele saiu com os cães e teve um ataque cardíaco. Nós o encontramos no prado de um dos diques.

— E não pôde entrar em contato conosco para dizer que não viéssemos porque não sabia onde eu estava. Que situação chata.

— Não, eu não sabia onde vocês estavam, mas, mesmo que soubesse, não teria entrado em contato. Estava ansioso para vê-lo, e teria ficado muito desapontado se não tivesse vindo.

— Pensando bem, acho que não poderemos ficar.

— Claro que podem. Meu irmão está morto, mas o funeral já terminou, e a vida continua. O único porém é que originalmente havia planejado hospedar vocês no casarão. Mas me ocorreu que lá, sem o Jock, pode ser um pouco depressivo; portanto, se não se incomodarem com quartos mais apertados, ficarão comigo na Casa Estábulo. Ellen, a governanta de Jock, e Jess Guthrie, a da fazenda, já arrumaram as camas e acenderam as lareiras. Portanto, tudo está pronto para receber vocês.

— Tem certeza de que não preferiria que fôssemos embora?

— Pelo contrário, meu caro rapaz, eu ficaria muito

triste. Estava ansioso por um pouco de companhia jovem. Não foi bem o que eu tive por companhia estes dias...

Ele olhou em direção ao carro e viu que a garota, talvez cansada de ficar lá sentada enquanto os dois homens conversavam, já havia saído e, agora, ela e o garotinho, de mãos dadas, estavam a caminho do lago. Ela vestia-se mais ou menos como Oliver, com calças compridas e um suéter grosso. A cabeça, coberta por um cachecol vermelho e branco, sendo o tom vermelho do cachecol o mesmo do macacão usado pelo garoto. Em tal conjunto, eles formavam um quadro encantador, investindo contra o cinza, enfeitando o panorama com cores e um certo ar de inocência.

— Vamos ao encontro deles — disse Oliver, e caminharam devagar em direção ao carro.

— Só mais uma coisa — disse Roddy. — Suponho que você não seja casado com essa garota.

— Não, não sou. — A expressão de Oliver era de quem estava se divertindo. — Você se importa?

A conjectura de que as atitudes de Roddy Dunbeath pudessem estar fora de moda e desatualizadas fizeram o próprio Roddy sentir-se levemente indignado.

— Céus, claro que não. Não me importo nem um pouco. De qualquer forma, não tem nada a ver comigo, é um problema todo seu. Só uma coisinha. Seria melhor que as pessoas que trabalham em Benchoile pensassem que vocês são casados. Parece fora de moda, eu sei, mas as pessoas daqui são mesmo antiquadas, e não quero que se sintam ofendidas. Tenho certeza de que você entende.

— Sim, claro.

— Ellen, a governanta, provavelmente teria um ataque do coração e desmaiaria em cima de mim se soubesse dessa lamentável verdade, e Deus sabe o que seria de Benchoile se tal acontecesse. Ela sempre esteve por aqui, há mais tempo do que as pessoas podem lembrar-se. Ela chegou aqui recém-vinda de alguma remota cabana das Highlands para tomar conta do meu irmão mais novo, permanecendo desde então, e imóvel como uma rocha. Você irá conhecê-la, mas não espere um senhora devotada, sorridente, dócil. Ellen é tão dura quanto uma rocha e pode ser duas vezes mais desagradável! Portanto, entenda, é absolutamente importante não ofendê-la.

—Sim, é claro.
—Sr. e Sra. Dobbs, então?
—Sr. e Sra. Dobbs — concordou Oliver.

Victoria, segurando com firmeza a mão rechonchuda de Thomas, estava em pé às margens juncosas do lago Muie e lutava contra a terrível convicção de que tinha vindo a um lugar onde não deveria estar.

É melhor viajar com esperança do que chegar. A chegada não trouxera nada, além de uma sensação desoladora e de desapontamento. Ali estava Benchoile. Mas a Benchoile que Victoria imaginara era a Benchoile vista através dos olhos de um garoto de dez anos que Roddy Dunbeath fora um dia. *The Eagle Years* era a saga de um verão, de céus azuis e longas noites douradas, com montanhas purpúreas cobertas de urze. Um idílio que não tinha relação com aquele cenário agourento e exposto ao vento. Aos olhos de Victoria o lugar era irreconhecível. Onde estava o barquinho a remo? Onde estava a cachoeira na qual Roddy e seus irmãos tinham feito piqueniques? Onde estavam as crianças correndo de pés descalços?

A resposta era simples. Haviam desaparecido para sempre. Trancadas entre as capas de um livro.

Agora, assim, estava Benchoile. Céu demais, espaço demais, quietude demais. Apenas o zunido do vento por entre os galhos dos pinheiros e o marulho da água cinzenta sobre os seixos. O tamanho e o silêncio das montanhas eram enervantes. Elas circundavam o vale estreito, erguiam-se perpendicularmente à costa oposta do lago. Os olhos de Victoria seguiram ladeira acima, passaram por magníficos baluartes, ou penhascos cobertos de pedrinhas, sobre montanhas escuras com urze até os cumes distantes escondidos no céu entre as nuvens cinzentas. A altura imponente, a vigilância das montanhas exerciam um efeito destruidor. Sentiu-se encolhida, pequenina, insignificante feito uma formiga. Incapaz de lidar com o que quer que fosse, e menos ainda com a súbita deterioração de seu relacionamento com Oliver.

Tentava justificar o incidente chamando-o de briga boba, mas sabia que era bem mais do que isso, uma ruptura amarga e inesperada. Culpava-se por toda aquela confusão. Deveria ter ficado quieta acerca de enviar um estúpido cartão-postal para a Sra. Archer. Mas naquela hora parecera importante, uma questão pela qual valia a pena lutar. E agora estava tudo estragado, nenhum dos dois emitira mais uma palavra sequer após a última violenta explosão de Oliver. E, talvez, isso também tivesse sido culpa de Victoria. Ela deveria ter-se defendido, trocado ameaça por ameaça e, se necessário, indicado que iria explodir também. Deveria ter dado provas a Oliver de que possuía vontade própria em vez de ficar hipnotizada feito um coelho, e com os olhos tão cheios de lágrimas que não podia nem mesmo enxergar a estrada à sua frente.

Sentia-se esmagada. Pela briga, por Benchoile, por um cansaço físico que fazia seu corpo inteiro doer, pela sensação desconfortável de perda de identidade. Quem sou eu? O que estou fazendo neste lugar estranho? Como foi que cheguei aqui?

— Victoria. — Ela não escutara os passos aproximando-se pela grama e teve um sobressalto com a voz de Oliver.

— Victoria, este é Roddy Dunbeath.

Voltou-se e deu de cara com um homem enorme e amassado feito um urso de pelúcia de estimação. Suas roupas pareciam ter sido jogadas sobre ele, o cabelo branco esparso esvoaçava ao vento, suas feições perdiam-se em meio à gordura. Mas ele sorria para ela. Seus olhos azuis transmitiam calor e amizade. Diante deles, a depressão de Victoria e suas primeiras impressões amedrontadas diminuíram um pouco.

Ela o cumprimentou. Apertaram-se as mãos. Ele abaixou os olhos para Thomas.

— E quem é este?

— Este é o Tom. — Ela levantou o menino no colo. As faces de Tom estavam intensamente coradas, e manchas de limo cobriam sua boca, pois já havia provado alguns seixos.

— Alô, Tom. Quantos anos você tem?

— Dois anos — respondeu Oliver — e você ficará encantado em saber que ele mal emite uma palavra.

Roddy refletiu sobre o comentário. — Bem, ele parece inteiramente saudável; portanto, acho que vocês não têm nada com que se preocupar. — Ele olhou para Victoria. — Receio que Benchoile não esteja no seu melhor dia hoje. Está muito nublado.

Havia um velho cão labrador em seus calcanhares. Thomas notou a presença do cão e contorceu-se, querendo descer para acariciar o animal. Victoria colocou-o de volta ao chão, e ele e o cão se encararam. Então, Thomas tocou-lhe o focinho macio e cinzento.

— Qual o nome dele? — perguntou Victoria.

— Barney. Está muito velho. Quase tão velho quanto eu.

— Imaginei que provavelmente teria um cão.

— Victoria — explicou Oliver — é uma de suas fãs, Roddy. — Ele falava novamente de um jeito alegre e normal, e Victoria se perguntou se a briga que explodira naquela manhã estaria, pelo momento, esquecida.

— Que esplêndido — disse Roddy. — Não há nada que eu goste mais do que receber um fã em Benchoile.

Victoria sorriu. — Estava procurando a cachoeira.

— Mesmo em um dia bonito não se pode vê-la daqui. Está escondida. Há uma pequena baía. Talvez se o tempo clarear e eu puder encontrar a chave da garagem de barcos, iremos lá um dia e você poderá vê-la pessoalmente. — Um golpe de vento, cortante feito uma faca, abateu-se sobre eles. Victoria estremeceu, e Roddy recordou-se de seu papel de anfitrião. — Vamos entrar. Apanharemos uma pneumonia ficando aqui. Vamos apanhar as malas no carro e acomodar vocês.

Novamente, não foi nada como Victoria havia imaginado. Pois fora Roddy quem os guiara, não até o casarão, mas através de um arco que dava para o pátio do estábulo, e para aquilo que obviamente era a sua casinha. Os quartos de dormir ficavam no térreo.

— Este aqui é para você e Oliver — disse Roddy, indo à frente deles como um bem treinado porteiro de hotel. — Há um quarto de vestir aqui, onde acho que poderiam acomodar a criança; aqui é o banheiro. Receio que seja tudo muito apertado, mas espero que vocês fiquem confortáveis.

— Eu sei que tudo está perfeito. — Ela colocou Tom sentado na cama e olhou à sua volta. Havia uma janela dando para o lago com um peitoril profundo sobre o qual estava uma botija com campânulas brancas. Ela se perguntou se fora Roddy quem as colocara ali.

— É uma casa engraçada — ele disse. — A cozinha e a sala de estar ficam lá em cima, mas eu gosto desse jeito. Bem, depois que desfizerem as malas e se acomodarem, subam e tomaremos um drinque, e depois veremos algo para comer. Thomas gosta de sopa?

— Ele gosta de qualquer coisa.

Roddy mostrou-se completamente pasmo. — Que criança tranqüila — comentou, e saiu do quarto.

Victoria sentou-se na beira da cama, colocando Thomas sobre os joelhos e retirando a sua pequena jaqueta. Seus olhos percorriam o quarto, adorando porque era tão arrumado, bem caiado, simplesmente mobiliado, e, ainda assim, continha tudo o que uma pessoa poderia precisar. Tinha até mesmo uma lareira, construída em um canto do cômodo, na qual uma pilha de turfas ardia em brasas. Uma cesta sobre o tapete estava repleta de turfa, assim qualquer um poderia colocar mais turfa na lareira, mantendo o fogo aceso a noite toda, se necessário. Ela se imaginou dormindo à luz do fogo e, de uma hora para outra, aquilo lhe pareceu a coisa mais romântica do mundo. Talvez, disse a si mesma cautelosamente, talvez tudo corresse bem.

Oliver apareceu atrás dela, carregando a última das malas, que colocou no chão, fechando a porta atrás de si.

— Oliver...

Mas ele a interrompeu abruptamente.

— Uma coisa horrível aconteceu. O irmão de Roddy morreu no início da semana. O funeral foi hoje de manhã, em Creagan. Quer dizer, este era o motivo de tudo estar fechado.

Victoria o encarou, por cima da cabeça de Thomas, escandalizada e incrédula.

— Mas por que ele não nos contou?

— Não podia. Não sabia onde estávamos. E, de qualquer forma, ele jura que desejava a nossa vinda.

— Ele fala por falar.

— Não, não acho isso. De certa forma, acho que somos a melhor coisa que poderia ter acontecido a ele. Você entende, dar a ele alguma coisa sobre o que pensar. De qualquer modo, já estamos aqui. E não podemos ir embora.

— Mas...

— E há outra coisa. Somos o Sr. e a Sra. Dobbs, como no registro do hotel. Aparentemente, há alguns velhos conservadores que irão nos denunciar se souberem da terrível verdade. — Ele rondou pelo quarto abrindo portas e armários, como um grande gato farejando sua própria casa. — Que organização fantástica. É aqui que Thomas vai dormir?

— Sim. Oliver, talvez devêssemos ficar apenas uma noite.

— O que quer dizer? Não gostou daqui?

— Adorei, mas...

Ele se aproximou e beijou-a na boca, silenciando o seu protesto. A briga ainda pairava entre eles. Victoria ponderou se o beijo significava um pedido de desculpas, ou se ela teria de ser a primeira a dizer que sentia muito. Mas antes de se decidir a respeito, de uma forma ou de outra ele a beijou novamente, acariciou a cabeça de Thomas e os deixou. Ela ouviu seus passos subindo a escada, escutou sua voz unindo-se à de Roddy. Suspirou e levou Thomas ao banheiro.

Era meia-noite e estava muito escuro. Roddy Dunbeath, um pouco bêbado, apanhara uma tocha e assobiara para o seu cão. Foram dar a volta no casarão para se certificar, explicara a Oliver, de que todas as portas e janelas estavam seguramente trancadas e que a velha Ellen, lá em cima no seu quarto, no sótão, iria passar a noite a salvo.

Oliver conjecturou: a salvo de quem? Haviam sido apresentados formalmente a Ellen durante a noite, e ela dera a impressão a Oliver de ser não somente mais velha do que Deus, mas tão temível quanto Ele. Victoria há muito fora se deitar. Thomas estava dormindo. Oliver acendeu o cigarro que Roddy lhe dera e saiu pela porta da frente.

O silêncio que o saudou era imenso. O vento parara e mal se ouvia um som. Seus passos rangiam sobre o cascalho, silenciando quando ele atingiu o gramado. Podia sentir a frieza e a umidade através da sola dos sapatos. Alcançou o lago e andou junto à margem. O ar estava gelado. Suas roupas leves, a jaqueta de veludo e uma blusa de seda não o protegiam adequadamente, e o frio abateu-se sobre seu corpo como uma chuveirada congelante. Reanimado pelo choque, sentiu-se refrescado.

Seus olhos acostumaram-se ao escuro. Lentamente, a presença maciça das montanhas nos arredores começou a tomar forma. Admirou a ondulação translúcida do lago. Das árvores atrás da casa uma coruja piou. Ele alcançou o pequeno cais. Agora, seus passos soavam cavernosos sobre as pranchas de madeira. Finalmente, parou e atirou a ponta do cigarro na água. Ouviu um pequeno chiado e depois ficou escuro.

As vozes estavam lá. Uma velha senhora. *Não é da forma como seu pai faria.* Há meses ela habitava sua cabeça, mas ela era Ellen Tarbat. E ainda, ela não era Ellen, de Sutherland. Chamava-se Kate e vinha de Yorkshire. *Seu pai não fazia as coisas dessa maneira, em absoluto.* Ela era amargurada, velha, indestrutível. *Ele sempre pagou suas contas. E era orgulhoso. Quando eu o enterrei, disseram, a Sra. Hackworth enterrou o seu homem, mas ela é tão avarenta que só serviu brioches quentes.*

Ela era Kate, mas era Ellen também. Era assim que acontecia. Passado e presente, fantasia e realidade, tudo torcido junto feito um cabo de aço, de forma que ele não sabia onde terminava uma coisa e começava outra. E aquilo começaria a crescer dentro dele, como um tumor, até tomá-lo por inteiro. Tornar-se-ia possuído por isso, e também pelas pessoas que lutavam para sair de dentro de sua cabeça, para entrarem no papel.

E durante semanas, talvez meses, ele viveria numa espécie de vácuo instável, incapaz de qualquer coisa que não fossem necessidades básicas e essenciais, como dormir, e caminhar até a esquina para comprar cigarros no bar.

A expectativa daquele estado tomou-o de excitação apreensiva. Apesar do frio, ele descobriu que as palmas de suas mãos estavam suadas. Virou-se e olhou para o casarão. Uma luz estava acesa no sótão, e ele imaginou a velha Ellen zanzando de um lado para outro, colocando sua dentadura em um grande copo, fazendo suas orações, deitando-se na cama. Viu-a deitada, olhando para o teto, seu nariz projetando-se sobre a barra do lençol, esperando pelo sono intermitente da velhice.

Havia outras luzes. As da sala de estar de Roddy, por detrás das cortinas puxadas, e as do quarto abaixo, onde estava Victoria.

A passos lentos, ele voltou para a casa.

Ela dormia, mas acordou quando ele acendeu a luz do abajur ao lado da cama. Sentou ao lado dela, que virou sobre o travesseiro e bocejou, viu quem era e disse o nome dele. Usava uma camisola de tecido fino branco, debruado de rendas. Seu cabelo claro espalhava-se sobre o travesseiro como fios de seda amarelo-claro.

Ele tirou a gravata e desabotoou o primeiro botão da camisa.

— Onde você esteve? — ela perguntou.

— Lá fora.

— Que horas são?

Ele tirou os sapatos. — É tarde. — Então dobrou-se, tomando a cabeça dela em suas mãos e beijando-a lentamente.

Por fim, Oliver dormiu, mas Victoria permaneceu acordada em seus braços por uma hora ou mais. As cortinas estavam puxadas, e o vento frio da noite soprava pela janela aberta. Na lareira, o fogo de turfa ardia constantemente, e o brilho de sua luz bruxuleante era refletido em desenhos no teto baixo e branco. A desavença daquela manhã fora dissolvida em amor. Victoria estava tranqüilizada. Deitava-se com uma calma certeza, tão calmante quanto um sedativo, de que nada teria possibilidade de dar errado.

10

SEXTA-FEIRA

De repente, ela acordou desorientada, sem idéia de onde estava. Viu a janela larga, e, além dela, o céu, claro, prístino, limpo. O contorno das montanhas cortava o firmamento como o vidro, os cumes mais elevados eram tocados pelos primeiros raios de sol que se levantava. Benchoile. Benchoile, possivelmente em seu melhor dia. Parecia que iriam ter um belo dia. Talvez ela pudesse levar Thomas à praia.

Thomas. A avó de Thomas. Sra. Archer. Hoje ela escreveria à Sra. Archer.

Exatamente assim, enquanto dormia, a mente de Vitória, talvez percebendo que sua dona seria capaz de descartar a resolução daquele problema, aparentemente o havia solucionado. A carta seria escrita naquela manhã, e colocada no correio na primeira oportunidade. Descobriria o endereço indo ao correio de Creagan e consultando o catálogo telefônico. Woodbridge ficava em Hampshire. Era um lugar pequeno. Não deveria haver muita gente com aquele sobrenome vivendo em um lugar tão pequeno.

A carta começou a tomar forma. *Estou escrevendo para que saiba que Thomas está bem e muito feliz.*

E o pai de Thomas? A seu lado, Oliver cochilava silenciosamente, com a cabeça virada para o lado, o braço comprido esticado acima das cobertas, a palma da mão para cima, os dedos relaxados. Victoria levantou-se sobre um dos cotovelos e olhou para a sua face tranqüila. Ele parecia, naquele momento, sem defesa e vulnerável. Ele a amava. Amor e medo não podiam compartilhar a mesma cama. Ela não tinha medo de Oliver.

E de qualquer forma — cuidadosamente ela recostou-se em seus travesseiros — Oliver jamais saberia. *Oliver não quer que eu escreva para a senhora,* ela diria na carta, *então, talvez seja melhor que a senhora não acuse o recebimento desta carta ou tente entrar em contato conosco.*

Ela não sabia por que aquela inofensiva trapaça não lhe ocorrera antes. A Sra. Archer entenderia. Tinha certeza de que se tranqüilizaria quando soubesse do seu saudoso neto. E Victoria prometeria, no final da carta, escrever novamente, manter contato. Estava parecendo que seria uma verdadeira correspondência.

Do outro quarto, atrás da porta fechada, ela escutou o alvoroço de Thomas. Um som estranho perturbava a calma da manhã. Era Thomas cantando. Ela o imaginou com o dedo na boca, batendo Piglet contra a parede. Após um tempinho, a cantoria parou, e ouviram-se passos arrastados. A porta se abriu, e Thomas apareceu.

Deitada de olhos fechados, Victoria fingiu dormir. Thomas escalou a cama e forçou a abertura de suas pálpebras com o seu polegar rechonchudo. Ela viu o rostinho do garoto a apenas alguns centímetros do seu, os olhos azuis alarmantemente próximos, seu nariz quase tocando o dela.

Ainda não escrevera para a avó dele, mas hoje o faria.

Aquela decisão libertara Victoria da culpa que sentia, e ela foi inundada por um sentimento de ternura para com Thomas. Ela o abraçou, ele encostou as bochechas nela e, sem querer, chutou o seu estômago. Após um momento, quando ficou claro que ele não iria ficar imóvel por muito tempo, ela se levantou da cama. Oliver ainda dormia imperturbável. Levou Thomas para o seu quarto, trocou sua roupa, e, em seguida, vestiu-se também. Deixaram Oliver dormindo e, de mãos dadas, subiram a escada para vasculhar a despensa à procura de algo para o café da manhã.

Os arranjos domésticos em Benchoile pareciam se dividir entre os dois estabelecimentos, o casarão e a Casa Estábulo. No dia anterior, haviam almoçado sopa e queijo, na alegre e desorganizada sala de Roddy. A mesa havia sido arrastada até uma janela e a refeição fora informal como um piquenique. O jantar, por outro lado, foi um caso inteiramente diferente, servido com requinte na imensa sala de jantar do casarão. Por uma espécie de acordo tácito, todos tinham se vestido especialmente para a ocasião. Oliver colocara sua jaqueta de veludo, e Roddy usava um gibão em tecido axadrezado, que estava tão esticado a ponto de rasgar-se, um cinturão preenchia o espaço entre a sua camisa e as calças escuras, que logo não mais caberiam em sua cintura. O fogo queimava na lareira, candelabros de prata portavam velas acesas. Grandes retratos sombrios de diversos Dunbeaths observavam-nos das paredes. Victoria ficou imaginando qual daqueles retratos seria o de Jock, mas não se sentiu à vontade para perguntar. Havia alguma coisa vagamente amedrontadora na cadeira vazia à cabeceira da mesa. Ela sentia como se fossem todos intrusos, como se tivessem penetrado, sem permissão, na casa de um outro homem, e a qualquer momento o proprietário entraria e os descobriria.

Mas, aparentemente, ela era a única, dentre todos, perturbada por aquela desconfortável sensação de culpa. Oliver e Roddy conversavam incessantemente sobre o mundo dos escritores, editores, livreiros, do qual Victoria nada conhecia. A conversa fluía, bem embalada pela abundância de vinho. E até mesmo a velha senhora, Ellen, parecia não encontrar nada impróprio em tal estado de espírito animado na noite que se seguia ao funeral do Laird. Para lá e para cá, ela caminhava em seus sapatos já gastos, com seu melhor avental sobre o vestido negro, passando pesadas bandejas através da janelinha que ligava a sala com a cozinha, e retirando os pratos usados. Victoria fez menção de querer ajudá-la, mas Roddy a impediu.

— Jess Guthrie está na cozinha dando uma mãozinha a Ellen. E ela ficará mortalmente ofendida se você se levantar de sua cadeira — explicou a Victoria, assim que Ellen ficou fora de vista. Deste modo, contra todos os seus instintos, ela permaneceu sentada, esperando, como os outros.

A certa altura da refeição, Ellen desapareceu por mais de dez minutos. Ao retornar com a bandeja do café, anunciou, sem mais preâmbulos, que o menininho dormia como um anjo. Victoria se deu conta de que ela fizera toda aquela longa jornada pelos corredores de pedra, e atravessara o pátio do estábulo para verificar se Thomas estava bem. Sentiu-se tocada.

— Ia agora mesmo verificar se ele estava bem — disse a Ellen, mas esta entortou a boca, como se Victoria tivesse dito alguma coisa indecente.

— E por que você deveria abandonar o seu jantar quando eu estou aqui para ver a criança?

Para Victoria aquilo soou como uma reprimenda.

Agora, na manhã seguinte, ela lutava com as inconsistências de uma cozinha estranha, mas, através do enfadonho expediente de abrir uma porta após a outra, encontrou ovos caipiras, pão e um jarro de leite. Thomas não ajudava em nada, ao contrário, parecia estar sempre debaixo de seus pés. Ela encontrou pratos, canecas, facas e garfos, um pouco de manteiga e uma cafeteira instantânea. Arrumou a pequena mesa de plástico, ajeitou Thomas em uma cadeira, amarrou uma toalha de papel em volta de seu pescoço, e quebrou a ponta de um ovo quente. Em silêncio, Thomas esmagou o ovo.

Victoria fez para si mesma uma xícara de café e sentou-se numa cadeira, de frente para o menino.

— Quer ir à praia hoje?

Thomas parou de comer e olhou para ela, a gema escorrendo pelo queixo. Ela limpou. Naquele mesmo momento, a porta que ligava a casa com o pátio do estábulo abriu-se, e, em seguida, fechou-se. Passos subiram a escada lentamente. Logo depois Ellen apareceu pela porta aberta da cozinha.

— Bom-dia — cumprimentou Victoria.

— Sim, e você já está de pé e já se ajeitou. Você começa cedo, Sra. Dobbs.

— Thomas me acordou.

— Vim até aqui para ver se queria que eu desse a ele o café da manhã, mas vejo que já providenciou tudo.

Suas maneiras eram desconcertantes. Não se podia saber, pelo tom de sua voz, quando se estava agradando ou fazendo algo errado. E olhar para o seu rosto também não ajudava porque ela carregava sempre a mesma expressão de reprovação. Os olhos eram frios como duas contas opacas, e a boca, enrugada como se alguém tivesse amarrado um barbante apertado em volta dela. O cabelo era branco e ralo, puxado para trás de suas têmporas e contorcido num pequeno coque. Por baixo, seu rosado couro cabeludo brilhava. O corpo parecia ter encolhido com a idade; assim, todas as suas roupas, decorosas e sempre iguais, aparentavam ser de um tamanho muito maior. Apenas as mãos eram grandes e ágeis, vermelhas de tanto esfregarem, as juntas inchadas e torcidas como as raízes de árvores velhas. Entrelaçadas sobre o estômago por cima do avental florido, davam a impressão de nunca, em toda a sua vida, terem parado de trabalhar. Victoria perguntou-se quantos anos ela teria.

E falou timidamente: — Quem sabe gostaria de tomar uma xícara de café?

— Jamais tomo essa coisa. Não combina comigo de jeito nenhum.

— Uma xícara de chá, então?

— Não, não. Já tomei meu chá.

— Bem, por que não se senta? Apenas para tirar o peso de cima de seus pés.

Por um momento, ela pensou que até mesmo aquela suave proposta afável seria rejeitada, mas Ellen, talvez seduzida pelo olhar fixo de Tom, alcançou uma cadeira e sentou-se na cabeceira da mesa.

— Termine o seu ovo agora — disse ela a Thomas. Depois virou-se para Victoria: — Ele é um belo garoto. — O seu sotaque das Highlands transformou a frase em *Ele é um pelo paroto*.

— Você gosta de crianças?

— Oh, sim, costumava ver tantas crianças em Benchoile, por todos os lugares. — Era óbvio que ela viera ver Thomas e conversar um pouquinho. Victoria esperou e, inevitavelmente, a voz alquebrada começou a tagarelar. — Cheguei aqui para tomar conta de Charlie quando ele ainda era um bebê. Charlie é o mais novo dos meninos. Também cuidei dos outros, mas tive Charlie só por minha conta. Charlie está na América agora, você sabe. Casou-se com uma moça americana. — Distraidamente, como se suas mãos não pudessem evitar, ela pegou a torrada de Thomas, passou manteiga e cortou-a em tiras para ele.

— Sinto-me tão mal — disse Victoria. — Chegamos ontem logo depois do... quer dizer, não sabíamos, entende...

Ela parou, perdida em sua própria confusão e desejando nunca ter começado a falar, mas Ellen permaneceu imperturbável.

— Você está querendo se referir ao fato do Laird ter morrido repentinamente e o funeral ter sido apenas ontem?

— Bem... sim.

— Foi um belo funeral. Todas as pessoas importantes compareceram.

— Tenho certeza disso.

— Repare bem. Ele era um homem solitário. Não teve filhos, entende? Foi um grande sofrimento para a Sra. Jock nunca ter sido capaz de gerar um bebê. "Veja, Ellen", ela costumava dizer, "o quarto de criança aqui em cima esperando pelos bebês, e parece que não vamos ter sequer um." E, de fato, não houve nenhum bebê.

Ela colocou outra tira de torrada nas mãos de Thomas.

— O que aconteceu a ela?

— Morreu. Há cinco anos ou mais. Ela morreu. Era uma senhora bonita. Sempre sorrindo. — Virou-se para

Thomas: —Sim, sim, está tomando um esplêndido café da manhã.

—E o seu bebê não teve... Charlie não teve filhos?

—Oh, sim, Charlie teve um menino, e que rapaz brilhante ele foi. Costumavam vir todos os verões, os três. Ah, como foram bons aqueles tempos. Piqueniques montanha acima, ou na praia em Creagan. "Tenho muito o que fazer em casa e não posso ir ao piquenique", costumava dizer a ele, e John retrucava: "Mas, Ellen, você precisa vir também, não será um piquenique de verdade sem você."

—O nome dele é John.

—Sim, foi dado a ele o mesmo nome do coronel.

—Devia sentir muitas saudades quando ele voltava para a América.

—Oh, o lugar ficava vazio depois que eles se iam. Parecia um túmulo.

Victoria, observando Ellen, percebeu de repente estar gostando muito dela. Parou, sentindo-se intimidada, ou mesmo tímida. Então disse: —Conhecia um pouco de Benchoile antes de chegar aqui ontem à noite, pois li todos os livros de Roddy.

—Aqueles foram os melhores tempos, quando os meninos eram novos. Antes da guerra.

—Ele deve ter sido um menininho engraçado com todos os seus estranhos animais de estimação.

Ellen estalou a língua e levantou as mãos em sinal de aversão por aquelas memórias.

—Algumas vezes pensei que ia acabar morrendo por causa dele. Era um diabinho. Tinha cara de anjo, mas nunca se sabia o que iria aprontar depois. E quando suas roupas chegavam na lavanderia, quase sempre os bolsos estavam cheios de minhocas.

VICTORIA

Victoria gargalhou. — Isso me lembra uma coisa — disse ela. — Estou procurando um lugar onde possa lavar algumas roupas. Estivemos viajando por quatro dias e não tive como lavar nada, e logo estaremos sem roupas para vestir.

— Pode colocá-las na máquina de lavar.

— Se eu levar tudo para o casarão depois do café da manhã, talvez possa me mostrar onde fica a máquina e me dizer como usá-la.

— Não se preocupe com isso. Eu cuido da roupa. Não vai querer passar as férias lavando roupa. E... — acrescentou com inocência manhosa — ... e se porventura quiser dar uma saidinha com o seu marido, poderei olhar a criança para você.

Ela estava claramente ansiosa para pôr as mãos em Thomas, tê-lo só para si. Victoria lembrou-se da carta que iria escrever. — Nesse caso, preciso fazer algumas compras. Estamos sem pasta de dentes e Oliver não passa sem cigarros. Se eu for de carro até Creagan esta manhã, você olha mesmo Thomas para mim? Ele não gosta muito de fazer compras.

— E por que deveria gostar de ir às compras? É uma ocupação aborrecida para um homenzinho. — Ela inclinou o corpo e a cabeça para Thomas, como se já tivesse algum tipo de conspiração entre eles. — Você ficará com Ellen, não é, queridinho? Vai ajudar Ellen com as roupas para lavar?

Thomas encarava aquele pequeno rosto escuro e enrugado, balançando para cima e para baixo, tão perto do seu. Victoria observou, ansiosa, a reação do menino. Seria embaraçoso se ele berrasse, magoando os sentimentos de Ellen. Mas Thomas e Ellen reconheceram-se. Havia muito

183

anos de diferença, mas ambos pertenciam ao mesmo mundo. Thomas terminara seu café da manhã. Deixou a cadeira e resgatou Piglet do chão junto à geladeira, e foi mostrá-lo a Ellen.

Ela apanhou o porquinho e o fez dançar em cima da mesa.

Kitty Birdy had a pig
She could do an Irish jig

cantou Ellen em sua voz velha e rachada. Thomas sorriu. Colocou sua mãozinha sobre o joelho dela, e a mão retorcida de Ellen cobriu os dedinhos gordos do menino.

Era surpreendente o quão simples e fáceis de compreender as coisas ficavam tão logo se alcançava uma decisão. Os problemas dissolviam-se, dificuldades eram eliminadas. Ellen levou Thomas e a roupa suja, aliviando assim Victoria, de um golpe só, de suas duas incumbências mais prementes. Roddy e Oliver, provavelmente adormecidos, embalados pelo conhaque que haviam consumido na noite anterior, ainda não haviam aparecido. Victoria, à procura de papel para escrever, foi até a sala de estar de Roddy e encontrou as cortinas ainda fechadas e o ar viciado de fumaça de cigarro. Ela puxou as cortinas, abriu as janelas, esvaziou os cinzeiros nos restos do fogo da última noite.

Na prateleira de cartas da escrivaninha desorganizada de Roddy, encontrou papel de carta de dois tipos, liso e com cabeçalho. Hesitou por um momento, debatendo-se sobre qual seria o mais adequado. Se usasse o papel liso e não escrevesse o endereço, a Sra. Archer continuaria sem saber onde encontrá-los. Mas certamente isso daria um certo ar de sigilo, como se ela e Oliver tivessem realmente algo para esconder.

Além disso, o papel com cabeçalho, impresso em relevo, guardava uma certa opulência, que deveria ser por si própria tranqüilizadora. "BENCHOILE, CREAGAN, SUTHERLAND." Ela imaginou que a Sra. Archer ficaria impressionada com aquela sobriedade. Portanto, apanhou uma folha do papel, e achou um envelope em papel de seda azul escuro. Encontrou também, em uma caneca de prata sem lustre, uma caneta esferográfica. Foi como se alguma outra pessoa tivesse arrumado tudo e deixado pronto para ela, tornando o ato ainda mais fácil.

Querida Sra. Archer,

Escrevo para lhe informar que Thomas está bem e muito feliz. Desde que deixamos Londres ele tem se comportado muito bem, não chora de modo algum, não acorda à noite e tem se alimentado bem.

Ela fez uma pausa, mastigando a caneta, relutando se devia contar à Sra. Archer que Thomas não perguntara nem uma vez por sua avó. Finalmente decidiu que isso não seria diplomático.

Como pode ver, estamos agora na Escócia e o sol está brilhando, portanto poderemos levar Thomas até a praia.

Outra pausa, e depois passou a escrever o final e a parte mais espinhosa de tudo.

Oliver não sabe que eu estou escrevendo para a senhora. Discutimos o assunto, mas ele foi radicalmente contra a idéia. Portanto, talvez seja melhor não acusar o recebimento desta carta e não tentar entrar em contato. Escreverei novamente, mais tarde, para contar como está Thomas.

Com os melhores votos,

Sinceramente,

Victoria... Victoria de quê? Ela não era Victoria Dobbs e não mais se sentia Victoria Bradshaw. Por fim, ela escreveu apenas o nome de batismo e deixou assim. Colocou o papel dentro do envelope e guardou-o no bolso de seu casaco. No andar de baixo, entrou furtivamente no quarto e apanhou a bolsa onde estava a carteira com seu dinheiro. Oliver não se mexeu. Ela saiu novamente e entrou no Volvo, dirigindo até Creagan.

Roddy Dunbeath, usando um enorme avental listrado de azul e branco, que o fazia parecer um açougueiro de sucesso, estava em pé junto ao balcão de sua pequena cozinha, picando legumes para a sopa do almoço, tentando, ao mesmo tempo, desconsiderar o fato de estar sofrendo de uma ressaca. Ao meio-dia, ele iria servir-se de um substancial drinque medicinal, mas eram apenas onze e quarenta e cinco da manhã; portanto, ele preenchia o tempo, conseguindo assim resistir a tomar a bebida antes da hora, com um pouco da confortável atividade culinária. Gostava de cozinhar. Era, na verdade, um excelente *chef*, e dar uma pequena recepção em casa era bem mais divertido do que cozinhar apenas para si próprio.

A pequena recepção em questão, quer por providências secretas ou por acaso, se desenrolava apropriadamente à altura das tradições de Benchoile. Na hora em que Roddy conseguira se erguer da cama naquela manhã, a jovem Victoria e a criança haviam desaparecido. Roddy sentia-se grato por aquilo. Tinha horror a visitas perambulando pela sala com cara de entediados, e necessitava de paz e quietude para dar atenção às suas pequenas tarefas domésticas.

Foi então ao casarão, para, delicadamente, averiguar o paradeiro de seus hóspedes, e soube, por Ellen, que Victoria havia ido até Creagan com o Volvo. O menininho, aos cuidados de Ellen, ajudava a pendurar as roupas lavadas e brincava com a cesta cheia de pregadores.

Quando Oliver finalmente apareceu, não se perturbou com toda aquela atividade independente da parte de sua família. De fato, constatou Roddy, ele até se mostrara aliviado em ficar longe deles por uma ou duas horas. Juntos, ele e Roddy haviam devorado um enorme café da manhã e, juntos, tramado um plano de irem até Wick naquela tarde. Lá, um amigo de Roddy, cansado do corre-corre, do trânsito infernal e das grandes distâncias do sul, abrira uma gráfica especializada em edições limitadas de belos livros encadernados à mão. Roddy, interessado em tudo que se relacionava com o genuíno artesanato, já há algum tempo alimentava a idéia de ir ver o trabalho de impressão e a oficina de encadernação, e Oliver, quando soube da idéia, ficou igualmente entusiasmado.

— E Victoria? — perguntou Roddy.

— Ah, provavelmente vai querer fazer algum programa com Thomas.

Eles telefonaram e combinaram a visita a Wick. Então, Oliver, inquieto após vaguear um pouco, admitiu que gostaria de trabalhar. Assim, Roddy arranjou um bloco de rascunho e o levou até a biblioteca do casarão, onde, com um pouco de sorte, Oliver conseguiu passar a manhã sem ser incomodado.

Naquele meio tempo, Roddy, deixado a sós, acendera um fogo exuberante na lareira, escrevera duas cartas e agora preparava uma sopa. O ar estava carregado do cheiro pronunciado de aipo fresco, raios de sol atravessavam a janela, Vivaldi ecoava em seu rádio transistor. O telefone começou a tocar.

Roddy praguejou, e continuou cortando o aipo como se o telefone pudesse ser atendido por si próprio. Mas, é claro que isso não ocorreu, portanto, ele largou a faca, enxugou as mãos numa toalha de chá e partiu para a sala de estar.

— Roddy Dunbeath.

— Roddy. Aqui é John Dunbeath.

Roddy sentou-se. Por sorte havia uma cadeira atrás dele. Estava atônito. — Pensei que você estava em Bahrain.

— Não, cheguei ontem pela manhã. Roddy, estou terrivelmente sentido com o que aconteceu a Jock. E também porque não pude ir ao funeral.

— Meu caro rapaz, nós entendemos perfeitamente. Foi bom você ter mandado o telegrama. De onde você está falando? De Londres? Parece que você está aqui ao lado.

— Não, não estou em Londres. Estou em Inverness.

— *Inverness?!* — O raciocínio de Roddy, embotado pelo conhaque que bebera na noite anterior, não estava funcionando como devia. — Como você chegou por aqui? Quando chegou a Inverness?

— Vim de avião para as Highlands ontem à noite. Cheguei hoje a Inverness. Passei a manhã com Robert McKenzie. Ele disse que seria bom se nos falássemos... se eu fosse a Benchoile.

— Mas é claro. Que *esplêndido*. Fique alguns dias conosco. Passe o fim de semana aqui. Para quando podemos esperá-lo?

— Bem, a qualquer hora desta tarde. Estou alugando um carro. Tudo bem se eu chegar hoje à tarde?

— Maravilhoso... — Roddy, então, lembrou-se das complicações. Bateu então com a palma da mão em sua testa, num gesto teatral de quem acabou de lembrar alguma coisa, gesto totalmente desperdiçado quando não há ninguém para olhar. — Oh, droga, exceto que eu não vou estar em casa. Um colega meu está aqui de visita e combinamos de ir até Wick para conhecer uma gráfica. Mas não se preocupe. Voltaremos logo, e Ellen estará aqui.

— Como está Ellen?

— Firme como uma rocha. Deixa todos nós na sombra. Vou dizer a ela que você está chegando e pedir-lhe que o aguarde.

— Espero que eu não vá atrapalhar.

Roddy lembrou-se de que John sempre fora demasiadamente polido. — Não nos atrapalha de modo algum. — E acrescentou: — Além do mais, é a sua casa agora. Não precisa pedir para ficar.

Houve um pequeno silêncio. Então John disse com voz grave: — Sim, este é um dos assuntos que quero conversar com você. Há muitas coisas desagradáveis para discutirmos.

— Vamos fofocar bastante após o jantar — prometeu

Roddy. — De qualquer forma, nos veremos mais tarde. Estou realmente ansioso para vê-lo. Faz muito tempo, John.

— Sim — disse John. — Acho que faz muito tempo mesmo.

Victoria retornou dez minutos depois de Roddy ter terminado a sopa, arrumado a cozinha e se servido do esperado conhaque. Estava sentado junto à janela observando um bando de patos-selvagens, com plumagem branca e preta, que pousara na beira do lago para se alimentar, quando ouviu o barulho do carro voltando. Logo depois a porta lá embaixo abriu-se e fechou-se em seguida.

— Victoria! — ele chamou.

— Sim.

— Estou aqui em cima. Sozinho. Venha me fazer companhia.

Obedientemente, ela subiu a escada e viu-o do outro lado da sala, solitariamente sentado, com apenas Barney por companhia.

— Onde está todo mundo? — perguntou ela, aproximando-se.

— Oliver está no casarão, encerrado na biblioteca trabalhando. E Thomas ainda está com Ellen.

— Talvez eu deva ir buscá-lo.

— Não seja boba. Ele está perfeitamente bem. Sente-se. Tome um drinque.

Ela recusou-se a beber, mas sentou-se do seu lado, retirando o cachecol. Ele percebeu, de repente, como ela era bela. No dia anterior, quando a vira pela primeira vez, não a achara nada bonita. Parecia tímida, apagada; até mesmo sem graça. Durante o jantar mal dissera uma palavra, e

Roddy não conseguira entender o que Oliver vira nela. Mas, naquela manhã, ela era uma pessoa diferente. Olhos brilhantes, faces coradas, uma boca toda sorrisos. Agora, Roddy perguntava-se por que Oliver não se casara com ela. Talvez tivesse algo a ver com o seu passado. Quantos anos teria ela? Onde Oliver a encontrara? Há quanto tempo estavam juntos? Ela parecia absurdamente jovem para ter um filho de dois anos de idade, se bem que os jovens de hoje em dia, mal saíam da escola e já partiam para os relacionamentos, comprometendo-se de um jeito que o jovem Roddy teria achado intensamente frustrante. Ele reparou nos belos dentes de Victoria.

— Seus olhos brilham — disse ele. — Você está bem animada. Algo de muito bom deve ter acontecido em Creagan.

— É que está fazendo uma bela manhã. Podemos enxergar longe, e tudo está brilhante. Não tinha a intenção de demorar tanto. Fui apenas comprar pasta de dentes, cigarros e outras coisinhas, e Ellen disse que não se importava em tomar conta de Thomas. Creagan é tão bonita, que fiquei lá um pouco, passeando, depois entrei na igreja e numa loja de artesanato.

O entusiasmo de Victoria cativou Roddy.

— Comprou alguma coisa?

— Não, mas posso voltar lá e comprar algo. Eles têm belos suéteres das ilhas Shetland. Depois fui até a praia. Mal posso esperar para levar Thomas. Achei que estaria frio, mas me enganei. O sol estava bastante quente.

— Estou contente por ter-se divertido esta manhã.

— Sim. — Seus olhos encontraram-se com os de Roddy, e um pouco do brilho do seu rosto desapareceu. — Não consegui dizer nada ontem à noite, mas... Bem, Oliver me contou sobre seu irmão, e eu senti muito. Sinto-me mal em estarmos todos aqui.

— Não deve se sentir assim. Vocês estão me fazendo bem.

— É mais uma preocupação para você. Senti culpa durante toda a manhã, pois deveria estar ajudando você ou Ellen, em vez de simplesmente me afastar do Thomas.

— Você fez bem em ficar longe de Thomas um pouco.

— Bem, na verdade, foi bastante agradável. — Eles sorriram em completo entendimento. — Você falou que Oliver estava trabalhando?

— Foi isso o que ele disse.

— Não sabia que ele queria trabalhar.

— É provável que deseje colocar alguma idéia no papel antes que lhe fuja da cabeça. — Roddy lembrou dos planos de irem a Wick naquela tarde e contou a ela. — Levaremos você, se quiser ir, mas Oliver achou que gostaria de fazer algum programa com Tom.

— Prefiro ficar aqui.

— Nesse caso, pode me fazer um favor. Há um jovem rapaz que irá chegar hoje à tarde. Ele ficará aqui por um ou dois dias. Portanto, se nós ainda não tivermos voltado, você poderá recebê-lo, servir-lhe um chá, dar-lhe as boas-vindas.

— É claro que sim. Mas onde ele irá dormir? Acho que já lotamos a sua casa.

— Ele irá se hospedar no casarão. Já dei uma palavrinha com Ellen a esse respeito, e ela está bastante entusiasmada; arrumando lençóis limpos, esfregando e lustrando tudo.

— Achei que ela já tinha o bastante para fazer sem a chegada de mais visitas.

— Ah, então você não sabe? Esse rapaz é o bebê precioso de Ellen. Na verdade, ele é o meu sobrinho John Dunbeath.

Victoria encarou Roddy com espanto.

— John Dunbeath. Fala do filho do seu irmão Charlie? Ellen me falou dele durante o café da manhã. Eu pensei que ele estivesse nos Estados Unidos.

— Não, não está. Na realidade, acabou de me telefonar de Inverness.

— Ellen deve estar na lua, de tanta felicidade.

— Sim. Não só porque está chegando, mas porque agora é o novo proprietário de Benchoile. Meu irmão Jock deixou toda a propriedade para John.

Victoria ficou confusa.

— Mas achei que você é que seria o novo proprietário.

— O destino não quis.

Ela sorriu.

— Mas você daria um maravilhoso Laird.

— É muita bondade sua, mas eu não serviria. Sou muito velho, muito apegado aos maus costumes. Uma vassoura nova varre muito melhor. Quando dei a notícia a Ellen um brilho passou por seus dois olhinhos, mas não sei dizer se foi uma lágrima ou um lampejo de triunfo.

— Não a reprove, eu gosto dela.

— Eu também gosto dela, mas algum dia ela me levará à loucura. — Ele suspirou e olhou para o copo vazio. — Tem *certeza* de que não quer tomar uma bebida?

— Estou absolutamente certa.

— Nesse caso, seja uma boa menina e vá dizer a Oliver e ao garotinho de vocês que o almoço estará pronto em dez minutos. — Roddy se levantou da poltrona e foi atirar mais lenha no fogo, que já estava se apagando. Como sempre, fagulhas soltaram-se violentamente sobre o tapete e, como sempre, Roddy apagou-as com os pés.

Victoria foi fazer o que ele pedira. No topo da escada, parou e voltou-se.

— Onde posso encontrar Oliver?

— Na biblioteca.

Ela continuou seu caminho, descendo ruidosamente os degraus da escada vazada, feito uma criança impaciente. A sós, Roddy suspirou novamente. Hesitou e finalmente sucumbiu. Serviu-se de mais um drinque e foi para a cozinha, inspecionar sua cheirosa sopa.

Victoria enfiou a cabeça pela brecha da porta. — Oliver.

Ele não estava escrevendo. Sentado em frente à escrivaninha, junto à janela, com os braços pendidos e as pernas esticadas, ele parecia pensativo.

— Oliver.

Ele virou a cabeça. Levou uns dois segundos para reconhecê-la. Então, seus olhos vazios voltaram a brilhar. Sorriu, como se ela tivesse acabado de acordá-lo, e esfregou a nuca com a mão.

— Oi.

— Está na hora do almoço.

Victoria entrou, fechando a porta. Ele estendeu o braço. Ela se aproximou e ele puxou-a para mais perto, enterrando seu rosto no grosso suéter dela, aconchegando-se feito uma criança. Ao lembrar da noite anterior, uma onda de ternura percorreu-lhe o corpo. Ela apoiou o queixo em cima da cabeça dele, e olhou para as folhas de papel, cobertas de rabiscos e garatujas, que estavam sobre a escrivaninha, reconhecendo a letra estreita e apertada de Oliver.

— Está na hora do almoço — ela repetiu.

— Não pode ser. Faz só cinco minutos que estou aqui.

— Roddy me disse que você está aqui desde o café da manhã.

— Onde você foi?

— A Creagan.

— E o que fez lá?

— Algumas compras. — Ele se afastou um pouco e, olhando para cima, fitou o rosto de Victoria. Friamente, ela o encarou e repetiu: — Algumas compras. Comprei também um pacote de cigarros para você. Achei que logo ficaria sem nenhum.

— Garota maravilhosa.

— E virá mais alguém para se hospedar aqui; chega esta tarde.

— Quem é?

— John Dunbeath. O sobrinho de Roddy. — Ela imitou o sotaque das Highlands. — O novo e jovem proprietário de Benchoile.

— Bom Deus — disse Oliver. — É como estar vivendo num romance de Walter Scott.

Ela gargalhou. — Quer almoçar?

— Sim. — Ele empurrou o bloco de rascunho e levantou-se rígido. Espreguiçou-se, bocejando. — Mas vou tomar um drinque primeiro.

— Roddy está ansioso para encontrar alguém que tome um drinque com ele.

— Você vem também?

— Primeiro vou achar Thomas. — Encaminharam-se para a porta. — Ellen ficou com ele durante toda a manhã.

— Parabéns para Ellen! — exclamou Oliver.

John Dunbeath atravessou Eventon dirigindo o Ford alugado, e a estrada voltou-se para o leste. À sua direita, sob o céu límpido, ficava o Cromarty Firth, azul como o Mediterrâneo e com toda a extravagância da maré cheia. Além dele, as pacíficas montanhas de Black Isle desenhavam uma linha no céu, fina como o fio da gilete, em meio à clara luz resplandecente. Uma fazenda magnífica estendia-se até a beira d'água, carneiros pastavam nas encostas e tratores vermelhos, que, devido à distância, pareciam brinquedos, abriam sulcos na terra escura e fértil.

A luminosidade deslumbrante do dia veio como um prêmio inesperado. John havia partido de Londres com o tempo encoberto por uma chuva cinza, e aterrissara nas Highlands completamente exausto. Extenuado pelas quarenta e oito horas de atividades ininterruptas, além de incomodado pelo espaço exíguo dos aviões a jato, e, ainda em estado de choque provocado pelo testamento inesperado de seu tio Jock Dunbeath, ele bebera dois enormes copos de uísque, e caíra num sono tão profundo, que o fiscal do trem precisou sacudi-lo para informar que haviam chegado à estação de Inverness há cinco minutos.

Agora, a caminho de Benchoile e levando nada além de péssimas e necessárias notícias para todos os que lá moravam, não conseguia livrar-se da sensação de estar viajando em férias.

Um dos motivos desta sensação era a associação de idéias. Quanto mais distante de Londres e mais perto de Benchoile, mais vivas ficavam suas recordações. Ele conhecia a estrada. O fato de não viajar por ela há dez anos não lhe importava nem um pouco. Poderia ter sido ontem. A única coisa de que sentia falta era da presença do pai ao seu lado, alegre, cheio de expectativas, e ansioso para que John não perdesse nenhum dos pontos de referência familiares.

A estrada bifurcou-se. Deixou o Cromarty Firth para atrás e subiu em direção a Struie, descendo depois até o magnífico Dornoch Firth. Avistou as encostas arborizadas no litoral distante e, atrás delas, as montanhas cobertas de neve, em Sutherland. Mais ao longe, na direção leste, estava o mar aberto, sereno e azul como um dia de verão. Abaixou o vidro da janela e inspirou profundamente, captando os odores, úmidos e evocativos, de musgo e turfa, e o cheiro penetrante e forte das algas marinhas carregadas pelas ondas até o litoral. A estrada inclinou-se, e o automóvel desceu vagarosamente o caminho por entre curvas suaves.

Quarenta minutos mais tarde, ele atravessou Creagan. Ficou atento para chegar à curva da estrada que levava a Benchoile. Encontrou-a e saiu da estrada principal. Agora, sim, tudo era bem mais familiar, pois estava de volta às terras de Benchoile. Passou pelo caminho onde, em um dia nublado, ele, seu pai e Davey Guthrie subiram até o cume da montanha e desceram depois até o desolado vale do lago Feosaig. Lá, eles passaram o dia pescando e, tarde da noite, Jock viera até a estrada para apanhá-los de carro.

Mais abaixo, o rio murmurejava, e ele passou pelo lugar onde uma vez lutara com um salmão por mais de duas horas. Avistou os primeiros galos silvestres em rebuliço pelo céu; logo depois, a casa dos Guthries. O jardim estava alegremente embandeirado com roupas lavadas, e os cães pastores acorrentados esbravejavam com a passagem do carro.

Dobrou a última curva da estrada. À sua frente surgiu

o extenso lago Muie, e, ao final dele, letárgico e solitário ao pôr-do-sol, estava o velho casarão cinza.

Esta imagem foi o pior de tudo. Mas seu coração estava endurecido e já tomara a decisão. *Eu devo vendê-la*, dissera a Robert McKenzie naquela mesma manhã. Desde o momento em que lera a carta do advogado, soube que não havia outra coisa que pudesse fazer.

Se estivera observando, ou não, John não fazia idéia, mas Ellen Tarbat apareceu quase que instantaneamente. Ele tivera tempo apenas de abrir o porta-malas do Ford e retirar a sua bagagem, antes dela chegar atravessando a porta de frente e ir ao seu encontro. Um pouco menor do que em sua lembrança, com o andar titubeante e fios de cabelos brancos escapando de seu coque, aquelas velhas mãos enrugadas abriram-se, em sinal de boas-vindas.

— Bem, bem, você está aqui. E como é encantador vê-la depois de todos esses anos.

Ele largou a mala e foi abraçá-la. Precisou curvar-se bastante para receber o seu beijo. Sua fragilidade e sua falta de consistência o entristeceram. Ele achou que devia levá-la para dentro com urgência, antes que um golpe de vento a levasse para longe. Mesmo assim, sem que ele percebesse e pudesse impedi-la, ela apoderou-se de sua mala e tentou arrastá-la. Foi obrigado, então, a arrancá-la de sua mão, para que ela não a levasse para dentro.

— O que você está pensando? Eu carrego isso.

— Bem, vamos entrar, vamos sair do frio.

Ela caminhou na frente; subiu depois os degraus que levavam até a porta, e ele a seguiu. Após entrarem, ela fechou cuidadosamente as enormes portas. Ele andou pelo saguão e imediatamente foi assaltado pelo cheiro, composto de fumaça de turfa, fumaça de cachimbo, cera de assoalho e couro. Mesmo de olhos vendados, bêbado ou moribundo, ele saberia, por aquele cheiro característico, que estava de volta a Benchoile.

— Fez boa viagem? Que surpresa quando Roddy me contou esta manhã que você estava chegando. Pensei que estivesse no estrangeiro com todos aqueles árabes.

— Onde está Roddy?

— Foi com o Sr. Dobbs até Wick. Mas estará de volta à noite.

— Ele está bem?

— Parece estar suportando muito bem. A morte de seu tio foi um choque terrível para todos nós... — Ela já estava na metade da escada, subindo lentamente, apoiando-se no corrimão. — ... mas eu tive uma premonição. Quando ele não voltou para o almoço, tive certeza de que alguma coisa acontecera. Como de fato aconteceu.

— Quem sabe foi de uma forma boa para ele?

— Sim, sim, você está certo. Passeando com seus cães. Divertindo-se. Mas é terrível para quem fica para trás.

Ela atingira a metade da escada. Fez uma pausa, respirou e ganhou forças para o próximo lance. John trocou a mala de mão e continuaram a subir.

— E agora você chegou a Benchoile. Ficamos imaginando, Jess e eu, o que aconteceria após a morte assim tão repentina do coronel, mas não parecia o momento adequado para começar a fazer perguntas. Portanto, quando Roddy veio me contar esta manhã, você não imagina como fiquei feliz. — *Porque*, eu disse a ele, *é a pessoa certa para Benchoile. O menino de Charlie! Nunca houve alguém como Charlie.*

John não queria que a conversa continuasse naquele rumo. E resolutamente mudou de assunto. — E quanto a você, Ellen? Como está indo?

— Não estou rejuvenescendo, mas procuro me manter em atividade.

Conhecendo o tamanho da casa, ele se perguntou como ela conseguiria fazer alguma coisa a mais, além do cuidado doméstico. Finalmente, alcançaram o corredor. John ficou intrigado, imaginando onde iria dormir. Teve uma horrível suspeita de que Ellen poderia tê-lo colocado no quarto de seu tio; era bem o tipo de horror do qual ela era capaz, ficando porém aliviado quando o guiou até o melhor quarto vago, onde, antigamente, seu pai se hospedava. O quarto estava inundado pela luz do sol e pelo ar fresco e frio. — Oh! — exclamou Ellen, correndo para fechar as janelas. John reparou nas camas altas e amplas, com as cobertas de algodão branco engomadas, a cômoda com o espelho emoldurado em madeira de fibras onduladas, o divã estofado em veludo. E mesmo uma rajada de ar fresco não dispersara a fragrância de cera e desinfetante. Era óbvio que Ellen estivera em atividade.

— Vai encontrar tudo do mesmo jeito.

Após fechar as janelas, Ellen zanzou pelo quarto, esticando um paninho de linho engomado, abrindo o imenso guarda-roupa para verificar os cabides e deixando sair uma lufada de cânfora. John colocou a mala na estante de bagagem ao pé de uma das camas e foi até a janela. O sol começava a escorregar pelo horizonte, tingindo de cor-de-rosa o topo das montanhas e deixando um clarão avermelhado no céu. O gramado do pátio espalhava-se até a moita de arbustos e, mais além, até um bosque de bétulas prateadas. Enquanto olhava a paisagem, duas pessoas apareceram por entre as árvores, e lentamente acercaram-se da casa. Uma moça muito jovem e um menino bem pequeno.

Atrás deles, parecendo exausto, um velho cão labrador negro.

— O banheiro é ali naquela porta. Pendurei toalhas limpas e...

— Ellen. Quem são aqueles?

Ellen foi até a janela, perscrutando com seus velhos olhos.

— É a Sra. Dobbs e o menininho dela, Thomas. A família está hospedada na casa de Roddy.

Eles saíram do bosque e agora podiam ser vistos nitidamente. A criança, seguindo de perto a mãe, de repente avistou a água e foi em direção à margem do lago. A moça hesitou, mas logo o seguiu, resignada.

— Pensei que você e ela poderiam tomar o chá na biblioteca, e Thomas ficaria comigo. — Ela prosseguiu, tentando-o: — Há um tabuleiro de pãezinhos no forno e mel de urze na bandeja. — Quando John não respondeu e sequer virou-se da janela, Ellen ficou um pouco desapontada. Afinal de contas, abrira o mel de urze especialmente para ele. — Coloquei uma toalha pequena no banheiro, dessa forma pode lavar as mãos — falou rudemente.

— Sim. Claro. — respondeu ele um tanto distraído. Ellen saiu do quarto. Ele escutou seus passos descendo a escada. A jovem e a criança pareciam estar tendo uma pequena discussão. Por fim, ela o pegou no colo e foi em direção a casa.

John deixou a janela e desceu até a porta da frente. De repente, eles o viram, e Victoria, talvez surpresa pelo seu súbito aparecimento, ficou imóvel. Ele atravessou o cascalho e começou a descer o pátio. Não poderia dizer o momento exato em que ela o reconheceu. Sabia apenas que ele a reconhecera, assim que a vira por entre as árvores.

Ela usava calça jeans e um belo suéter verde com retalhos de camurça pregados nos ombros. Seu rosto e o rosto da criança, tão perto um do outro, observavam a sua aproximação. Os dois pares de olhos azuis eram incrivelmente parecidos. Havia sardas em seu nariz que não estavam lá antes.

Sra. Dobbs. E, sem dúvida, era a mesma criança que fizera aquele alarido na noite em que John a deixara em casa. Sra. Dobbs.

— Olá, Victoria — disse John.
— Olá — respondeu Victoria.

Agora eram quatro à mesa de jantar, e a cadeira da ponta não mais estava vazia.

Victoria usava um caftan de lã azul-claro, a gola e os punhos entremeados de fios dourados. Para a noite, ela preparara um coque no alto da cabeça, mas a John Dunbeath parecera um penteado mal arranjado. Algumas mechas de cabelo claro estavam soltas e, isso, ao invés de deixá-la com uma aparência sofisticada, contribuía para acentuar seu ar de extrema juventude. A longa nuca exposta também a deixava vulnerável como uma criança. Seus olhos estavam escurecidos e a bela boca muito pálida. A expressão secreta ainda se mantinha lá. Isso agradou a John. Ficou satisfeito ao constatar que se ele não fora capaz de derrubar as barreiras, tampouco o fora Oliver Dobbs.

— Eles não são casados — Roddy contara a ele enquanto tomavam um drinque e esperavam pelo casal. — Não me pergunte por quê. Ela parece ser uma coisinha encantadora.

Encantadora e reservada. Talvez na cama, durante o

ato de amor, aquelas defesas fossem postas de lado. Os olhos de John moveram-se de Victoria para Oliver, e ele se sentiu incomodado ao descobrir que, provocados por aquelas belas fantasias, seus instintos tremeram feito um coelho espantado. Com firmeza, ele concentrou sua atenção de volta ao que Roddy dizia.

— ... e o melhor negócio é continuar a investir capital em terras. Não apenas dinheiro, mas recursos e tempo. O propósito é fazer crescer a grama onde antes não crescia nada; manter empregos para as pessoas do local; cessar a migração infindável da população camponesa para as grandes cidades.

Este era Roddy Dunbeath, revelando uma faceta totalmente inesperada de sua personalidade. Victoria, servindo-se de uma laranja de uma fruteira no centro da mesa, perguntava a si mesma quantas pessoas teriam ouvido Roddy explanar assim dessa maneira sobre um assunto que, obviamente, lhe era tão caro. Ele falava com a autoridade de um homem que vivera toda a sua vida na Escócia, que reconhecia os seus problemas e estava completamente preparado para argumentar contra qualquer solução fácil que acreditasse inadequada ou impraticável. O povo estava na raiz de tudo. Sem povo não poderia haver nenhum tipo de comunidade. Sem comunidade não poderia haver nenhum tipo de futuro, nenhum tipo de vida.

— E quanto à silvicultura? — perguntou John Dunbeath.

— Depende de como se faz. James Dochart, que tem uma fazenda no Vale Tolsta, plantou um trecho com pinheiros, quatrocentos acres talvez...

Ela descascou a laranja. Ele chegara a Benchoile há cerca de cinco horas. Ela tivera cinco horas para se recuperar do choque daquele súbito aparecimento, mas ainda estava atordoada. Que aquele jovem americano apresentado a ela em Londres, e John Dunbeath, sobrinho de Roddy e filho único do bem-amado Charlie de Ellen, deviam ser a mesma pessoa, ainda lhe parecia impossível, inaceitável.

Ele estava sentado na ponta da mesa iluminada pela suave luz de vela, relaxado e atento, seus olhos em Roddy, a expressão melancólica. Usava um terno escuro e uma camisa impecavelmente branca. A mão, sobre a mesa, girava lentamente um cálice de vinho do Porto. A luz da vela reluzia sobre o ouro pesado de seu anel com sinete.

— ... mas ele fez de um jeito que estes quatrocentos acres ainda suportam algumas vacas e quatrocentas ovelhas, e sua pecuária tem melhorado. Mas a silvicultura, da forma como o estado tem-se ocupado disso, não é a resposta para os problemas das fazendas em regiões montanhosas. Um sólido investimento em agricultura, restando-lhe apenas três por cento do capital e mais um pastor desempregado.

Sra. Dobbs. Ela imaginava se Roddy teria dito a ele que não era casada com Oliver, ou se ele descobrira isso por si mesmo. De qualquer forma, ele parecia ter certeza de que Thomas era filho dela. Disse a si mesma que isso era bom. Ela e Oliver estavam além de justificativas e explicações. Era assim que ela queria. Ela desejara pertencer a alguém, ser necessitada, e agora pertencia a Oliver, e Thomas precisava dela. Começou a partir a laranja em gomos. O suco escorreu-lhe entre os dedos e sobre a delicada baixela de prata treliçada.

— E sobre a indústria de turismo? — John estava perguntando. — Highlands e Ilhas?

— Turismo é bastante tentador, muito bom, mas também oferece riscos. Não há nada mais desolador que uma comunidade dependente de turistas. Pode-se converter os chalés em casas de campo, pode-se construir cabanas rústicas, pode-se até mesmo abrir a própria casa para visitantes de verão, mas se acontece de o tempo ficar ruim, o frio e a chuva irão assustar as famílias. Tudo bem, se o homem é pescador, gosta de caminhar pelas trilhas ou observar pássaros; provavelmente não fará objeção a um pouco de chuva. Mas uma mulher, com três crianças presas num pequeno chalé, por duas longas semanas chuvosas, essa, sim, irá insistir para que passem o próximo verão em Torremolinos. Não, qualquer comunidade deve ter empregos para homens, e são os seus empregos que estão em jogo.

Oliver suspirou. Já bebera dois copos de vinho do Porto e começava a sentir-se sonolento. Escutava a conversa não porque tivesse muito interesse no assunto, mas porque se descobriu fascinado por John Dunbeath. A epítome, alguém teria pensado, de um sério e bem-educado jovem natural da Nova Inglaterra, com sua camisa Brooks Brothers e um indefinido sotaque do meio-atlântico. Enquanto ele falava, Oliver o observava veladamente. O que o fez tremer? Quais eram as motivações por trás daquela fachada cortês e reservada? E o mais intrigante de tudo: o que ele achava de Victoria?

Que já haviam se encontrado em Londres, isso ele já sabia. Victoria lhe contara naquela mesma noite, enquanto ele tomava banho e ela escovava o cabelo, conversando com a porta aberta.

— Tão extraordinário — dissera ela, em seu tom mais leve e casual. E ele conhecia aquele tom de voz. Era Victoria disfarçando alguma coisa, e sempre atiçava sua ávida curiosidade. — Ele é aquele homem que me levou em casa na noite daquela festa. Você lembra? Quando Tom estava chorando.

—Fala de John Hackenbacker, da Consolidated Aloominum? Não me diga! Que incrível. — Era fascinante. Ele meditou sobre o assunto, passando a esponja encharcada de água turfosa sobre seu peito. — E o que ele disse quando viu você novamente?

—Nada realmente. Tomamos chá juntos.

—Pensei que ele estivesse voando para Bahrain.

—Ele foi. Mas já voltou.

— Mas que avezinha passageira ele é. O que ele faz quando não está voando aqui e acolá?

—Acho que trabalha em um banco.

—Bem, e por que ele não está em Londres, onde deveria estar, contando o dinheiro das pessoas?

—Oliver, não é esse o tipo de serviço que ele faz. Ele conseguiu alguns dias livres para tentar pôr em ordem a herança do tio.

—E como ele se sente, sendo o novo e jovem proprietário de Benchoile?

—Não perguntei a ele. — Victoria falara com frieza.

Ele sabia que a estava aborrecendo e foi em frente com sua provocação.

— Talvez ele se imagine dentro de uma saia kilt. Os americanos adoram vestir-se com ostentação.

— Essa é uma generalização estúpida.

Agora, definitivamente havia rispidez em sua voz. Oliver percebeu que ela ficara embaraçada com a recente chegada de John. Saiu do chuveiro, enrolou uma toalha na cintura e foi para o quarto. Através do espelho, os olhos azuis de Victoria, cheios de ansiedade, encontram os de Oliver.

—Essa é uma palavra muito comprida para você usar.
— Bem, é que ele absolutamente não é este tipo de americano.
— E que tipo de americano ele é?
— Oh, eu não sei — Ela largou o pente e apanhou o rímel. — Eu não sei nada sobre ele.
— Mas eu sei — disse Oliver. — Fui e conversei com Ellen enquanto ela dava banho no Tom. Sabendo se aproximar, Ellen é uma fonte dos mais deliciosos e apetitosos mexericos. Parece que o pai de John Dunbeath casou-se com uma herdeira de verdade. E agora ele está recebendo Benchoile de presente. A ele, a quem deve ser dado. É claro que esse aí tem uma colher de prata enfiada na boca desde o dia em que nasceu. — Ainda embrulhado na toalha de banho, ele começou a rodar pelo quarto, deixando marcas dos pés molhados sobre o tapete.
— O que está procurando? — ela perguntou.
— Cigarros.

A ele, a quem deve ser dado. Roddy estendera um cigarro a Oliver. Este recostou-se na cadeira e, com seus olhos estreitos, observava John Dunbeath através da fumaça. Viu os olhos escuros, as feições bem marcadas no rosto bronzeado, o cabelo preto cortado bem curto. Parecia, decidiu Oliver, um jovem árabe tremendamente rico que acabara de despir sua *djellabah* para meter-se em um terno ocidental. A malícia da comparação agradou a Oliver, que sorriu. John virou-se naquele exato momento e viu-lhe o sorriso, dirigido a ele, e, embora não houvesse nenhuma hostilidade em sua face, não lhe devolveu o sorriso.
— E quanto ao petróleo?

—O petróleo, o petróleo. —Roddy falou igual a Henry Irving entoando "Os sinos, os sinos".

—Você é de opinião que pertence à Escócia?

—Os nacionalistas acham que sim.

— E quanto aos milhões que as empresas privadas, britânicas e americanas, investiram antes do petróleo ser descoberto? Não fosse por eles, o petróleo ainda estaria no fundo do Mar do Norte e ninguém saberia nada sobre isso.

—Eles dizem que foi assim que aconteceu no Oriente Médio...

As vozes baixavam de tom para quase um murmúrio. As palavras tornavam-se ininteligíveis. Outras vozes assumiam e transformavam-se em realidade. Agora, a moça estava lá, carrancuda e atrevida.

E onde você acha que vai?

Vou para Londres. Vou conseguir um emprego.

O que há de errado com Penistone? O que há de errado em arranjar um emprego em Huddersfield?

Oh, mamãe, não quero esse tipo de emprego. Vou ser modelo.

Modelo. Vadiar de saia curta em alguma rua, isto sim.

É minha vida.

E onde você vai morar?

Encontrarei algum lugar. Tenho alguns amigos.

Se você for morar com aquele Ben Lowry, eu corto relações com você. Estou te avisando, eu corto relações...

— ... logo não restará mais nenhum artesão de verdade. E falo dos verdadeiros, não dessas pessoas esquisitas que vêm sabe Deus lá de onde e se estabelecem em barracões expostos ao vento para imprimir cachecóis de seda que, ninguém em seu juízo perfeito, ousaria comprar. Ou para tecer tweeds que mais parecem panos de prato. Estou falando do artesão tradicional. Alfaiates de saias kilt e prateiros, sendo seduzidos pela alta soma que pode ser ganha nos estaleiros e nas refinarias. Agora, tomemos como exemplo este homem que fomos ver hoje. Ele tem um bom negócio em andamento. Começou com dois homens e hoje emprega dez, e a metade tem menos de vinte anos.

— E o mercado?

— É isso aí. Ele já contactara os compradores antes de vir para o norte. — Roddy virou-se para Oliver. — Quem era aquele editor para quem ele trabalhava antes, quando estava em Londres? Ele nos disse o nome, mas não consigo me lembrar.

— Humm? — Oliver fora arrastado de volta para a conversa. — Desculpe-me, não estava prestando bem atenção. O editor? Hackett and Hansom, não era isso?

— Sim, é isso. Hackett and Hansom. Veja você...

Roddy interrompeu-se, adquirindo subitamente a consciência de que estivera atraindo a atenção por tempo demais. Com intenção de pedir desculpas virou-se para Victoria que, naquele exato momento, para seu próprio terror, abria a boca num imenso bocejo. Gargalhada geral, que a deixou morrendo de vergonha.

— Não estou realmente entediada, mas apenas com um pouco de sono.

— E não me admiro. Estamos nos comportando de forma abominável. Sinto muito. Deveríamos ter deixado este assunto para mais tarde.

— Está tudo bem.

Mas o gesto já estava feito. O bocejo de Victoria encerrara a discussão. As velas estavam no fim, e o fogo quase apagando. Roddy olhou seu relógio e se deu conta de que já passava das dez e meia. — Deus do céu, é tão tarde assim?

— E imitou primorosamente o sotaque de Edinburgh. —

E como o tempo voa, Sra. Wishart, quando se está se divertindo.

Victoria sorriu. — É o ar fresco — disse ela — que nos faz ficar sonolentos, e não o adiantado da hora.

— Nós não estamos acostumados — disse Oliver. E recostou-se na cadeira, espreguiçando-se.

— O que vocês vão fazer amanhã? — perguntou Roddy. — Ou melhor, o que todos nós iremos fazer amanhã? Você escolhe, Victoria. O que gostaria de fazer? Será um dia bonito, se pudermos confiar na previsão do tempo. Que tal a cachoeira? Deveríamos ir até lá e fazer um piquenique. Ou alguém tem uma sugestão melhor?

Ninguém apresentou outra sugestão. Satisfeito com a sua idéia, Roddy estendeu-se sobre o assunto. — Iremos de barco, se eu conseguir encontrar a chave da garagem. Thomas vai adorar uma viagem de barco, não é? E Ellen irá nos preparar uma cesta com o lanche. E quando chegarmos lá vamos acender uma fogueira para nos aquecer.

Aquele projeto pareceu contar com a aprovação de todos, e com o comentário a noite começou a chegar ao fim. Oliver terminou de beber o vinho do Porto, apagou o cigarro e levantou-se.

— Talvez — começou com a voz macia — eu devesse levar Victoria para a cama.

A sugestão foi, de modo geral, para todos, mas, enquanto falava, Oliver dirigiu o olhar para John, cujo rosto permaneceu impassível. Victoria fez menção de se levantar, e John, então, ergueu-se e deu a volta na mesa para segurar-lhe a cadeira.

— Boa-noite, Roddy — ela falou, e o beijou.

— Boa-noite.

— Boa-noite, John — disse, mas não o beijou. Oliver

foi abrir a porta para ela e, após a sua passagem, voltou-se para a sala desinteressante, envergando o seu sorriso mais charmoso: — Vejo vocês pela manhã.

— Nos veremos — disse John.

A porta foi fechada. Roddy atirou mais turfa ao fogo e remexeu para reacendê-lo. A seguir, ele e John puxaram as cadeiras para perto do calor e reataram a conversa.

11

SÁBADO

A previsão do tempo verificara-se apenas parcialmente correta. O sol de fato brilhava, porém nuvens intermitentes ocultavam-no por vezes, sopradas por um vento oeste. E o próprio ar parecia líquido, de modo que as montanhas, a água, o céu, tudo estava como se tivesse sido pintado por uma enorme escova encharcada.

 A casa e o jardim estavam abrigados pelas montanhas, e apenas uma brisa mínima sacudia as árvores; enquanto isso, eles esperavam para embarcar no velho barco pesqueiro, acompanhados de uma imensa quantidade de equipamentos. Tão logo se afastaram da costa, a verdadeira força do vento se fez sentir. A superfície da água, agora de cor marrom, agitava-se impelida por ondas enormes, cujas cristas espumantes salpicavam a amurada. Os ocupantes do barco encolhiam-se dentro de suas capas à prova d'água, recolhidas do armário de caça em Benchoile e distribuídas no início da viagem. Victoria usava uma capa impermeável verde-oliva de enormes bolsos de caça com fechos, e Thomas fora embrulhado numa jaqueta de caça muito velha, profusamente manchada com o sangue de alguma lebre ou pássaro morto. Esta roupa limitava bastante seus movimentos, e Victoria dava graças por isso, pois facilitava a tarefa de segurá-lo, já que tudo o que ele queria era arremessar-se para fora do barco.

John Dunbeath, sem consultar ninguém, tomara os remos. Estes eram compridos e pesados, e o rangido das toleteiras, o opressivo assobio do vento e as pancadas das ondas quebrando contra o casco do barco eram os únicos sons que se ouvia. Ele usava um impermeável preto que pertencera ao seu tio Jock e um par de botas verdes de caça, mas sua cabeça estava descoberta, e o rosto, molhado. Remava com habilidade e vigor, o movimento rítmico de seu corpo, dirigindo a proa do velho barco através da água. Uma ou duas vezes ele pousou os remos de modo a olhar sobre os ombros para orientar-se e julgar o quão longe o vento e a correnteza afastava-os do curso. Manejava os remos com desenvoltura, sentia-se à vontade. Afinal de contas, já navegara por aquela rota muitas e muitas vezes.

A meia-nau, na bancada do centro, sentavam-se Roddy e Oliver. Roddy dava as costas a Victoria e trazia o seu cão, Barney, seguro entre os joelhos; Oliver sentava-se com uma perna de cada lado da bancada, recostado e com os cotovelos apoiados na amurada. Os dois homens mantinham os olhos na costa que se aproximava, Roddy esquadrinhando-a com seu binóculo. De onde estava sentada, Victoria podia ver apenas o contorno da fronte e do queixo de Oliver. Ele havia suspendido a gola da jaqueta, e suas pernas compridas, escarranchadas na calça jeans desbotada, terminavam em um desgastado par de tênis. O vento jogava-lhe o cabelo contra o rosto, e a pele, sutil sobre os ossos da face, estava tostada pelo vento.

O chão do barco, inevitavelmente, estava cheio de poças d'água. De vez em quando, ao lembrar, Roddy baixava o seu binóculo pendurado por correias de couro e distraidamente baldeava a água com uma tigela velha de lata e a esvaziava pelas bordas. Não parecia fazer muita diferença. De qualquer modo, as cestas de piquenique, a caixa de gravetos, os fardos de lonas e cobertores tinham sido acondicionados com cuidado, longe das poças. Havia comida suficiente para alimentar um exército, e várias garrafas térmicas e de vidro estavam guardadas numa cesta especial, com divisões, de modo a não bater umas contra as outras e se quebrarem.

Roddy, tendo terminado com a água, retomou o seu binóculo e começou a vasculhar a montanha.

— O que você está procurando? — perguntou Oliver.

— Cervos. É engraçado como eles se escondem na superfície da montanha. Semana passada, quando nevou, era possível vê-los lá de casa, mas parece que não há nenhum por perto hoje.

— Onde estarão?

— Lá, e provavelmente no topo da montanha.

— Há muitos por aqui?

— Uns quinhentos, entre cervos e corças. Durante o inverno, eles descem e comem a forragem que colocamos para o gado. No verão, trazem os filhotes, ao cair da noite, para pastar nos campos e beber água no lago. Indo de carro pela velha estrada junto ao lago, e mantendo as luzes apagadas, é possível apanhá-los desprevenidos. Então, acenda as luzes e verá que belo espetáculo.

— Você os caça?

— Não. Nosso vizinho do outro lado da montanha é que tem os direitos. Jock os passou para ele. Todavia, o congelador de Benchoile está repleto de carne de veado. Vocês deveriam ver Ellen ocupada com a caça antes de irem embora. O animal pode ser mirrado e duro, mas Ellen tem um jeito de prepará-lo... Fica delicioso. — Ele passou a correia de couro por sobre a cabeça e estendeu o binóculo para Oliver. — Olhe, veja se consegue focalizar alguma coisa com seus olhos de jovem.

Neste momento, do modo mágico como essas coisas acontecem, a outra costa, a de destino, ficou mais perto e revelou os seus segredos. Não era mais apenas uma paisagem indistinta, mas um lugar de rochas aflorando à superfície, relva verde-esmeralda, praias de seixos brancos. Samambaias densas revestiam as encostas inferiores da montanha. Mais acima, predominava a urze e alguns solitários pinheiros escoceses. O horizonte distante era orlado pelo acidentado contorno de um dique de pedras, o limite entre as terras de Benchoile e a propriedade vizinha. O dique estava quebrado em alguns pontos, com fendas abertas.

Mas ainda não havia sinal da cachoeira. Segurando Thomas em seu colo, Victoria inclinou-se para a frente, desejando perguntar a Roddy quando chegariam a ela, mas, no exato momento, o barco ultrapassou majestosamente um grande promontório de rochas e uma pequena baía descortinou-se diante deles.

Victoria viu a praia de seixos brancos e, debruando a encosta, o riacho. Lançando-se sinuosamente por terra através da urze e das samambaias até seis metros, ou mais, acima da praia, ele saltava bruscamente sobre um rochedo de granito e jorrava para o interior de uma piscina. Branca feito um cavalinho-d'água, bailando à luz do sol, guarnecida com juncos, musgos e samambaias, a piscina estava à altura de todas as expectativas de Victoria.

Roddy sorriu para ela, que estava boquiaberta de tanta admiração.

— Aí está — disse ele. — Não foi para isso que você fez toda essa viagem?

Thomas, tão deslumbrado quanto ela, deu uma guinada para a frente, escapando-lhe das mãos. Antes que pudesse agarrá-lo, o menino perdeu o equilíbrio, tropeçou e caiu sobre os joelhos do pai.

— Olha! — bradou uma de suas raras palavras, golpeando a perna de Oliver com o seu pequenino punho. — Olha!

Mas Oliver, ainda absorvido com o binóculo de Roddy, sequer reparou em Thomas, e muito menos lhe deu atenção. Thomas repetiu "olha!", mas, na agonia de tentar fazer com que o pai o escutasse, ele escorregou e caiu, batendo com a cabeça na bancada; deslizou para o fundo do barco, mergulhando em dez centímetros de água gelada.

Não sem razão, começou a chorar, e o primeiro berro saiu antes que Victoria, deslocando-se com dificuldade, pudesse acudi-lo. Ao levantá-lo novamente em seus braços, ela olhou para cima e viu a expressão no rosto de John Dunbeath. Ele não olhava para ela e sim para Oliver. Olhava como se, bem apropriadamente, sentisse vontade de esmurrar o nariz dele.

A quilha tocou o solo de seixos. John livrou-se dos remos, escalou a amurada e, arquejando, puxou a proa do barco até a parte seca da praia. Um a um, eles desembarcaram. Thomas foi carregado por Roddy até um local seguro. Oliver pegou a corda da frente e amarrou-a numa grande pilastra de concreto que estava próxima, talvez com esse propósito. Victoria passou as cestas de piquenique, as lonas e os cobertores para John, e, finalmente, pulou em terra firme. Os seixos da praia rangeram sob a sola de seus sapatos. O som da queda d'água encheu seus ouvidos.

Parecia haver um protocolo preciso para os piqueniques em Benchoile. Roddy e Barney guiaram o caminho, subindo a praia, e os outros os seguiram, tipo uma procissão irregular e carregada de bagagens. Entre a piscina da cachoeira e as paredes desmanteladas de uma velha cabana havia um gramado, e foi ali que eles montaram o acampamento. Havia também um lugar tradicional para a fogueira, e em um círculo de pedras escuras restava um pouco de lenha queimada, testemunha de piqueniques anteriores. Estavam bem abrigados, se bem que em cima nuvens ainda corressem. O sol do meio-dia mostrava o seu clarão apenas de passagem, mas, quando brilhava, emitia um verdadeiro calor, e as águas escuras do lago capturavam o azul do céu e reluziam como pequenas moedas de ouro.

O grupo retirou suas pesadas capas impermeáveis. Thomas saiu sozinho para explorar a praia. John Dunbeath arranjou um galho e, com algum esforço, começou a juntar as cinzas no local da fogueira. Da cesta de bebidas Roddy retirou duas garrafas de vinho e colocou-as na beira da piscina, para refrescar. Oliver acendeu um cigarro. Roddy, com seu vinho devidamente tratado, parou para observar um casal de pássaros que chilreavam ansiosos, voando em círculos sobre uma rocha saliente na beira da cachoeira.

— Que pássaros são esses? — perguntou Victoria.

— Melros ribeirinhos. Está cedo para o acasalamento.
— Ele começou a subir o barranco íngreme para melhor observar o fenômeno. Oliver, com o binóculo ainda pendurado em volta do pescoço, observou por um momento,

e, depois, seguiu Roddy. John já estava procurando gravetos para acender a fogueira, reunindo punhados de vegetação seca e urze queimada. Victoria ia oferecer ajuda, quando viu Thomas avançando rumo ao lago. Ela correu atrás dele, segurando-o a tempo.

—Thomas! — Ela deu um abraço apertado no menino e sorriu. — Você não pode entrar na água.

Fez cócegas nele, que riu a valer. Depois, arqueou suas costas, protestando frustrado.

— Molhado! — gritou ele junto à face de Victoria.

— Você já está molhado. Venha comigo, vamos encontrar outra coisa para fazer.

Ela o levou para onde a piscina transbordava, criando um poço raso cujas águas escorriam sobre os seixos até o lago. Sentou-o a seu lado, recolheram uma porção de pedrinhas e começaram a atirá-las, uma a uma, dentro do lago. Thomas se divertia com o barulho que elas faziam ao cair na água. Pouco depois, ele agachou-se e começou ele mesmo a atirar pedrinhas. Victoria deixou-o, voltando ao local do piquenique para pegar uma caneca de plástico de uma das garrafas térmicas. Levou-a até Thomas.

— Olhe. — Sentando-se ao lado do menino, encheu a caneca com pedrinhas. Quando estava cheia, ela despejou tudo formando uma pilha. — Olhe, é um castelo. — E lhe entregou a caneca. — Agora é a sua vez de fazer.

Cuidadosamente, uma de cada vez, Thomas encheu a caneca. Essa ocupação o absorveu. Seus dedos desajeitados estavam vermelhos de frio, sua perseverança era comovedora.

Observando-o, repleta de uma ternura que agora tornava-se familiar, Victoria refletiu sobre instintos maternais. Seria normal possuir estes instintos, mesmo não tendo seu próprio filho? Talvez, se Thomas não fosse uma pessoinha tão cativante, ela não teria experimentado aquele sentimento repentino de afeição protetora. Mas experimentava-o agora. Como uma criança em algum filme antigo e sentimental, ele encontrou o caminho do coração de Victoria, aninhou-se e estava lá para ficar.

Toda aquela situação era, no mínimo, muito bizarra. Quando Oliver contara a Victoria sobre o rapto de Thomas, ela, embora tivesse ficado chocada, também sentira-se comovida. Que Oliver Dobbs, entre todas as pessoas, estivesse consciente de sua própria paternidade para tomar aquela decisão extraordinária era, de algum modo, uma coisa maravilhosa.

No início ele parecera entretido e envolvido; comprou um brinquedo para Thomas, carregou-o sobre os ombros, e até mesmo brincava com ele antes de Victoria colocá-lo para dormir à noite. Porém, igualmente a uma criança que rapidamente se entedia com um brinquedo novo, seu interesse por Thomas parecia ter diminuído, e, agora, ele mal notava a existência do menino.

O incidente no barco era típico de suas atitudes. Contra todos os melhores instintos de Victoria, estava ficando impossível não suspeitar que essa impulsiva apropriação de seu filho não fora inspirada por orgulho paterno e por um verdadeiro senso de responsabilidade, mas que, em seu próprio jeito indireto, ele estava simplesmente se vingando dos sogros. Retirar Thomas dos sogros resultava mais dos motivos do rancor do que do amor pelo filho.

Ela não suportava refletir sobre aquele assunto. E por duas razões: porque isso não apenas maculava as motivações de Oliver e, por conseguinte, o seu caráter, mas também porque representava o futuro de Thomas e, indiretamente, o seu próprio futuro, já miseravelmente precário.

Thomas cutucou-a e disse: —Olha. —Victoria olhou, e viu ao mesmo tempo a confusa pilha de seixos e seu rostinho radiante e imundo. Ela o puxou para seus joelhos e o abraçou.

— Eu te amo — confessou. — Sabia disso? — E ele gargalhou, como se ela tivesse dito uma grande piada. Aquela risada aliviou a tensão. Daria tudo certo. Ela amava Thomas e amava Oliver, e Oliver a amava e, obviamente, em seu jeito próprio retraído, amava Thomas também. Com tanto amor ao redor, certamente nada poderia destruir a família que haviam formado.

Ela escutou passos vindo em sua direção. Virou-se e viu John Dunbeath. Atrás dele, o fogo agora queimava em chamas altas, soltando um penacho de fumaça azul. Os outros dois homens haviam desaparecido. Victoria procurou por eles e viu duas figuras distantes, já na metade do caminho até o limite acima, que continuavam subindo.

—Acho que não iremos comer nas próximas horas — disse John. — Eles subiram para procurar os cervos.

Ele já estava ao lado dela, e ficou em pé um momento, olhando, através da água, para a distante forma da casa, iluminada pelo sol, meio escondida pelas árvores. Dali, ela parecia infinitamente agradável, como uma casa de sonhos. Fumaça subia da chaminé, uma cortina branca que esvoaçava pela janela feito uma bandeira.

— Não tem importância — falou Victoria. — Sobre o almoço, quero dizer. Se Thomas ficar com fome, poderemos lhe dar alguma coisa para enganar o estômago até os outros retornarem.

Ele sentou-se ao lado dela, e recostou-se apoiando-se

nos cotovelos. — Você não está com fome, está? — perguntou a Thomas.

Thomas não disse nada. Depois de um tempinho, desceu dos joelhos de Victoria e foi continuar sua brincadeira com a caneca de plástico.

— Você não tem vontade de ir procurar cervos também? — perguntou Victoria.

— Hoje não. De qualquer forma, já vi muitos antes. E é uma subida e tanto. Não imaginava que Oliver tivesse tanta energia e fosse tão interessado em animais selvagens.

Não havia nenhuma insinuação crítica em sua voz; mesmo assim, Victoria saiu em defesa de Oliver.

— Ele se interessa por tudo. Novas experiências, novas paisagens, novas pessoas.

— Eu sei disso. Ontem à noite, depois que você foi se deitar, Roddy finalmente me explicou que ele é um outro escritor. É curioso, porque, quando fui apresentado a ele, pensei "Oliver Dobbs, conheço este nome", mas a ligação entre ambos me escapava. E depois, quando Roddy me contou, lembrei-me de tudo. Li alguns de seus livros, e vi uma de suas peças na televisão. É um homem muito talentoso.

Aquela observação tocou o coração de Victoria.

— Sim, ele é muito talentoso. Acabou de estrear uma nova peça em Bristol. Chama-se *Bent Penny*. A estréia foi na segunda-feira, e seu agente disse que ele tem um sucesso em mãos. Provavelmente será encenada em West End, assim que consigam encontrar um teatro.

— Isso é ótimo.

Ela prosseguiu exaltando Oliver, como se louvá-lo pudesse, de alguma forma, apagar a memória da fugaz expressão que captara no rosto de John Dunbeath quando Thomas caiu no barco. — Nem sempre ele teve sucesso.

221

Quer dizer, claro que o mercado é difícil para quem está começando, mas ele nunca quis fazer outra coisa a não ser escrever, e acho que ele também nunca se sentiu desencorajado ou teve falta de confiança em si próprio. Seus pais praticamente o repudiaram porque ele não quis entrar para o exército, ser advogado, algo assim. Portanto, no começo, ele não teve segurança alguma.

— Há quanto tempo foi isso?

— Acho que desde que ele terminou a escola.

— Há quanto tempo você o conhece?

Victoria inclinou-se para a frente e pegou um punhado de seixos. Tão perto da água, estavam molhados, brilhantes e frios ao toque. — Há cerca de três anos.

— Ele já era famoso nessa época?

— Não. Costumava arranjar empregos horríveis apenas para ganhar o suficiente para comprar comida e pagar o aluguel. Trabalhos do tipo: carregar tijolos, consertar estradas, lavar pratos em lanchonetes. Então, um editor ficou interessado e conseguiu colocar uma de suas peças na televisão. E desde então as coisas vêm rolando como uma bola de neve. Ele e Roddy conheceram-se através da televisão. Pensei que Roddy tivesse contado a você. É por isso que viemos para Benchoile. Eu li *The Eagle Years* quando estava na escola, e desde então tenho relido este livro em intervalos regulares. Quando Oliver me contou que conhecia Roddy e que iríamos nos hospedar aqui, mal pude acreditar que fosse verdade.

— E o lugar correspondeu às suas expectativas?

— Sim. Uma vez que a gente se conscientize de que o verão não dura o ano inteiro.

John soltou uma gargalhada. — Com toda a certeza.

Ela achou que ele ficava mais jovem ainda quando sorria.

O sol, que se escondera atrás das nuvens nos últimos minutos, saiu em todo o seu esplendor, e o calor foi tão bem-vindo que Victoria deitou-se na praia com o rosto voltado para o céu.

— A única coisa que prejudicou a viagem foi a notícia da morte do seu tio — disse ela. — Eu senti que deveríamos ter dado meia-volta e ido embora, mas Roddy nem quis ouvir falar nisso.

— E, provavelmente, esta foi a melhor coisa que poderia ter-lhe acontecido. Um pouco de companhia.

— Ellen me contou que você costumava vir aqui quando criança. Quer dizer, quando não estava no Colorado.

— Sim, vinha com o meu pai.

— E você gostava?

— Sim. No entanto, Benchoile nunca foi o meu lar. O rancho no Colorado, sim, é o meu verdadeiro lar.

— E o que você fazia quando vinha para cá? Caçava cervos e galos silvestres, ou outras coisas masculinas como estas?

— Costumava pescar. Em não gosto de caçar. Jamais gostei. E isso torna a vida um pouco difícil.

— Por quê? — Era difícil imaginar John Dunbeath com alguma dificuldade na vida.

— Porque acho que sempre fui o homem que sobrava. Todos iam. Até mesmo o meu pai. Meu tio Jock não entendia isso de jeito nenhum. — Ele deu um sorriso sem jeito. — Algumas vezes eu cheguei a pensar que ele não gostava muito de mim.

— Oh, tenho certeza de que ele gostava de você. Não lhe teria deixado Benchoile se não gostasse de você.

—Ele deixou para mim — disse John categoricamente — porque não havia mais ninguém.

— Você sabia que ele iria fazer isso?

— Nunca passou pela minha cabeça. Pode parecer loucura para você, mas é verdade. Eu cheguei de Bahrain e encontrei a carta do advogado esperando por mim, sobre a minha mesa. — Enquanto falava, inclinou-se pegando alguns seixos e arremessando-os, com extrema precisão, em uma rocha coberta de líquens na margem do lago. — Havia também outra carta. De Jock. Acho que foi escrita poucos dias antes de morrer. É uma sensação estranha receber uma carta de alguém que já morreu.

— E você vai... vai morar aqui?

— Não poderia, mesmo que quisesse.

— Por causa do trabalho?

— Sim. E também por outras razões. Atualmente estou trabalhando em Londres, mas posso ser mandado para Nova Iorque a qualquer hora. Eu tenho compromissos. Tenho a minha família.

— Sua família? — Ela foi tomada de surpresa. Mas pensando bem, por qual motivo se surpreendera tanto? Conhecera John em Londres, numa festa, como um homem solteiro, mas isso não significava que ele não tivesse deixado atrás de si, nos Estados Unidos, uma esposa e um filho. Os homens de negócios, em todo o mundo, eram obrigados a levar uma vida assim. Não havia nada de incomum em tal situação. Ela imaginou sua esposa: bonita e elegante como toda jovem americana parecia ser, com uma cozinha da era espacial e uma caminhonete com a qual pegava as crianças na escola.

— Por minha família eu quero dizer mãe e pai — ele completou.

— Oh — Victoria riu, sentindo-se tola. — Achei que que era casado.

Com grande cuidado, arremessou a última pedrinha, que atingiu a rocha e caiu na água, formando um minúsculo redemoinho. Então se virou para olhá-la e disse:

— Eu fui casado. Não sou mais.

— Sinto muito. — E parecia não haver mais nada a dizer.

— Está tudo bem. — Ele sorriu animado.

— Eu não sabia — sussurrou Victoria.

— E por que deveria saber?

— Por nenhum motivo. É que as pessoas têm me falado sobre você, contado coisas. Roddy e Ellen, quero dizer. Mas ninguém disse nada a respeito de você ter sido casado.

— Não durou mais do que dois anos, e, de qualquer forma, eles nunca a conheceram. — Ele recostou-se nos cotovelos olhando a paisagem, o lago, as montanhas e a velha casa. — Quis trazê-la até Benchoile. Antes de nos casarmos, eu falava sobre este lugar e ela parecia completamente entusiasmada. Nunca havia estado na Escócia e tinha todos os tipos de fantasias românticas sobre este país. Você compreende, o som das gaitas de foles e o príncipe Charlie vestido a caráter. Mas após o nosso casamento... eu não sei. Nunca parecia haver tempo para nada.

— Foi... por causa do divórcio que veio viver em Londres?

— Essa foi uma das razões. Você sabe, um rompimento completo e tudo o mais.

— Você teve filhos?

— Não, e ainda bem, porque do jeito que as coisas se encaminharam...

Victoria se deu conta de que estivera enganada a respeito de John. Da primeira vez que se encontraram, ela tivera a impressão de que ele era independente, auto-suficiente, e inteiramente senhor de si. Agora, percebia que sob aquela aparência serena estava uma pessoa como qualquer outra; vulnerável, passível de mágoa, provavelmente solitária. Lembrou-se de que ele deveria estar com uma namorada naquela noite, mas por alguma razão ela o abandonara. E assim convidou Victoria para jantar com ele, e Victoria recusara. Pensando nisso, ela agora sentia, de algum modo obscuro, que também o abandonara.

— Meus pais se divorciaram — disse ele. — Quando eu estava com dezoito anos. Você pode pensar que eu já era adulta o bastante para lidar com a situação. Mas alguma coisa acontece na vida da gente. Não fica a mesma coisa. A nossa segurança fica perdida para sempre. — Ela sorriu. — Bem, isso é algo que Benchoile tem de sobra. Segurança transpira de suas paredes. Acho que é alguma coisa que tem a ver com as pessoas que habitam a casa, e o modo como vivem, como se nada tivesse mudado em cem anos.

— É isso mesmo. Certamente nada foi alterado, pelo menos durante toda a minha vida. Até o cheiro é o mesmo.

— E o que acontecerá com a casa agora?

Ele não respondeu imediatamente. Mas depois confidenciou: — Vou vendê-la.

Victoria olhou-o espantada. Os olhos escuros de John encontraram os dela, sem piscar, e durante aquele olhar firme, lentamente ela verificou que ele falava a sério.

— Mas John, você *não pode* fazer isso!

— E o que mais eu poderia fazer?

— Mantê-la.

— Eu não sou fazendeiro. Tampouco sou desportista. Nem mesmo tenho sangue puramente escocês. Sou um economista americano. O que eu poderia fazer com um lugar como Benchoile?

—Não poderia dirigir a propriedade?...

—De Wall Street?

—Coloque um gerente.

—Quem?

Ela procurou pensar em alguém e, inevitavelmente, lembrou-se: —Roddy?

—Se eu sou um economista, Roddy é um escritor, um diletante. Jamais será outra coisa. Jock, por outro lado, era o apoio da família, um homem excepcional. E não apenas andava por toda Benchoile com um cão em seus calcanhares e um cordel de instruções. Ele trabalhava. Subia as montanhas com Davey Guthrie para buscar os carneiros. Ajudava no parto das ovelhas e na tosquia. Ia ao mercado em Lairg. Também era Jock que zelava pela floresta, cuidava do jardim, cortava o gramado.

—Não há um jardineiro?

—Há um pensionista que vem de bicicleta de Creagan três vezes na semana. Porém, cuidar da horta e cortar lenha para a casa parece tomar a maior parte do seu tempo.

Victoria não se convenceu.

—Roddy parece saber *tanto* a respeito de tudo. Ontem à noite...

— Ele sabe muito, pois morou aqui durante toda a vida; entretanto, o que ele realmente pode fazer é outro assunto. Receio que, sem Jock para apoiá-lo e dar-lhe um empurrão de vez em quando, Roddy corre perigo mortal de simplesmente desabar no chão.

—Você deveria dar-lhe uma chance.

John parecia arrependido; no entanto, sacudiu a cabeça.

—Esta é uma propriedade imensa. São doze mil acres de montanhas para cuidar, cercas para serem mantidas, mais de mil carneiros para criar. Envolve também a tosquia e máquinas caras. Acrescente-se a tudo isso uma grande soma de dinheiro.

— Quer dizer que não quer se arriscar a perder dinheiro?

Ele sorriu.

—Nenhum economista quer se arriscar a isso. Mas, na verdade, esse não é o problema. Provavelmente eu teria recursos para perder um pouco; todavia, nenhum patrimônio é valorizado, a menos que seja um negócio viável e eficiente, capaz de pelo menos se sustentar.

Victoria deixou de olhar para ele e sentou-se abraçada aos seus joelhos, fitando a velha casa através do lago. Pensou em sua calorosa hospitalidade, nas pessoas que lá viviam. Ela não pensava na casa como um negócio viável.

—O que será de Ellen? —perguntou.

—Ellen é um dos problemas. Ellen e os Guthries.

—Eles sabem que você vai vender Benchoile?

—Ainda não.

—E Roddy sabe?

—Contei-lhe ontem à noite.

—E o que ele disse?

—Não ficou surpreso. Disse que não esperava que eu fizesse outra coisa. Depois se serviu de uma enorme dose de conhaque e mudou de assunto.

—E o que você acha que vai acontecer a Roddy?

—Eu não sei —disse John, e pela primeira vez havia tristeza em sua voz. Victoria virou a cabeça por cima do ombro e mais uma vez seus olhos se encontraram. Os dele estavam desolados e sombrios, e ela ficou comovida por seu dilema.

— Ele bebe demais. Refiro-me a Roddy — Victoria disse impulsivamente.

— Sei disso.

— Eu o adoro.

— Eu também o adoro. Adoro a todos. É por isso que é tão pavoroso.

Ela sentiu-se impelida a animá-lo. — Talvez alguma coisa aconteça.

— Quem é você, uma feiticeira? Não. Irei vender Benchoile. Tenho que fazer isso. Robert McKenzie, o advogado em Inverness, está providenciando um anúncio para mim. Lá pelo meio da semana já terá saído em todos os grandes jornais nacionais. "Vende-se agradável propriedade nas Highlands, própria para esportes." Como vê, não posso voltar atrás agora. Não posso mudar de idéia.

— Você não pode, então não vamos mais falar sobre este assunto.

Thomas mostrava sinais de tédio com a brincadeira. Já começava a sentir fome. Ele largara a caneca de plástico e agora vinha subir sobre os joelhos de Victoria. John olhou em seu relógio.

— Já é quase uma hora da tarde. Acho que eu, você e Thomas poderíamos procurar alguma coisa para comer...

Levantaram-se vagarosamente. Victoria espanou com a mão a areia da parte de trás de sua calça jeans. — E quanto aos outros? — ela perguntou, virando-se para olhar o topo da montanha, e então avistou Oliver e Roddy já descendo, bem mais depressa do que haviam subido.

— Também devem estar com fome e sede, sem dúvida — comentou John. — Vamos... — ele parou e apanhou

Thomas, segurando-o em seus braços, e guiou o caminho até onde o fogo ardia — ... vamos ver o que Ellen colocou nas cestas de piquenique.

Talvez, por causa do sucesso do piquenique e das lembranças de festas anteriores que o acontecimento evocara, a conversa durante o jantar não discorreu sobre o mundo literário de Londres, nem sobre os futuros problemas da Escócia, ao invés disso, foi um festival de reminiscências.

Roddy, farto de ar fresco, entusiasmado pelo vinho e pela boa comida, e implacavelmente instigado por seu sobrinho John, estava em seu meio, despejava uma infinita torrente de histórias que remontavam ao passado longínquo.

Ao redor da mesa lustrosa e iluminada à luz de velas, antigos criados, parentes excêntricos e viúvas dominadoras, a maioria deles já mortos, voltaram à vida. Contou a história da festa de Natal quando a árvore pegou fogo; a caçada na qual um jovem primo, que todos detestavam, acertou o convidado de honra com um tiro e foi mandado de volta para casa, em desgraça; o longo inverno esquecido quando nevascas isolaram a casa por mais de um mês, e seus ocupantes ficaram reduzidos a ferver neve para preparar o mingau e jogar charadas sem fim para se divertirem.

Havia a saga do barco virado; o xerife Bentley, o qual inadvertidamente virou a vela do barco e terminou caindo no fundo do lago; e a nobre dama empobrecida que viera passar um fim de semana e permaneceu firmemente instalada, por dois anos, no melhor quarto de hóspedes.

Roddy levou muito tempo para esgotar o repertório e, mesmo quando isso aconteceu, persistiu incansável. Justamente quando Victoria ia sugerir que talvez fosse hora de se retirarem para a cama (já passava da meia-noite), ele arrastou a cadeira e guiou a todos, determinadamente, até a sala de visitas, abandonada e empoeirada. Lá estava o piano de cauda coberto por um lençol velho. Roddy levantou-lhe a tampa e começou a tocá-lo.

Um frio penetrante tomava conta da sala. As janelas fechadas, as cortinas puxadas e as antigas melodias ecoavam como pratos de orquestra de encontro a paredes vazias. No alto, pendendo do centro do teto prodigamente decorado, um lustre de cristal, estilo candelabro, de proporções imensas, cintilava qual um feixe de pingentes de gelo, e facetas difusas de luzes coloridas refletiam-se nas barras do guarda-fogo de bronze em frente à lareira de mármore branco.

Roddy cantava canções de antes da guerra. Noel Coward em toda a sua emoção, e Cole Porter.

I get no kick from champagne,
Mere alcohol doesn't thrill me at all,
So tell me, why should it be true...

O restante dos convivas agrupou-se em torno dele. Oliver, com seu senso dramático despertado pelo rumo que a noite havia tomado tão inesperadamente, apoiava-se sobre o piano e, com um cigarro aceso, observava Roddy como se não pudesse perder uma só nuance de seus gestos e expressões.

John atravessara a sala até a lareira e ficara ali em frente, de pé, com as mãos nos bolsos e os ombros recostados contra o console sobre a lareira. No meio da sala, Victoria encontrara uma poltrona drapejada em tecido azul-claro riscadinho, e sentara-se em um de seus braços. De onde estava, via Roddy de costas, mas acima dele estavam dois grandes retratos pintados que, ela teve certeza, sem ninguém lhe ter dito, eram Jock Dunbeath e sua esposa Lucy.

Com o eco das músicas nostálgicas em seus ouvidos, ela olhou para um e para outro. Jock estava retratado com o traje a caráter de seu regimento e Lucy usava uma saia de tecido axadrezado e um suéter da cor de samambaia marrom. Seus olhos eram castanhos e carregava um sorriso nos lábios. Victoria imaginou se teria sido ela quem havia decorado a sala de visitas e escolhido o tapete com suas grinaldas de rosas desbotadas, ou se o teria herdado de sua sogra, e gostara dele assim mesmo. Depois, imaginou se Jock e Lucy saberiam que Benchoile seria vendida. Se eles estariam tristes, ou com raiva, ou se compreendiam o dilema de John. Olhando para Lucy, Victoria chegou à conclusão de que ela provavelmente estaria entendendo. Mas Jock... a face de Jock sobre a gola alta, as dragonas douradas, estava gravada em uma inexpressividade conveniente. Os olhos eram profundamente encravados e muito claros. Não revelavam nada.

Então se deu conta de que sentia frio. Por um motivo qualquer, vestira o vestido mais inapropriado, sem mangas e muito leve para uma noite de inverno na Escócia. Era o tipo do vestido para ser usado com os braços bronzeados e sandálias. Dentro dele adivinhava-se magra, pálida e gelada.

You're the cream in my coffee,
You're the milk in my tea...

VICTORIA

Victoria arrepiou-se e esfregou os braços, tentando se aquecer. Através da sala a voz de John se fez ouvir suavemente: — Está com frio? — Ela percebeu que ele a estivera olhando e isso despertou-lhe a consciência. Devolveu os braços ao colo e fez que não, com a cabeça; entretanto, acrescentou uma expressão secreta para deixá-lo saber que ela não queria perturbar Roddy.

Ele tirou as mãos dos bolsos, cruzou a sala aproximando-se e, no caminho, apanhou um lençol que protegia uma cadeira francesa de jacarandá. Ele dobrou o lençol feito um chale e colocou-o sobre os ombros de Victoria, de forma que ela foi envolvida nas dobras de um velho e macio algodão, muito confortável ao toque.

Ele não voltou para a frente da lareira, mas acomodou-se no outro braço da poltrona azul, estendendo o seu próprio braço no encosto da poltrona. A proximidade dele foi tão reconfortante para Victoria quanto o lençol em que ele a envolvera e, após um momento, ela não sentiu mais frio.

Por fim, Roddy parou para respirar e refrescar-se com o copo que deixara sobre o piano.

— Acho que talvez baste — disse a eles.

John, porém, argumentou: — Você não pode parar. Ainda não tocou *Will ye Go, Lassie, Go*.*

Por cima do ombro, Roddy franziu o cenho para o seu sobrinho. — Quando você me ouviu tocar esta velha canção?

— Acho que eu tinha cinco anos de idade. Mas meu pai costumava cantá-la também.

Roddy sorriu.

— Que rapaz sentimental você é, acredite-me — disse a John; depois voltou-se para o piano, e a velha melodia

---

* Nesta canção, um rapaz diz que, se perdeu a sua amada, com certeza irá encontrar outra onde cresce o tomilho selvagem da montanha.

escocesa, no compasso três por quatro de uma valsa lenta, preencheu toda a assombrada sala.

> *O the summer time is coming*
> *And the trees are sweetly blooming*
> *And the wild mountain thyme*
> *Grows around the blooming heather.*
> *Will ye go, lassie, go?*
>
> *I will build my love a tower*
> *Near yon pure crystal fountain*
> *And on it I will pile*
> *All the flowers of the mountain,*
> *Will ye go, lassie, go?*
>
> *If my true love, she were gone,*
> *I would surely find another*
> *Where wild mountain thyme*
> *Grows around the blooming heather*
> *Will ye go, lassie, go?*

12

DOMINGO

Eram dez horas da manhã do Sabbath. Mais uma vez o vento mudara sua direção para o nordeste, vindo do mar em redemoinhos amargamente frios. O céu, coberto de nuvens que navegavam a grande altitude, deixava entrever apenas ocasionalmente um pouco de azul-turquesa claro. Era difícil acreditar que no dia anterior eles haviam estado em um piquenique à beira da cachoeira, sentados ao sol, deliciando-se com imagens do que seria a próxima primavera.

John Dunbeath sentara-se junto ao fogo, na cozinha dos Guthries, e bebia uma xícara de chá. A cozinha era aconchegante como um ninho. O fogo avermelhado ardia no forno, as paredes grossas e as janelas bem fechadas desafiavam o vento que zunia. Havia no ar um aroma de turfa queimando, sobrepujado apenas pela fragrância do caldo de carne cozinhando em fogo brando. A mesa no centro da sala já estava posta para o almoço dos Guthries.

Jess ia à igreja. No aparador, ela pegou o seu chapéu e, curvando levemente os joelhos de forma a admirar seu reflexo no espelho, ajeitou-o sobre sua cabeça. Observando-a, e depois voltando a olhar para Davey, John concluiu que, de todas as pessoas de Benchoile, eles eram os dois que menos haviam mudado. Jess continuava esbelta, ainda bonita, com alguns fios grisalhos em sua abundante cabeleira loura, e Davey parecia até mesmo mais novo do que John se lembrava, com os olhos azuis brilhantes e dois tufos de sobrancelhas ruivas.

— Agora — naquele momento Jess estava colocando as luvas — devo sair. Precisa me desculpar, mas prometi a Ellen Tarbat que a apanharia e lhe daria uma carona até a igreja. — E deu uma olhada de relance para o portentoso relógio sobre o console da lareira. — E, se vocês dois vão subir a colina e descer a tempo para o almoço, é melhor não ficarem aí sentados o dia inteiro tomando chá.

Ela saiu. Minutos depois, um estrondo. Eram as engrenagens começando a funcionar. O ruído da rotação indicava um motor cansado. A pequena caminhonete cinza de Davey desceu quicando pelo caminho esburacado em frente à casa e desapareceu em direção a Benchoile.

— É uma péssima motorista — comentou Davey e, em seguida, terminou sua caneca de chá e levantou-se. — Mas ela tem razão. Devemos nos mexer.

Ele atravessou o pequeno saguão e apanhou a capa de chuva pendurada num cabide de madeira junto à porta, recolheu o chapéu de caça, seu cajado e uma luneta. Os dois cães labradores dourados, que aparentemente dormiam ao lado do fogo, agora davam saltos num estado de movimentação febril, pois farejavam caminhadas. Movimentavam-se atabalhoadamente de um lado para outro, focinhando os joelhos de Davey com os rabos em pé feito pistons. Eles eram, Jess contara a John, os cães de Jock.

— Pobres criaturas, estavam com Jock quando ele morreu. Depois disso, vagaram por Benchoile feito um par de espíritos perdidos. Falaram em se desfazer da cadela mais velha, pois já está com quase nove anos de idade. Mas nós não conseguimos suportar tal idéia. O coronel era tão apegado a ela e, além do mais, ela é ótima na caça. Portanto, os dois vieram viver com a gente. Veja só, nunca tivemos um cão dentro de casa. Jess nunca permitiu que os cães entrassem. Mas estes dois jamais estiveram em um canil e, assim, ela teve de ceder. Poderiam ter ficado em Benchoile, eu acho, mas o Sr. Roddy tem seu próprio cão, e Ellen já é ocupada o bastante para cuidar também destes dois bebezões.

Davey abriu a porta de casa e os dois labradores dourados escaparam para o jardim onde o matagal era varrido pelo vento. Correram feito filhotes pela grama que florescia embaixo do varal de roupas. Assim que surgiram do lado de fora, os cães pastores de Davey, engaiolados em um cercado, latiram loucamente correndo de um lado para outro no pequeno espaço entre as grades.

— Calem a boca seus bobões — disse Davey complacentemente, mas eles continuaram latindo, e ainda podiam ser ouvidos muito tempo depois que os dois homens e os labradores ultrapassaram o portão e iniciaram a caminhada através da urze.

Levaram mais de uma hora para alcançar a cerca divisória que separava a fronteira norte de Benchoile do desolado Vale Feosaig. Uma subida longa e constante, galgada no ritmo dos passos sem pressa de Davey Guthrie, parando para salientar algum marco, para esquadrinhar a montanha à procura de cervos, ou para observar o sublime vôo flutuante do gavião. Os cães não se afastavam de seus calcanhares, mas, mesmo assim, de vez em quando um par de galos silvestres parecia nascer da urze debaixo de suas patas e saíam voando em círculos, de encontro à montanha; *voltem, voltem,* pareciam dizer.

O campo era uma imensidão. Benchoile aparecia bem abaixo deles; o lago, uma larga faixa cinza-chumbo; a casa e árvores estavam encobertas pelo protuberante contorno da terra. Ao norte, os cumes das montanhas ainda vestiam-se de branco, e a neve escorria por profundas valas, intocadas, por ora, pelo fraco sol do inverno. À medida que subiam, Creagan tornava-se visível, reduzida, pela distância, a um agrupamento de casas cinzentas. Uma faixa verde era o campo de golfe, e a torre da igreja, uma flecha minúscula. Além dela, viam-se o mar e o horizonte coberto de nuvens.

— Sim, sim — observou Davey — está um típico dia chuvoso.

No cume da montanha não havia nada além de urze sob os pés; turfeiras estreladas de singulares musgos e líquens. A terra era pantanosa. A água escura transudava-lhes em volta dos pés enquanto caminhavam trilha acima. Pegadas e excrementos dos cervos estavam por toda parte. Quando afinal chegaram ao solitário dique, o vento precipitou-se sobre eles, vindo do norte, tomando-lhes os ouvidos, narinas e pulmões; assobiava através das roupas próprias para tempestade e fazendo os olhos de John lacrimejarem. Ele recostou-se no muro olhando para baixo, para Feosaig. O lago, embaixo, era escuro e profundo, sem qualquer evidência de que o lugar fosse habitado por seres humanos. Havia somente carneiros e gaviões. Destacando-se em branco contra a montanha distante, um par de gaivotas voava para o interior.

— Aqueles são os nossos carneiros? — perguntou John, levantando a voz sobre o vento.

—Sim, sim—Davey afirmou com um sinal de cabeça, e depois sentou-se ao abrigo do vento, com as costas junto ao muro. Após um momento, John sentou-se também. — Mas aquelas não são terras de Benchoile.

— E estas aqui também não são terras de Feosaig, mas temos muitos carneiros de Feosaig pastando com os nossos.

— Então você os reúne, separa e depois faz a marcação?

— Exato. E vamos reuni-los no final deste mês. Serão levados para os currais nos campos ao redor da sede da fazenda.

— Quando as ovelhas começam a parir?

— Por volta de meados de abril.

— Ainda vai estar frio como agora?

— Pode ser que esteja mais frio ainda. Algumas das maiores tempestades caem em abril, e as montanhas ficam tão brancas como no meio do inverno.

— Isso não deve facilitar muito o seu trabalho.

— De fato, não mesmo. Já tive de cavar muito para retirar ovelhas grávidas e pesadas de dentro de valas e bancos de neve. Algumas vezes uma ovelha abandona sua cria e não há nada a fazer senão levar o filhote até a sede da fazenda e amamentá-lo com uma garrafa. Jess é ótima para cuidar de cordeiros fracos.

— Ah, sim, tenho certeza de que é, mas isso não resolve o problema de como irá lidar com tudo isso sozinho. Roddy me contou o quanto tio Jock o ajudava no trabalho com os carneiros. Vai precisar de um outro homem, provavelmente dois, para ajudá-lo nestas próximas semanas.

— Sim, e este é um verdadeiro problema — Davey concordou, mas não parecia nem um pouco preocupado. Tirou do bolso um saco de papel. E, de dentro do saco, dois pães com manteiga. Deu um a John e começou a comer o outro, mastigando cada pedaço feito um boi ruminante. —

Mas eu já falei com Archie Tulloch e combinamos que ele irá me ajudar este ano.

— Quem é ele?

— Archie é lavrador. Ele cultiva alguns acres de terra no caminho para Creagan. Mas está velho, setenta anos ou mais, e não poderá continuar com a lavoura por muito tempo. Ele não tem filhos. Cerca de um mês antes de seu tio falecer, conversamos sobre a lavoura de Archie. Ele planejava comprar estas terras e gerenciá-las junto com as terras de Benchoile. Sempre podemos usar mais terra para cultivar; além disso, ele tem um belo pasto junto ao rio.

— Archie teria concordado?

— Sim, sim. Ele tem uma irmã em Creagan. E várias vezes falou em ir morar com ela.

— Dessa forma teríamos mais terra e outra casa.

— Seu tio planejava empregar outro homem, e instalá-lo no chalé de Archie. Seu tio era um homem de grande mérito, mas, depois daquele primeiro ataque do coração, ele começou a se dar conta de que, como todos nós, não era imortal.

Davey abocanhou outro pedaço de pão e mastigou-o vagarosamente. Um movimento na encosta da montanha atraiu a atenção de seus olhos azuis. Ele largou o sanduíche pela metade, fincou o seu cajado na terra e apanhou a luneta. Utilizando o cajado e o polegar de sua mão esquerda como ponto de apoio, ajustou a luneta ao seu olho. Fez-se um longo silêncio, quebrado apenas pelas rajadas do vento.

— Uma lebre — disse Davey. — Apenas uma pequenina lebre. — Tornou a guardar a luneta em seu bolso e apanhou o restante do pão. No entanto, a velha cadela já saltara em perseguição ao animalzinho. — Você é, de fato, uma grande gulosa — disse Davey à cadela.

John recostou-se no muro. As pedras irregulares espetavam suas costas. O corpo estava aquecido devido ao exercício puxado, mas o rosto permanecia frio. Diante deles, uma brecha aparecera por entre as nuvens velozes. Um raio brilhante de sol atravessou o ar nublado e caiu como uma flecha de ouro sobre as águas escuras do lago Muie. As samambaias que cobriam a montanha adquiriram uma tonalidade castanho-avermelhado. Era um belo espetáculo. Então, naquele instante, ele se deu conta, um pouco chocado, de que toda aquela terra, quase até onde podia enxergar, lhe pertencia. Aquilo tudo era Benchoile. E aquele... ele levantou um punhado de terra preta turfosa, esfarelando-a entre seus dedos.

Foi assaltado por uma sensação de eternidade. Era assim que as coisas ali haviam permanecido durante décadas; amanhã não estariam diferentes, tampouco nas próximas semanas e sequer nos meses futuros. Atividade, de qualquer tipo, repentinamente tornara-se algo repugnante, e aquilo o surpreendeu, pois apatia era um tipo de humor do qual nunca sofrera. Construíra sua reputação e alcançara uma personalidade de considerável sucesso em seu trabalho, inteiramente por meio de decisões rápidas e sagazes — ação imediata —, e uma confiança em suas próprias convicções que não deixava lugar para hesitações morais.

Combinara aquela expedição matutina com a única intenção de ficar a sós com Davey e deixar escapar a informação, do melhor modo possível, de que Benchoile seria oficialmente posta à venda no meio da próxima semana. E agora encontrava-se discutindo com Davey sobre um futuro plano de ação para a propriedade, como se tivesse toda a intenção de assumir o trabalho para o resto de sua vida.

Estava protelando. Mas aquilo teria tanta importância

assim? Seria aquele dia, aquela manhã, aquele momento a hora certa para acabar com tudo o que Davey Guthrie construíra com o seu trabalho? Talvez, disse a si mesmo, sabendo que se esquivava ao debate, fosse melhor realizar uma espécie de reunião de diretoria na sala de jantar de Benchoile. Desta forma, estaria protegido do problema por um escudo de formalidade. Ele convidaria Ellen Tarbat para sentar-se à mesa, e igualmente Jess, e, para lhe emprestar um pouco de apoio moral, Roddy. Faria ainda melhor. Pediria a Robert McKenzie, o advogado, para vir de Inverness e presidir a reunião. Então, de um golpe só, ele poderia evitar também a tarefa de anunciar as más notícias para todos.

O sol se escondeu. Novamente ficou tudo frio e escuro, mas o silêncio entre os dois homens permanecia amistoso e totalmente relaxante. Ocorreu-lhe que um verdadeiro homem das Highlands feito Davey Guthrie tinha muito em comum com os empregados que trabalhavam para o seu pai no rancho do Colorado. Orgulhosos, independentes, conscientes de que eram tão bons como qualquer outro empregado — e provavelmente até melhores — eles não sentiam necessidade de se afirmarem; portanto, eram as pessoas mais honestas de se lidar.

Ele sabia que deveria ser honesto com Davey. E perguntou, quebrando o silêncio: — Há quanto tempo você vive em Benchoile, Davey?

— Perto de vinte anos.

— Com que idade você está?

— Quarenta e quatro.

— Não parece.

— É a vida controlada que mantém um homem saudável — respondeu Davey com um sorriso. — E o ar puro também. Você não acha que em Londres, Nova Iorque e nas demais cidades grandes o ar é muito opressivo? Mesmo quando Jess e eu passamos o dia fazendo compras em Inverness, mal posso esperar para voltar para casa e respirar o ar puro de Benchoile.

— Suponho que, quando temos um emprego em um lugar, não pensamos muito no que se está respirando. E de qualquer modo, quando eu me sinto sufocado demais, costumo ir para o Colorado. Lá o ar é tão puro que a primeira inspiração é tão inebriante quanto uma boa dose de *scotch*.

— Sim, sim, acredito que esta fazenda deve ser um lugar e tanto. E de bom tamanho também.

— Na verdade, não é tão grande quanto Benchoile. Tem cerca de seis mil acres; entretanto, temos mais gado. Seiscentos acres de terra são campinas de feno irrigadas, sendo o restante conhecido como pasto de campo aberto.

— E que raça de gado vocês criam?

— Nenhuma raça em particular. Varia entre puros Hereford e Angus Negros, que são a base da economia no oeste. Se a neve for abundante, e as campinas estiverem bem irrigadas, e não tivermos uma geada tardia na primavera, podemos manter mil cabeças nos pastos.

Davey matutou sobre a informação, mastigando um fio de grama e contemplando tranqüilamente a paisagem diante dele. Após um instante, começou a falar.

— Havia um fazendeiro de Rosshire, que foi a uma feira de gado em Perth, e lá conheceu um desses grandes criadores do Texas. E ficaram conversando. Então o texano perguntou ao fazendeiro quanta terra ele possuía. E o fazendeiro disse a ele: "Dois mil acres".

Nesse ponto John se deu conta de que Davey não continuava sua dissertação sobre fazendas, mas estava lhe contando uma piada. Ansioso para não perder uma só palavra, ou, pior, rir na hora errada, escutou com atenção redobrada.

— Então o fazendeiro perguntou ao texano quantos acres de terra este possuía. E o texano disse ao fazendeiro: "Você não acreditaria. Não poderia compreender, se eu lhe dissesse a extensão de terras que possuo no Texas. Mas eu vou lhe contar uma coisa. Se eu entrar em meu carro e dirigir o dia todo ao lado da minha cerca, ainda assim não conseguiria percorrer toda a minha propriedade." O fazendeiro pensou um pouco, e então disse ao texano: "Eu tive um carro assim, uma vez. Mas eu me livrei dele."

Houve uma longa pausa. Davey continuou olhando para a frente. John ficou o mais que pôde com a cara mais séria do mundo e, então, um amplo e interminável sorriso brotou em sua face. Davey virou a cabeça e olhou para ele. Seus olhos azuis ostentavam um certo brilho. Mas, normalmente, ele era mais austero do que ninguém.

— Sim, sim — disse em sua voz macia com sotaque de Sutherland. — Achei que você ia gostar. É uma boa piada.

Ellen Tarbat, envergando seu tradicional vestido preto de domingo, colocou o chapéu, prendendo-o com um enorme grampo. Era um chapéu discreto, só que já estava com dois anos de uso. Era guarnecido com uma fivela, e nada como uma fivela para emprestar um pouco de dignidade a um chapéu.

Ela olhou para o relógio da cozinha. Eram dez e quinze, e ia à igreja. Para o almoço, serviria uma refeição fria no lugar do costumeiro assado. Cozinhara batatas e fizera uma torta. A mesa da sala de jantar já estava posta e enfeitada. No momento, ajudava a carona de Jess. Davey não iria à igreja com elas porque ele e John Dunbeath haviam subido a montanha para olhar os carneiros. Ellen não aprovava aquele tipo de programa em pleno dia de descanso e o dissera a John, mas este retrucara que não tinha todo o tempo do mundo e logo teria de retornar a Londres. Ellen não conseguia imaginar as razões pelas quais ele deveria voltar a Londres. Ela mesma nunca estivera em Londres, mas sua sobrinha, Anne, viajara dois anos antes e lá estivera. E o que ela contara sobre a cidade não a deixou com tanta pressa assim de seguir o seu exemplo.

Após ajeitar o chapéu, ela apanhou o casaco. De manhã bem cedinho trouxera todas as suas coisas para o andar térreo, de forma a economizar os diversos lances de escada que levavam ao seu quarto, no sótão. Subir escadas era uma atividade que a deixava cansada. E ela detestava sentir cansaço. Odiava o modo como o seu coração disparava quando ficava cansada. Algumas vezes odiava estar velha.

Ela vestiu o casaco e o abotoou, ajustou a lapela onde havia espetado seu melhor broche Cairngorm. Apanhou sua bojuda bolsa de mão e as luvas pretas. Do outro lado da casa, o telefone começou a tocar.

Ela permaneceu imóvel alguns instantes, esperando, tentando lembrar quem estava ou não dentro de casa. A Sra. Dobbs havia levado Thomas para dar um passeio. John estava com Davey. O telefone continuava tocando, e Ellen suspirou, largou a bolsa e as luvas, e foi atender. Atravessou a cozinha, o saguão e entrou na biblioteca. O telefone ficava sobre a mesa de trabalho do coronel. Ellen apanhou o aparelho.

—Sim?

Uma série de zumbidos e tinidos afligiu seus ouvidos. O telefone era outra coisa que ela detestava.

— Sim? — repetiu, já quase irritada.
Um último zumbido e uma voz de homem.
— É de Benchoile?
— Sim, aqui é Benchoile.
— Eu quero falar com Oliver Dobbs.
— Ele não está — disse Ellen instantaneamente. Jess Guthrie estaria na porta a qualquer momento, e ela não queria deixar ninguém esperando.

Mas a voz do outro lado da linha não era assim tão fácil de se deixar dispensar.

— Não existe algum meio de encontrá-lo? É muito importante, de verdade.

A palavra *importante* prendeu sua atenção.

Era esplêndido quando pessoas importantes se hospedavam em Benchoile e coisas importantes aconteciam. Havia assuntos para se comentar, além de simplesmente discutir-se o preço dos cordeiros ou como estaria o tempo no dia seguinte.

— Ele... talvez ele esteja na Casa Estábulo.
— Poderia ir lá e chamá-lo?
— Pode demorar um pouco.
— Eu espero.
— Telefone está muito caro — lembrou Ellen, rispidamente. Importante ou não, era um pecado desperdiçar dinheiro.

— O quê? — Ele pareceu confuso. — Oh, bem, esqueça o dinheiro. Ficarei agradecido se puder chamá-lo. Diga-lhe que é o seu agente.

Ellen suspirou e resignou-se a perder o primeiro hino na igreja. — Está bem.

Largou o aparelho e caminhou o longo trajeto até os fundos da casa. Ao abrir a porta, uma lufada de vento quase lhe arrancou a maçaneta da mão. Segurando o seu melhor chapéu, ela atravessou o pátio dobrando-se contra o vento, e abriu a porta de Roddy.

—Roddy! —gritou com a sua voz um pouco rachada.

Fez-se uma pausa; em seguida, passos atravessaram o chão acima de sua cabeça, e o Sr. Dobbs em pessoa apareceu no patamar da escada, tão alto, pensou Ellen, quanto um poste de luz.

— Ele não está aqui, Ellen. Foi até Creagan comprar os jornais de domingo.

— Há uma chamada telefônica para o senhor, Sr. Dobbs. O homem diz que é seu agente e que é muito importante.

A face de Oliver iluminou-se. — Oh, está certo. — E atirou-se escada abaixo atabalhoadamente, tão veloz que Ellen foi obrigada a dar dois passos para trás para não ser atropelada. — Obrigado, Ellen — disse ele ao passar voando.

— Ele está aguardando do outro lado da linha... — esgoelou-se Ellen, inclinando-se para trás — ... e só Deus sabe o quanto isto está lhe custando.

Mas o Sr. Dobbs já estava fora do alcance de seus resmungos. Ellen fez uma careta. Então endireitou o chapéu e o seguiu em seu próprio passo. Na cozinha, viu através da janela a caminhonete dos Guthries esperando por ela, com Jess Guthrie na direção. Atrapalhada, já estava a meio caminho da porta quando se deu conta de que havia esquecido suas luvas.

Oliver ficou ao telefone por mais de meia hora e, quando voltou para a Casa Estábulo, Roddy já retornara de Creagan com todos os jornais de domingo. Estava afundado em sua maior poltrona de couro em frente à lareira acesa, e já ansiava pelo primeiro gim-tônica do dia.

Ele abrira o jornal *Observer* e o lia por cima dos óculos, quando Oliver chegou saltando os degraus de dois em dois.

— Alô — disse ele. — Achei que eu tinha sido abandonado.

— Fui atender a um telefonema. — Oliver sentou-se em uma cadeira em frente à poltrona de Roddy, e suas mãos caíram por entre os joelhos.

Roddy olhou-o de forma entusiástica. Pressentira sua agitação contida, secreta.

— Boas notícias, espero.

— Sim, boas. Era meu agente. Está tudo decidido. A nova peça irá estrear em Londres quando terminar a temporada em Bristol. Mesmo elenco, mesmo produtor, tudo enfim.

— Fantástico. — Roddy largou o jornal no chão e tirou os óculos. — Meu querido rapaz, esta é de fato a mais esplêndida das notícias.

— Há outras notícias igualmente esplêndidas, mas estas terão que esperar até mais tarde. Quer dizer, ainda não estão de fato assinadas e confirmadas.

— Não poderia ficar mais contente. — Roddy deu uma rápida olhadela em seu relógio. — O sol ainda não brilha sobre o lais, mas eu acho que isso merece...

De súbito, Oliver o interrompeu.

— Só uma coisa. Você se importaria se eu deixasse Victoria e Thomas aqui por dois dias? Preciso ir a Londres amanhã. É só por uma noite. Há um avião que parte de Inverness às cinco da tarde. Alguém poderia me levar de carro até o aeroporto para que eu possa apanhá-lo?

— Mas claro. E pode deixar a moça e o garotinho o

tempo que quiser. E eu o levarei até o aeroporto em meu MG.

— É somente por dois dias. Estarei de volta no dia seguinte. Depois disso, vamos arrumar as malas e percorrer o caminho de volta para o sul, de carro.

A imagem de todos partindo entristeceu Roddy. Ele aterrorizou-se ante a idéia de ficar novamente a sós, não apenas por ter adorado a companhia jovem em casa, mas porque, com a partida de Oliver, de Victoria e do pequenino Thomas, não teria mais desculpas para não encarar os fatos. E os fatos eram desanimadores. Jock estava morto. John ia vender Benchoile. Laços e tradições seriam quebrados para sempre. Era o fim de um estilo de vida. Esta seria a última festa em casa.

Com a vaga idéia de protelar o funesto momento, ele disse: — Você não precisa ir embora. Você sabe que não precisa ir embora.

— Mas você sabe que precisamos ir. Você tem sido mais do que gentil e um anfitrião maravilhoso, mas não podemos ficar para sempre. De qualquer modo, peixes e hóspedes costumam exalar mau cheiro depois de três dias, e nós já estamos aqui há três dias; assim, amanhã começaremos a cheirar mal.

—Vou sentir sua falta. Todos nós iremos. Ellen se apaixonou por Thomas. Não vai ser a mesma coisa sem vocês por perto.

— Você ainda tem John.

—John não vai ficar mais do que o tempo necessário. Ele não pode continuar aqui. Precisa retornar a Londres.

— Victoria me contou que ele irá vender Benchoile.

Roddy surpreendeu-se. — Não imaginava que tivesse conversado sobre isso com Victoria.

— Ela me contou ontem à noite.
— Sim, ele vai vender. Não tem realmente outra alternativa. Para dizer a verdade, eu já estava esperando.
— O que irá acontecer com você?
— Depende de quem comprar o lugar. Se for um americano rico, amante de esportes, talvez eu arranje um emprego como guia de caça e pesca. Já me vejo cumprimentando com o boné e recebendo polpudas gorjetas.
— Deveria se casar — disse Oliver.
Roddy lançou-lhe outro de seus olhares ferinos.
— Olha quem fala.
Oliver gargalhou. — Eu sou diferente — disse ele, presunçosamente. — Sou de uma geração totalmente diferente. A mim é permitido ter um conjunto de valores morais diferente.
— E você certamente os tem.
— Você não aprova?
— Não iria fazer diferença se eu aprovasse ou não. Sou um homem preguiçoso demais para adotar posições sobre assuntos que, na verdade, não me dizem respeito. Talvez eu tenha sido preguiçoso demais para me casar, porque era isso o que esperavam de mim. Não me casar foi apenas uma parte do padrão. Como escrever livros, observar os pássaros e beber demais. Meu irmão Jock ficava desesperado comigo.
— Eu acho que esta é uma excelente maneira de ser — disse Oliver. — Acho que tenho seguido muito bem este mesmo padrão.
— Sim — disse Roddy — mas no meu caso eu tenho uma regra fundamental. Nunca me envolvi com ninguém, porque, uma vez que o fizesse, estaria correndo o risco de magoá-lo.
Oliver olhou, surpreso.

— Você está se referindo a Victoria, não é?
— Ela é muito vulnerável.
— E também muito inteligente.
— O coração e a mente são duas entidades distintas.
— Razão e emoção?
— Se preferir assim.
— Não posso me comprometer — disse Oliver.
— Você já está — observou Roddy. — Você tem a criança.

Oliver apanhou o maço de cigarros; pegou um e o acendeu com uma tira de papel retorcido inflamada pelo fogo. Depois de aceso, jogou o papel retorcido sobre as chamas, e disse: — Você não acha que é um pouco tarde para começar a conversar comigo como se fosse meu pai?

— Nunca é tarde demais para retificar as coisas.

Os olhos de ambos cruzaram-se ao mesmo tempo e Roddy reconheceu a frieza no pálido olhar de Oliver. Quando este falou, foi para mudar de assunto.

— Você sabe onde Victoria está?

Era uma espécie de pedido de licença para se retirar. Roddy suspirou.

— Acho que ela foi levar Thomas para um passeio.

Oliver levantou-se.

— Nesse caso, é melhor eu ir procurá-la. Contar-lhe as novidades.

Então saiu, descendo apressado a escada de madeira e batendo a porta atrás de si. Seus passos ressoaram através das pedras arredondadas do pátio. Roddy ficou sem maiores informações quanto às intenções de Oliver, suspeitando que havia mais prejudicado do que feito bem, e desejando ter mantido sua boca fechada. Após um momento, ele suspirou novamente, ergueu-se da poltrona e foi servir-se do tão esperado gim-tônica.

Victoria, voltando pelo caminho do bosque de bétulas, viu Oliver surgir sob o arco do pátio do estábulo e atravessar o cascalho da frente do casarão. Fumava um cigarro. Estava a ponto de chamá-lo quando ele viu Thomas e ela, e atravessou o gramado para encontrá-los.

Thomas, cujas pernas estavam esgotadas desde a metade do caminho para casa, escancharar-se nos ombros de Victoria. Quando Oliver aproximou-se, ela se ajoelhou e deixou Thomas escorregar para o chão, que correu e alcançou Oliver antes dela, dando uma cabeçada e abraçando as pernas do pai, quase desequilibrando-o.

Oliver não o apanhou no colo, mas permaneceu lá, encurralado, esperando que Victoria estivesse tão perto a ponto de ouvi-lo.

— Onde esteve? — perguntou a ela.

— Saí apenas para dar um passeio. Encontramos um outro riacho, mas não é tão bonito como a cachoeira. — Ela o alcançou e ficou a seu lado.

— E você, o que andou fazendo?

— Telefonando — respondeu. A caminhada ao ar frio trouxera cores às faces da moça. Seu cabelo claro estava despenteado pelo vento. Encontrara, em algum lugar, um ramo de flores amarelas e colocara algumas no bolso da jaqueta. Oliver puxou-a entre os braços e a beijou. Ela exalava um frescor, misto de maçã e cheiro de campo. Seus lábios eram doces e imaculados, seu beijo tinha o sabor e a inocência da água pura.

— Telefonando para quem?

— Não estava telefonando para ninguém. Me telefonaram.

— Quem foi?

— Meu agente. — Ele a soltou e parou para desembaralhar Thomas de suas pernas. Eles começaram a andar em volta da casa, mas Thomas reclamou, e Victoria voltou-se e o apanhou no colo. Quando ela novamente conseguiu ficar ao lado de Oliver, perguntou:

— E o que ele disse?

— Boas notícias. *Bent Penny* irá para Londres.

Ela ficou imóvel.

— Oliver! Mas isso é maravilhoso.

— E eu estou indo para Londres também, amanhã. — Um sombra desceu sobre o rosto de Victoria. — Vou deixar você e o Thomas para trás.

— Você não pode fazer isso.

Ele gargalhou.

— Não pareça tão trágica, sua bobinha. Eu volto no dia seguinte.

— Mas por que não podemos ir com você?

— Qual é o problema de eu ir a Londres por um dia? De qualquer maneira, não posso conversar de negócios tendo você e o Thomas debaixo de meus pés o tempo todo.

— Mas nós não podemos ficar aqui sem você!

— Por que não?

— Eu não quero ser deixada para trás.

Ao ouvir isso, Oliver ficou irritado. Seu jeito natural, provocante e bem-humorado desapareceu, e ele disse, grosseiro: — Eu não a estou deixando para trás... estou simplesmente indo a Londres por uma noite. Pego um avião e vou, pego outro e volto. E quando eu voltar, faremos as malas,

entraremos no carro e iremos para o sul. Juntos. E agora, você está feliz?
— Mas o que eu vou fazer sem você?
— Viver, imagino. Não deve ser muito difícil.
— É que eu me sinto tão mal em relação a Roddy. Primeiramente nos despejamos sobre ele e agora...
— Ele está bem. Está deliciado com a idéia de ter você e Thomas só para ele por um dia ou dois. E quanto a nos despejarmos aqui, ele não deseja a nossa partida. Uma vez que tenhamos ido embora, ele terá de encarar a realidade, e isso não o agrada nem um pouco.
— É terrível falar assim sobre Roddy.
— Tudo bem, é terrível, mas é a realidade. Tudo bem, ele é encantador e divertido, um personagem saído diretamente das páginas de alguma comédia dos anos trinta. Rattigan, talvez, com a sua maior cara-de-pau. Mas eu duvido que ele tenha encarado algum problema em toda a sua vida.
— Ele esteve na guerra. Qualquer um que tenha estado na guerra foi obrigado a encarar problemas. Tudo se resume nisso.
— Estou falando de problemas pessoais, não de uma Emergência Nacional. E de uma Emergência Nacional pode-se esconder atrás de um copo de conhaque com soda.
— Oh, *Oliver*. Eu odeio quando você fica assim. Mas ainda não quero que deixe a mim e a Thomas para trás.
— Bem, estou indo. — Ela não respondeu, e ele passou-lhe o braço pelos ombros e beijou-lhe a testa. — Você não vai ficar amuada com isso. E na terça-feira, quando eu voltar, você poderá pular no Volvo e ir ao meu encontro. E se estiver particularmente charmosa, vou levá-la para jantar fora em Inverness. Comeremos miúdos de carneiro

VICTORIA

com batatas fritas e nos divertiremos com a dança folclórica. Pode pensar em algo mais estimulante?

— Posso: ainda preferia que não fosse. — Então começou a sorrir.

— Eu tenho de ir. O dever me chama. Sou um homem de sucesso. Deixar você para trás é um dos preços que eu tenho de pagar pelo sucesso.

— Algumas vezes gostaria que não tivesse sucesso.

Ele a beijou de novo.

— Sabe o que está errado com você? Nunca está feliz.

— Não é verdade.

Ele se enterneceu.

— Eu sei que não é.

— Tenho sido feliz aqui — declarou-lhe. De repente ficou tímida. Esperava que Oliver lhe dissesse que também estava sendo feliz. Mas ele não disse nada. Ela transferiu o peso de Thomas de um braço para outro e, juntos, caminharam até a casa.

13

SEGUNDA-FEIRA

— Victoria — gritou Roddy, em pé no patamar da escada de sua casa.

Victoria, que trabalhara a manhã inteira passando a ferro camisas e lenços para Oliver, dobrando meias e suéteres, e finalmente arrumando a mala, terminou a tarefa, retirou uma mecha de cabelos do rosto e andou até a porta do quarto para abri-la.

— Estou aqui!

— John está aqui em cima, e Oliver também. Venha juntar-se a nós e tomaremos um drinque.

Era quase meio-dia e meia, o dia estava frio, porém o sol brilhava. Roddy e Oliver iriam até o aeroporto após o almoço. Quinze minutos antes, Ellen aparecera para tomar conta de Thomas e aprontá-lo para a refeição, pois o almoço seria bem nutritivo, feito por Ellen e Jess Guthrie, e servido na grande sala de jantar de Benchoile. Assim decidira Ellen. Ela sempre tivera a opinião de que ninguém deveria iniciar uma viagem, por mais curta que fosse, sem uma substancial refeição em seu estômago, e Oliver não era, aparentemente, uma exceção. Assim sendo, ela e Jess ficaram ocupadas durante toda a manhã. Odores de dar água na boca invadiram o casarão, e um certo ar de cerimônia, como se algo importante estivesse acontecendo, um aniversário ou o último dia das férias, pairava no ambiente.

Do cômodo acima, sala de estar de Roddy, Victoria pôde ouvir o murmúrio da conversa. Ela fechou a mala e as trancas com um estalo. Foi até o espelho, penteou os cabelos, deu uma última olhada pelo quarto, certificando-se de que nada fora esquecido, e subiu para reunir-se ao restante do pessoal.

Como o sol brilhava e o dia estava claro, ela os encontrou reunidos não em frente às chamas da lareira, mas junto à enorme janela panorâmica. Oliver e Roddy estavam sentados no banco da janela, de costas para a paisagem, e John Dunbeath numa cadeira que arrastara da escrivaninha. Quando Victoria apareceu, Roddy disse:

— Aqui está ela; venha, estávamos esperando por você.
— E John levantou-se, abrindo lugar. — O que quer beber?

Ela refletiu um pouco.

— Na verdade, acho que não quero beber.

— Oh, vamos — disse Oliver, estendendo um braço e puxando Victoria para junto de si. — Não seja pudica. Esteve trabalhando ativamente durante toda a manhã, ocupada com tarefas domésticas. Você merece uma bebida.

— Está bem.

— O que gostaria de tomar? — John perguntou. — Eu pego para você.

Ainda presa ao braço de Oliver, ela respondeu:

— Uma cerveja, se tiver. — Ele sorriu e caminhou até a cozinha de Roddy para apanhar uma lata no refrigerador.

No entanto, mal houve tempo para abrir a lata e servir-lhe um copo, pois foram interrompidos pelo ruído da porta embaixo e a voz de Ellen, ao pé da escada, avisando-os de que o almoço estava pronto, servido, e iria se estragar se eles não fossem imediatamente.

— Não chateia, mulher — disse Roddy em voz baixa, mas era óbvio que nada podia ser feito. Assim, carregando os vários copos, todos se levantaram, desceram e atravessaram o pátio em direção ao casarão.

Encontraram a sala de jantar iluminada pelo sol e a mesa posta sobre uma toalha branca. Um rosbife e travessas com legumes quentes fumegavam sobre o console. Thomas já se encontrava instalado, alegre e faminto, numa antiga cadeirinha alta de madeira que Jess Guthrie apanhara no quarto de crianças.

Ellen caminhava de um lado para o outro com suas pernas trêmulas, informando a todos quais eram os seus lugares, reclamando que o rosbife estava esfriando e perguntando-se por que cozinhar boas refeições se as pessoas não conseguiam ser pontuais à mesa?

— Vamos, Ellen — disse John afavelmente — isso não é verdade. Nós nos levantamos assim que você gritou da escada. E agora, quem irá fatiar a carne?

— Você — respondeu Roddy rapidamente, e foi sentar-se de costas para a janela, tão longe do console quanto possível. Ele nunca fora muito bom em cortar carne. Jock sempre se incumbira daquela tarefa.

John afiou a faca de cabo de chifre com todo o *élan* de um açougueiro-chefe e dedicou-se à tarefa. Ellen apanhou o primeiro prato para Thomas e ocupou-se em servi-lo, picotando a carne, amassando os legumes e misturando tudo tal qual um mingau.

— Aqui está ele, o homenzinho. Coma tudo, meu querido, e assim se transformará num belo e forte rapaz.

—Não que tenhamos problemas com isso —murmurou Roddy depois que Ellen fechou a porta atrás de si, e todos riram porque, naquela manhã, as bochechas de Thomas estavam mais gordas e redondas do que nunca.

Eles haviam terminado o primeiro prato, quando, ao começarem a comer a torta de maçã e o creme, o telefone tocou. Todos esperaram, como parecia ser costume em Benchoile, que alguém mais fosse atender. Finalmente, Roddy disse: — Oh, droga!

Victoria teve pena dele. — Devo ir atender?

— Não, não se incomode. — Descansadamente, ele abocanhou mais um bocado de torta de maçã, empurrou sua cadeira e saiu da sala, ainda resmungando. — Que hora estúpida para alguém telefonar. — Ele deixara a porta da sala de jantar aberta e todos puderam ouvir sua voz da biblioteca. — Benchoile. Aqui é Roddy Dunbeath quem fala. — Depois, uma pausa. — Quem? O quê? Sim, é claro. Espere um instante que eu vou chamá-lo. — Logo depois ele reapareceu, ainda segurando o guardanapo que levara consigo.

— Oliver, caro amigo, é para você.

Oliver levantou os olhos do prato. — Para mim? Quem é?

— Não faço idéia. É voz de homem.

Ele retornou para a torta de maçã, e Oliver empurrou a cadeira, indo atender ao telefone.

— Eu só queria saber — disse Roddy — por que não inventam um meio de impedir ligações quando se está ocupado com alguma refeição.

— Você pode tirar sempre o aparelho do gancho — sugeriu John gentilmente.

— Sim, mas depois eu iria esquecer de colocar no lugar novamente.

Thomas começava a se impacientar com o seu pudim. Victoria pegou a colher e ajudou-o a comer. — Também pode deixar tocar e não atender — disse ela.

— Não sou decidido o bastante. Não consigo deixá-lo tocar por muito tempo. Sempre acho que alguém está esperando para me contar algo tremendamente estimulante, aí eu vou correndo agarrar o aparelho, apenas para me encontrar voz a voz, por assim dizer, com o fiscal de rendas. Ou, talvez, com algum "foi engano".

— Se não era este o número desejado, por que você atendeu o telefone? — O que foi por demais curioso, pois ele não fazia piadas com freqüência.

Quando Oliver retornou, eles já haviam terminado a refeição. Roddy fumava um cigarro, e John trouxera a bandeja de café da cozinha. Victoria descascava uma laranja para Thomas, pois, por mais que tivesse comido, ele adorava laranjas. Como a laranja era suculenta, e a tarefa a deixara absorta, ela não olhou para cima quando Oliver fez sua entrada na sala.

— Boas notícias, espero — ela escutara Roddy falar. A última parte da casca caiu sobre o prato, e ela dividiu a fruta em gomos, estendendo o primeiro para Thomas. Oliver não respondeu. — Nada sério? — Roddy agora falava em tom preocupado.

Oliver continuou calado. A ausência de resposta captou subitamente a atenção de Victoria. O silêncio cresceu e, com ele, a tensão. Até mesmo Thomas ficou quieto. Com o gomo de laranja nas mãos, encarou o pai do outro lado da mesa. Victoria sentiu seu rosto formigar. Ela reparou que todos a olhavam. Virou-se para Roddy e depois levantou os olhos para Oliver. Viu suas faces intensamente pálidas e seus olhos frios, sem piscar. Sentiu o sangue esvair-se de suas faces e uma estranha sensação de estar sendo condenada, como se sob o efeito de um nauseante murro no estômago.

Ela engoliu em seco. — O que foi? — Sua voz saiu fraca e frágil.

— Você sabe quem estava ao telefone? — Oliver perguntou.

— Não tenho idéia. — Ela não pôde evitar que sua voz tremesse.

— Era o maldito Sr. Archer. Telefonando de Hampshire. — *Mas eu disse a ela que não telefonasse. Eu disse que escreveria novamente. Eu expliquei sobre Oliver.* — Você escreveu para ele.

— Eu... — Sua boca estava seca, e ela engoliu novamente em seco. — Eu não escrevi para ele. Escrevi para *ela*.

Oliver avançou e, apoiando as palmas das mãos na superfície da mesa, inclinou-se sobre Victoria.

— Eu disse a você que não escrevesse para ela. — Cada palavra saía de sua boca feito um golpe de martelo. — Eu disse que não escrevesse, não telefonasse, não entrasse em contato de forma alguma.

— Oliver, eu tive de...

— Como soube para onde escrever?

— Eu... eu procurei na lista telefônica.

— Quando escreveu?

— Na quinta-feira... sexta-feira... — Ela começou a ficar perturbada. — Não consigo me lembrar.

— O que eu estava fazendo?

— Eu... eu acho que você ainda dormia. — A história começava a dar impressão de ser tão ilícita e secreta que ela teve ímpetos de se defender. — Eu *disse* a você que

261

queria escrever. Não podia suportar que ela ficasse sem notícias de Thomas... sem saber onde ele estava. — A expressão de Oliver não suavizou nem um pouco. Victoria se deu conta, horrorizada, de que iria chorar. Podia sentir seus lábios tremerem, o nó cresceu em sua garganta, seus olhos começaram a marejar com lágrimas terríveis e vergonhosas. Na frente de todos, ela ia começar a chorar.

— Ela *sabia* onde ele estava, droga!

— Não, ela *não* sabia.

— Ela sabia que ele estava comigo. E esta é toda a droga que importa. Ele estava comigo e eu sou o pai dele. O que eu faço com ele e para onde eu o levo não é da conta de ninguém. Muito menos da sua.

As lágrimas rolavam pelas faces de Victoria. — Bem, eu acho... — tentou dizer antes de ser interrompida por Oliver.

— Eu nunca perguntei o que você acha. Simplesmente mandei que ficasse com sua boca idiota *fechada*.

Esta última frase foi acompanhada de um murro na mesa, onde tudo que estava em cima tremeu com a pancada. Thomas, que estivera aturdido e silencioso com a estranha violência de palavras que não conhecia, mas que entendera muito bem, escolheu aquele exato momento para competir com Victoria, e explodiu em lágrimas. Seu rostinho se contorceu, a boca escancarou e os restos da laranja meio mastigada escorreram pelo babador.

— Oh, por Deus...

— Oh, Oliver, *não faça isso*. — Ela levantou-se de um salto, seus joelhos tremendo, e tentou retirar Thomas de sua cadeirinha para confortá-lo. Thomas agarrou-se a ela, enterrando seu rostinho úmido no pescoço de Victoria, tentando se esconder dos gritos. — Não na frente de Thomas. *Pare!*

Mas seu angustiado apelo foi ignorado. Agora Oliver estava longe de parar de gritar. — Você sabia muito bem por que eu não queria que entrasse em contato com os Archers. Porque eu calculava que tão logo soubessem onde estávamos, eu seria bombardeado com apelos sentimentais e, quando estes falhassem, com ameaças. E é justamente o que está acontecendo. O próximo passo, nós sabemos, será algum bastardinho de casaca preta na soleira da porta entregando uma carta de um advogado qualquer...

— Mas você disse... — Ela não conseguia lembrar o que ele dissera. Seu nariz começou a escorrer, e ela mal conseguia falar, atrapalhada com os soluços. — Eu... Eu... — E sequer sabia o que estava tentando dizer. *Eu sinto muito,* talvez, mas mesmo essas palavras em nada aplacariam a raiva de Oliver. Nem por seu filho choroso, nem por sua amante chorosa, nem por todas as desculpas deste mundo.

— Sabe o que você é? Você é uma putinha mentirosa.

E com essa última injúria, Oliver afastou-se da mesa, virou-se e, com a maior indiferença, deixou a sala de jantar. Victoria foi abandonada, aprisionada na armadilha de suas próprias lágrimas, com uma criança histérica soluçando em seus braços, com o silêncio dos dois outros homens estarrecidos, com a desordem da refeição arruinada. E o pior de tudo, com a humilhação e a vergonha.

— Minha querida — Roddy tentou controlar Victoria, que sabia que precisava parar de chorar, mas não conseguia estancar seus soluços ou enxugar suas lágrimas, ou mesmo procurar por um lenço, e ainda por cima estava sobrecarregada com Thomas, que berrava em seu colo.

John Dunbeath aproximou-se. — Venha — disse. Ele estava ao seu lado e retirou Thomas de seus braços, deitando-o em seu ombro largo. — Bem, vamos ver logo onde está Ellen. Talvez ela tenha algum bombom escondido para você. — Carregando Thomas com ele, tomou o caminho da porta. — Ou um biscoito de chocolate. Você gosta de biscoito de chocolate?

Depois que se foram, Roddy disse novamente: — Minha querida.

— Eu... Eu não posso evitar... — disse Victoria com a voz entrecortada.

Roddy não poderia agüentar muito mais tempo. Com as faces molhadas, nariz escorrendo, soluços e tudo o mais, ele a puxou e a amparou num abraço, acariciando a nuca da moça com sua mão gentil. Após um momento, ele apanhou um lenço branco e vermelho no bolso de sua velha jaqueta de tweed, e ofereceu-o a ela. Dessa forma, Victoria pôde assoar o nariz e enxugar suas lágrimas.

Depois disso, as coisas melhoraram um pouco, e a cena de pesadelo aos poucos chegou ao fim.

Victoria saiu à procura de Oliver. Não havia outra coisa a fazer. Encontrou-o à margem do lago, em pé no final do pequeno cais, fumando um cigarro. E se escutou os passos de Victoria aproximando-se pela grama, não deu o menor sinal, pois não se voltou.

Ela alcançou o cais e chamou o seu nome. Ele hesitou um instante, e então atirou o cigarro na água salpicada de luz solar e virou o rosto para ela.

Victoria se lembrou de suas palavras: *se você pegar o telefone eu vou lhe surrar até ficar roxa.* Mas ela não acreditara verdadeiramente na ameaça, porque, durante todo o tempo em que estiveram juntos, nunca presenciara a verdadeira fúria violenta e descontrolada de Oliver. Mas agora ela sabia, ela vira. Perguntou a si mesma se sua esposa, Jeannette, também presenciara cenas daquele tipo. Em caso positivo, talvez esse tenha sido um dos motivos de o casamento ter durado apenas poucos meses.

— Oliver.

Os olhos dele desabaram em seu rosto. Ela adivinhava que estava horrível, as faces ainda inchadas de tanto chorar, mas até mesmo isso pouco importava. Nada mais tinha importância, exceto que, pela segurança de Thomas, aquela briga terrível precisava ser apaziguada.

— Eu realmente sinto muito — disse ele.

Ele permaneceu calado. Mas, após um momento, deu um longo suspiro e desdenhosamente levantou os ombros.

Victoria continuou, penosamente. — É difícil para você entender. Sei disso. Acho que eu também não entendo, porque eu nunca tive um filho. Mas depois de passar um tempo com Thomas, comecei a me dar conta de como era. Quero dizer, ter um menininho e amá-lo. — Enquanto falava, sentia que nada estava dando certo. Suas palavras soavam sentimentais e isso não era, em absoluto, o que ela tentava parecer. — A gente cria laços com uma criança. Nos envolvemos. Como se fosse parte de nós. Então começamos a sentir que, se alguém machucá-la ou mesmo ameaçá-la, podemos matar essa pessoa.

— Você acha — disse Oliver — que a Sra. Archer vai me matar?

— Não. Mas eu sabia que, provavelmente, ela estaria louca de ansiedade.

— Ela sempre me odiou. Ambos me odeiam.

— Talvez você não tenha dado muitos motivos para que eles gostassem de você.
— Eu me casei com a filha deles.
— E gerou o neto deles.
— Ele é meu filho.
— Este é o ponto principal. Thomas é seu filho. Várias vezes você me disse que os Archers não têm nenhum direito legal sobre ele. Então, em que pode prejudicar você o fato de ser um pouco generoso com eles? Thomas é tudo o que restou da filha deles. Oh, Oliver, precisa tentar entender. Você é sensível e inteligente, escreve peças que tocam o coração das pessoas. Por que não põe um fim a uma situação que deveria estar tão próxima do seu próprio coração?
— Talvez eu não tenha coração.
— Você tem coração. — Ela experimentou abrir um sorriso. — Eu escutei seu coração batendo a noite toda. Pam, pam, pam...

Funcionou. A dura expressão de Oliver suavizou um pouco, como se a cena tivesse, de certa forma, um humor esquisito. O jeito de Oliver não a encorajava muito, mas, incentivada por essa pequena mudança em sua expressão, Victoria caminhou pelo cais até ficar ao lado dele; então abraçou sua cintura por baixo da jaqueta, descansando sua face de encontro ao suéter grosso e peludo.

— Os Archers não têm importância alguma — disse ela. — Seja o que for que fizerem não vai fazer diferença.

As mãos de Oliver esfregavam as costas de Victoria, subindo e descendo, como se distraidamente afagasse um gatinho. — Diferença de quê?

— Do meu amor por você. — Estava dito. Orgulho, auto-estima, nada disso importava mais. O amor de Oliver era seu único talismã, tudo o que tinha para agarrar-se, era a chave do segredo que os mantinha unidos, juntos, a eles e Thomas.

— Você deve estar zangada — disse ele.

Oliver não se desculpou de nenhuma das acusações e observações abrasadoras que atirara sobre ela à mesa do almoço. Victoria conjecturou se ele iria desculpar-se com Roddy e John, e concluiu que não. Simplesmente porque ele era Oliver Dobbs. Mas isso não tinha importância. Victoria encontrara uma ponte para a distância entre eles. A ferida daquela cena pavorosa ainda estava aberta e agonizante; no entanto, talvez na hora certa cicatrizasse. Ela se deu conta de que sempre seria possível reunir seus próprios pedaços e se levantar, não importa quantas vezes tivesse caído.

— Você ficou muito chateado? — ela perguntou.

Oliver não respondeu. Ao invés disso, segurou-a pelos ombros e afastou-a.

— Eu devo ir — disse. — Está na hora de partir ou vou perder o avião.

Voltaram para a Casa Estábulo, apanharam a mala de Oliver e alguns livros. Quando saíram, viram o velho Daimler de Jock estacionado em frente à casa. Roddy e John estavam em pé, ao lado do carro, esperando.

Parecia que todos haviam decidido se comportar como se nada tivesse acontecido.

— Pensei que seria melhor irmos com o carro grande — explicou Roddy. — Não há muito espaço para bagagem no MG.

Seu tom de voz era inteiramente trivial, e Victoria ficou agradecida por isso.

— Ótimo — disse Oliver enquanto abria a porta de

trás do carro e despejava sua mala, colocando os livros por cima dela. — Bem — ele sorria, nem um pouco arrependido, talvez até mesmo um pouco divertido com a expressão vazia da face de John Dunbeath. — Vou dizer adeus, John.

— Vamos nos ver novamente — disse John, e não estendeu a mão. — Não vou partir até quarta-feira.

— Isso é ótimo. Até logo, Victoria — e a beijou na face.

— Amanhã — perguntou ela — a que horas chega o seu avião?

— Por volta das sete e meia.

— Estarei lá para encontrar você.

— Vejo-a então.

Eles entraram no carro. Roddy ligou o motor. O majestoso Daimler moveu-se pesadamente, os pneus triturando o cascalho. O automóvel passou pelo caminho de azaléias, pelo mata-burro e atravessou o portão.

Haviam partido.

John ficou terrivelmente receoso de que, agora que tudo terminara e que ele estava sozinho com Victoria, ela começasse a chorar novamente. Não que receasse lágrimas, ou ficasse embaraçado. Na verdade, quase ficou feliz quando Victoria chorou. Mas sabia também que, agora, não era o momento exato para tomá-la nos braços e consolá-la, como fizera Roddy.

Ela estava em pé, de costas para ele. Acenava um adeus. Para John, suas costas eretas e esguias lhe davam um porte corajoso. Ele admirou seus ombros firmes sob o suéter grosso, os cabelos compridos e claros penteados em rabo-de-cavalo, e aquilo lembrou-lhe um potro que seu pai criara há muito tempo, na fazenda do Colorado. Uma vez, assustado por alguém desajeitado, apenas o mais paciente tratamento o trouxe finalmente de volta a algo próximo da confiança. Mas, aos poucos, dando tempo ao potro, o próprio John lograra êxito com o animal.

Ele sabia que precisava ser cuidadoso. E esperou. Após um momento, talvez ao se dar conta de que não iria simplesmente dissipar-se discretamente, Victoria tirou os cabelos do rosto e virou-se para ele. Ela não chorava. Sorria. Mas era o tipo de sorriso que iluminava o rosto sem alcançar os olhos.

— Bem, é isso aí — falou animadamente.

— Está um belo dia para viajar de carro — ele disse.

— Eles irão fazer um bonito passeio até Struie.

— Sim.

— Você não acha que também poderíamos sair para um passeio de carro?

O sorriso de Victoria congelou numa expressão angustiada. E ele percebeu que aquilo era o que ela estivera temendo; sentia muito por ela e por isso decidira ser gentil. Continuou rapidamente: — Preciso ir a Creagan de qualquer forma. Tenho de ir à farmácia. Estou sem creme de barbear. E acho que a papelaria deve vender o *Financial Times*. Faz três dias que não vejo as cotações da bolsa de valores. — Nada disso era verdade, mas salvou as aparências; e foi uma boa desculpa.

— E quanto a Thomas? — lembrou Victoria.

— Vamos deixá-lo aqui. Ele fica feliz na companhia de Ellen.

— Ainda não levei Thomas à praia. Prometi a ele que iríamos.

— Pode levá-lo uma outra hora. Se não contar aonde iremos, ele não terá vontade de ir junto.

Victoria refletiu e disse finalmente: —Bem... está certo. Mas preciso dizer a Ellen que iremos sair.

Assim estava muito bom.

— Poderá encontrá-los atrás da casa, no pátio. Vou apanhar o carro e daqui a pouco a encontro aqui.

Quando ele retornou ao Ford alugado, Victoria já o esperava, em pé, nos degraus que conduziam à porta da frente. Ele sabia que estaria frio e ventando bastante em Creagan, e ela não trazia nenhum tipo de agasalho, mas havia um suéter de reserva no banco de trás do carro e ele não queria desperdiçar mais tempo. Parou o carro ao lado dela, e inclinou-se para abrir a porta, deixando que sentasse ao seu lado. Então, sem maiores discussões, seguiram pela estrada.

Ele dirigia devagar. Não havia pressa. Quanto mais sossegado fosse o passeio, mais relaxada esperava que Victoria ficasse.

—Como está Thomas? —ele perguntou casualmente.

— Você estava certo. Ele e Ellen estão perfeitamente felizes. Ellen levou uma cadeira para sentar-se ao sol e está fazendo o seu tricô, e Thomas está brincando com Piglet e os pregadores de roupa. — E acrescentou em tom melancólico: — Parecem bem tranqüilos.

— Thomas não é seu filho, é? — ele perguntou.

Victoria ficou imóvel. Olhava fixamente para as curvas da estrada estreita, as mãos entrelaçadas no colo.

— Não — ela respondeu.

— Não sei por quê, mas imaginei que fosse seu filho. Acho que Roddy também pensava assim. Pelo menos, ele nunca me deu motivos para suspeitar do contrário. E o menino parece com você. Isso é que é o mais extraordinário.

VICTORIA

Um pouco mais gordinho talvez, mas ele se parece realmente com você.

— Ele não é meu filho. É filho de Oliver. A mãe de Thomas se chamava Jeannette Archer, que casou-se com Oliver, mas depois o casamento foi rompido e logo depois ela morreu em um desastre de avião.

— E como você entrou nessa história?

— Foi há muitos anos... — a voz de Victoria começou a tremer. — Eu sinto muitíssimo, mas acho que vou começar a chorar de novo.

— Não tem importância.

— Você não se incomoda? — Ela pareceu surpresa.

— E por que deveria me incomodar? — Ele inclinou-se para abrir o porta-luvas e mostrou uma enorme caixa de lenços de papel. — Vê? Estou até mesmo preparado.

— Os americanos sempre andam com lenços de papel. — Ela apanhou um e assoou o nariz. — É horrível chorar, não é? Uma vez que a gente começa, parece que vira um vício terrível. Não importa quantas vezes a gente pára, sempre se começa de novo. Eu normalmente não chorava.

Mas até mesmo aquela brava afirmação dissolveu-se em lágrimas. John esperou calmamente, sem nada dizer, sem nada observar. Depois, quando os soluços se abafaram, ela assoou o nariz e John comentou: — Se uma pessoa quer chorar, não vejo motivo algum para que não o faça. Eu sempre chorava quando era criança e me mandavam de volta ao colégio. Meu pai nunca tentou fazer com que eu parasse nem nunca me disse que homem não chora. Na verdade, algumas vezes, parecia que ele também estava prestes a explodir em lágrimas.

Victoria sorriu languidamente, mas não fez nenhum comentário, e John decidiu deixá-la em paz, nada mais dizendo até chegarem a Creagan. A cidadezinha estava banhada pela luz fria do sol vespertino, as ruas varridas e vazias, sem as modestas aglomerações que, mais tarde, quando a estação do verão estivesse no auge, iriam lotar as lojas.

Ele parou em frente à farmácia. — Quer comprar alguma coisa? — perguntou a Victoria.

— Não, muito obrigada. Não me falta nada.

Ele saiu do carro e entrou na loja. Comprou o creme e algumas lâminas de barbear. Em seguida foi à papelaria comprar o *Financial Times*, mas eles não vendiam o jornal; ao invés disso, comprou um saco de balas de hortelã, e levou tudo para dentro do carro.

— Aqui está. — Atirou o pacote de balas no colo de Victoria. — Se você não gosta poderemos levá-las para Thomas.

— Talvez Ellen goste dessas balas. Os idosos costumam adorar balas de hortelã.

— Mas estas são do tipo caramelo. Ellen não pode comer caramelos por causa da dentadura. E o que podemos fazer agora?

— Poderíamos voltar a Benchoile.

— É isso o que quer fazer? Não quer andar um pouco, dar um passeio? Não quer ir até a praia?

— Conhece o caminho?

— Claro que eu conheço o caminho, costumo vir aqui desde pequeno.

— Não tem outra coisa que prefira fazer?

— Nada mais, além de ir à praia.

Em Creagan, a praia era separada da cidade por campos de golfe, e não havia acesso à areia pela estrada; assim,

John estacionou o carro ao lado da sede do clube. Ao desligar o motor, eles puderam ouvir o gemido do vento, e o extenso gramado que ladeava as partes lisas do campo era achatado por suas rajadas. As jaquetas impermeáveis e brilhantes de um ousado casal de jogadores de golfe estavam infladas pelo vento, de forma que eles se assemelhavam a balões. John fechou o zíper de sua velha jaqueta de couro e apanhou o suéter no banco de trás.

O suéter era azul e grosso, com gola alta. Ao enfiar o agasalho pela cabeça, a apertada gola reforçada por nervuras puxou com força o seu cabelo. Com um rápido movimento da mão ela libertou e sacudiu os cabelos. Os punhos das mangas cobriam suas mãos, e a bainha ia até bem abaixo de seus quadris estreitos.

Eles saíram do carro e o vento precipitou-se contra as portas abertas. Foi uma luta para fechá-las. Uma trilha levava até o mar, passando por entre os buracos do campo de golfe. Tomilhos selvagens cresciam pela relva, e os obstáculos eram de sarilho e tojo. Além dos campos, as dunas eram cobertas por uma grama selvagem. Ali havia um carroção usado como loja e casebres que no verão abririam suas persianas e venderiam chocolates, sorvetes e refrigerantes. As dunas terminavam abruptamente em um barranco inclinado de areia. A maré estava baixa. Quando alcançaram a praia não havia mais nada em torno deles a não ser a areia branca e o mar distante. Longe, as ondas formavam uma espuma em suas cristas. Não havia nem uma outra alma por perto, nem mesmo um cachorro ou uma criança correndo em disparada. Apenas gaivotas que voavam em círculos acima de suas cabeças e proclamavam, com seus gritos, o desdém para com o resto do mundo em geral.

Depois da areia macia e seca das dunas, a praia dava a impressão de ser bem lisa e firme sob os pés. Eles correram, tentando se aquecer. À medida que se aproximavam do mar, piscinas rasas, alimentadas por alguma fonte misteriosa, refletiam o brilho do céu. Uma quantidade imensa de conchas espalhava-se pela praia. A atenção de Victoria foi imediatamente captada por aquelas maravilhas, e ela apanhou uma, e depois outra, deslumbrada, pois eram grandes e estavam em perfeito estado.

— São tão bonitas. Ainda não tinha visto uma concha inteira, sem que tivesse faltando um pedaço. Por que essas daqui não estão quebradas?

— Acho que é pelo fato desta costa ser arenosa e pouco profunda. — Ele aderiu à sua expedição, contente por qualquer distração que a tirasse de seu infortúnio. Encontrou o esqueleto de uma estrela-do-mar e um delicado fóssil de uma pequena pata de caranguejo.

— O que é isso? — ela perguntou.

Ele inspecionou o objeto. — Um mexilhão de pontas brilhantes. E isso aqui azul é um mexilhão comum.

— E isso? — Parecia exatamente a unha do pé de um bebezinho.

— Chamam-se cuneiformes associadas.

— Como você sabe todos esses nomes?

— Eu costumava vir aqui quando menino para catar conchas. E Roddy me deu um livro, de forma que aprendi a identificá-las.

Eles caminharam em silêncio e por fim alcançaram a beira do mar. Permaneceram parados em pé, com o rosto exposto ao vento, observando os vagalhões jorrarem. As ondas se erguiam, enrolavam e quebravam sibilando sobre a areia. A água era limpa e clara, da cor de água-marinha.

Uma bela concha jazia exatamente naquele pedaço da maré baixa. John apanhou-a e colocou-a, molhada e reluzente, diretamente na palma da mão de Victoria. Era da cor de coral, com raios de sol, ou estrias em relevo, seu formato era semi-esférico e de um tamanho tal que, se ainda estivesse colada com sua concha gêmea, teria o tamanho aproximado de uma bola de tênis.

— Esta aqui é um grande achado — disse ele.

Ela estava boquiaberta. — E o que é isso?

— É uma Venera Rainha, e das grandes.

— Eu pensava que só se encontravam conchas como estas nas Índias Ocidentais.

— Bem, agora você já sabe que também se encontram delas na Escócia.

Victoria estendeu a concha diante de si admirando a sua forma e sentindo prazer no tato com a concha. — Vou guardar isso para sempre — disse ela. — Apenas como um ornamento.

— E como uma recordação, talvez.

Victoria levantou os olhos e ele viu o início de seu primeiro sorriso.

— Sim, talvez como uma recordação também.

Eles deram as costas ao mar e retomaram a longa jornada de volta. A areia estirava-se por toda a frente, e as dunas pareciam estar muito longe. Quando alcançaram o barranco pelo qual haviam descido aos saltos com tanta facilidade, Victoria começou a esmorecer, John precisou pegar sua mão e puxá-la. Com muita dificuldade e escorregões chegaram ao topo. Na metade do caminho ela começou a rir e, quando finalmente atingiram o alto, estavam ambos sem fôlego. Num acordo mudo os dois desabaram exaustos em uma concavidade um pouco resguardada, onde a areia havia dado lugar a uma relva densa e tosca, e as moitas de agróstides os protegiam do pior do vento.

Ali parecia estar mesmo quente por causa do sol. John apoiou-se em seus cotovelos e deixou o calor penetrar através da sua jaqueta grossa de camurça escura. Victoria sentou-se com o queixo sobre os joelhos, ainda admirando a sua concha. Seu cabelo estava dividido por entre o pescoço, e o enorme suéter de John deixava-a ainda mais magra e frágil do que de fato era.

— Talvez eu não devesse guardá-la — disse ela após um momento. — Talvez devesse dar para Thomas.

— Thomas não saberia apreciá-la.

— Saberia, quando fosse mais velho.

— Você é muito apegada a Thomas, não é? Mesmo que ele não seja seu filho.

— Sim — disse Victoria.

— Quer conversar sobre isso?

— É difícil saber por onde começar. E de qualquer modo você não iria entender.

— Poderia tentar.

— Bem... — Victoria tomou fôlego. — Os Archers são os avós de Thomas.

— Eu deduzi isso.

— E moram em Hampshire. Oliver dirigia retornando de Bristol quando passou perto de Woodbridge, que é onde os Archers moram...

Lenta e hesitantemente, a história se desdobrou. Durante todo o tempo em que falava, Victoria permaneceu de costas para John e ele foi forçado a ouvir a saga inteira enquanto encarava suas costas e sua nuca. Achou isso intensamente frustrante.

— ... aquela noite em que você me trouxe de volta da

festa dos Fairburns, e Thomas estava chorando, foi a noite em que eles apareceram.

John recordou a noite, véspera de sua viagem a Bahrain. O céu escuro encobria a pequenina casa em Mews; Victoria, com o queixo enterrado na gola de pele de seu casaco, mostrava olhos cheios de apreensão e ansiedade.

—... e todos partimos juntos para umas férias. Assim, viemos parar em Benchoile por conta de Oliver já conhecer Roddy. Já contei isso a você.

—Presumo então que você não tem um emprego que a prenda em Londres.

—Oh, sim, eu tenho. Mas trabalho numa loja de roupas femininas em Beauchamp Place, e Sally, a moça para quem eu trabalho, queria de qualquer maneira que eu tirasse umas férias. Então, ela disse que eu poderia tirar um mês de férias e que iria contratar uma pessoa temporariamente para ajudá-la até que eu voltasse.

—E você vai voltar?

—Não sei.

—Por que não sabe?

—Posso apenas ficar junto a Oliver.

Com o comentário, John emudeceu. Ele não conseguia compreender como qualquer garota podia desejar ficar com aquele tipo egoísta e furioso. Apesar de todas as suas intenções, verdadeiras e louváveis, de manter a mente aberta e justa, descobriu-se cada vez mais e mais exasperado.

Ela estava novamente falando. —... Eu sabia o quão preocupada a Sra. Archer deveria estar, e assim eu disse a Oliver que devíamos escrever para ela, e Oliver ficou furioso porque não queria que soubessem onde estávamos. Mas eu escrevi, embora tivesse explicado sobre essa dificuldade com Oliver, e pedi expressamente que ela não entrasse em contato, mas acho que o Sr. Archer deve ter conseguido apanhar a minha carta.

Agora que tudo já fora contado em segurança, Victoria aparentemente decidira que era hora de olhar John nos olhos. Virou o rosto para ele numa atitude confiante, seu peso descansando sobre uma das mãos, suas longas pernas enroscadas.

— E foi ele quem telefonou a Oliver na hora do almoço. Portanto, agora você percebe por que Oliver estava com tanta raiva.

— Sim, acho que percebo. Mas ainda penso que foi uma cena bastante medonha.

— Mas você entende?

Era claramente importante para ela que ele entendesse. Mas quer entendesse ou não, isso não melhorava as coisas. Na verdade, até piorava, pois suas suspeitas mais pessimistas se provavam bem fundamentadas. Tudo se encaixava agora, as peças do quebra-cabeça se juntavam e o desenho se aclarava. Uma pessoa era egoísta. Outra pessoa era sôfrega. Aquela união associava-se ao orgulho e ao ressentimento, e até mesmo a uma espécie de malevolência. Ninguém se saía bem nessa história e só os inocentes sofriam. Inocentes. Uma palavra dúbia; porém, que outra palavra descreveria Victoria e Thomas?

Ele pensou em Oliver. Logo no primeiro encontro, uma antipatia se instalara entre os dois. Feito cães, haviam sondado um ao outro, ambos eriçados. John convenceu-se de que aquela antipatia era irracional e instintiva, e com os bons modos inatos de um homem que se hospedava na casa de um amigo, retraíra-se, esforçando-se ao máximo para não demonstrar tais sentimentos. Mas a antipatia era obviamente mútua e, bem cedo, John percebeu-se melindrado com o tratamento indiferente que Oliver dispensava a Victoria, com suas atitudes descuidadas para com Roddy e com a falta de interesse pela criança. Após dois dias na companhia de Oliver, ele tinha de admitir que positivamente não gostava dele. Agora, após a cena estarrecedora à hora do almoço, ele tinha certeza de que o detestava.

— Se ficar com Oliver, vai se casar com ele? — John indagou.

— Não sei.

— Como assim? Não sabe se irá se casar com ele ou se ele irá se casar com você?

— Eu não sei. — Um leve rubor surgiu em suas faces pálidas. — Eu não sei se ele irá se casar comigo. Ele é esquisito. Ele...

De repente, John sentiu o sangue ferver, e uma fúria incomum apoderou-se dele. Brutalmente, ele a interrompeu. — Victoria, não seja tola. — Ela o encarou, os olhos arregalados. — É isso mesmo. Não seja tola. Você tem uma vida inteira e maravilhosa pela frente e fala em se casar com um homem sem mesmo saber se ele a ama o bastante para se casar com você? Casamento não é uma aventura amorosa. Não é nem mesmo uma lua-de-mel. É uma tarefa. Uma longa e árdua tarefa, na qual ambos os parceiros precisam trabalhar bem mais do que já trabalharam em qualquer outra coisa em suas vidas. Se é um bom casamento, há mudanças e envolvimento, e vai melhorando. Mas um mau casamento pode se dissolver numa confusão de ressentimento e acrimônia. Eu já passei por isso também em minha própria tentativa triste e desastrosa de fazer alguém feliz. E não é culpa de ninguém. É uma soma de milhares de pequenas irritações, desentendimentos, detalhes idiotas que, numa sólida aliança, seriam simplesmente menosprezados ou esquecidos no saudável ato de fazer amor. Divórcio não é uma cura, é uma operação cirúrgica, mesmo que não haja crianças a considerar. E você e Oliver já têm uma criança. Você tem Thomas.

— Eu não posso voltar atrás — disse ela.

— Claro que pode.

—É muito fácil para você falar assim. O seu casamento pode ter sido desfeito, mas você ainda tem os seus pais, o seu trabalho. Você tem Benchoile também, seja o que for que decida fazer com a propriedade. Se eu não tiver Oliver e Thomas, então eu não tenho mais nada. Nada que me seja realmente precioso. Ninguém a quem pertencer, ninguém que precise de mim.

— Você tem a si mesma.

— Talvez eu não me seja suficiente.

— Nesse caso, infelizmente você está se subestimando.

Victoria voltou-se rapidamente, escondendo o rosto, e John foi mais uma vez presenteado com sua nuca e costas. Ele se deu conta de que havia gritado com ela, e isso o deixou atônito, pois era a primeira vez em muitos meses que se sentia bastante envolvido ou provocado para gritar com alguém.

— Eu sinto muito — disse ele, mal-humorado.

Victoria não se mexeu nem disse nada. Ele prosseguiu, mais gentilmente: — É só que eu odeio ver alguém como você promover tamanha confusão em sua vida.

— Você esqueceu. Ainda é a minha vida. — disse ela, emburrada como uma criança.

— É a vida de Thomas também — ele a lembrou. — E também a de Oliver. — Ela continuou imóvel. Ele colocou a mão em seu braço e puxou-a para olhá-la nos olhos. Com grande esforço, Victoria conseguiu erguê-los. — Você precisa amar Oliver muito. Bem mais do que ele a ama — disse John. — Para dar certo, entende?

— Eu sei.

— Porque assim estará entrando nessa história com os olhos abertos.

— Eu sei — ela repetiu. Suavemente ela se desprendeu dele. — Mas entenda, nunca houve ninguém mais. Nunca tive ninguém a não ser Oliver.

14

TERÇA-FEIRA

O vento, era o mesmo que soprava na Escócia, ele pensou, mas em Londres tomava um aspecto diferente. Esgueirava-se pelas esquinas, arrancava os primeiros botões das árvores do parque, e enchia as ruas com papel picado. Não era nada amigável. As pessoas lutavam contra ele, as faces aflitas, casacos apertados contra o corpo. O vento era um inimigo, invadindo a cidade.

A chuva desabou na mesma hora em que o táxi, que o buscara em Fulham, finalmente entrava nas dependências do aeroporto de Heathrow. O carro passou através de túneis e circulou em retornos, minúscula entidade no tráfego sem fim. Luzes piscavam, refletidas na rodovia molhada; no céu, um avião a jato zunia, esperando sua vez de aterrissar. Por toda parte sentia-se um cheiro forte de gasolina.

O táxi, numa longa fila de táxis, entrou por fim sob a cobertura em frente ao edifício terminal. Oliver saiu, puxou sua mala e ficou na calçada tateando dentro de seu bolso à procura de dinheiro para pagar a corrida. O motorista esperou, olhando atentamente o passageiro e sua bagagem.

— Aqui — Oliver estendeu algumas notas.

— Tem certeza de que eu o trouxe ao lugar certo, companheiro? Aqui é o terminal um, para os vôos domésticos.

— Sim, é aqui mesmo.

— É que eu reparei na etiqueta em sua mala. Você deveria estar no terminal três, dos vôos internacionais.

— Não. Eu quero este mesmo — disse Oliver, sorrindo. — Guarde o troco.

— Bem, é você quem vai viajar. Você deve saber.

Oliver segurou sua mala e atravessou a porta de vidro, caminhou pelo chão encerado do vasto prédio, subiu a escada rolante, sempre seguindo as placas que indicavam as partidas dos vôos domésticos.

O salão estava lotado, como sempre. Em cada cadeira havia alguém aguardando seu vôo ser anunciado. No ar, um cheiro de café, de cigarros, de gente. Oliver caminhou vagarosamente pelo salão. Observou uma senhora com suas cinco cansativas crianças; duas freiras. Observou o homem em um sobretudo de tweed e um chapéu-coco, imerso em seu jornal. A mala estava no chão, entre as pernas. Oliver parou diante dele.

— Com licença.

Surpreso, o homem levantou os olhos do jornal. Seu rosto era pálido e comprido, uma gola caprichosamente limpa, uma gravata escura. Usava óculos. Um advogado, pensou Oliver. Um empresário. Sinto muito — disse ele — mas observei a etiqueta em sua mala. Você está indo para Inverness?

— Sim — disse o homem, deixando claro em sua voz que achava que aquilo não era da conta de Oliver.

— No vôo das cinco e meia?

— Sim.

— Gostaria de saber se poderia me fazer uma grande

gentileza, entregar uma carta para mim. — Oliver enfiou a mão no bolso e retirou um envelope. — O problema é que eu havia combinado de tomar este vôo, mas não vou poder em hipótese alguma, e há alguém à minha espera em Inverness.

O homem de óculos não parecia disposto aceitar a idéia. Provavelmente achara que o envelope era uma carta-bomba e que ele e o restante dos passageiros seriam mandados para o além enquanto sobrevoassem os Montes Peninos.

— É que tudo aconteceu nas últimas horas, e eu não pude telefonar para ela, para a garota com quem iria me encontrar. Quer dizer, neste momento ela está dirigindo de Sutherland até Inverness.

O homem de óculos olhou para o envelope e depois para Oliver. O escritor envergava sua expressão mais sincera e simpática. O homem abaixou o jornal.

— Se eu aceitasse levar esta carta, como iria reconhecer a moça?

— Bem, ela é muito jovem, tem cabelos louros e compridos, e provavelmente estará usando calças compridas. O nome dela é Victoria Bradshaw. E — acrescentou Oliver, como se fosse um chamariz — ela é muito bonita.

Mas o homem não se deixou seduzir facilmente.

— O que devo fazer se ela não estiver lá?

— Ela estará. Eu garanto. Ela vai estar lá.

Por fim, com toda a cautela, o homem apanhou o envelope.

— Não seria melhor entregar este envelope para a aeromoça?

— Até poderia, mas você sabe como elas são. Sempre tão ocupadas servindo o chá. E, de qualquer forma, não tenho tempo para esperar que ela apareça. Preciso ir até o outro terminal e apanhar outro avião.

— Está bem — disse afinal o homem. Tendo se decidido, ele permitiu que um pequeno sorriso aflorasse em suas feições pouco cordiais. — Pode deixar comigo.

—Obrigado —disse Oliver. —Muito obrigado. Sinto muito por ter importunado você. E espero que faça uma boa viagem.

— O mesmo para você — disse o homem de óculos retornando ao seu jornal.

Oliver apanhou a mala e foi embora. Ele iria descer a escada e sair do edifício, andaria pela chuva até o terminal três, e se apresentaria para o vôo até Nova Iorque, e depois disso, estaria por sua própria conta novamente. Seguiria o seu caminho.

Ele estava livre. Tudo terminara. Um interlúdio, um breve encontro casual chegara ao fim. Os atores haviam partido deixando a ribalta. Feito uma tela em branco, o palco esperava que Oliver o povoasse com suas próprias criaturas, com o seu mundo particular e absorvente.

Então, você está de volta.

Isso mesmo.

E ela se foi.

Sim, ela se foi.

Tenha certeza. Uma casa fica estranhíssima depois que a última criança parte. Achamos que ficarão lá para sempre, mas elas se vão. E não deixam muita coisa, na verdade. Exceto a televisão. Sempre há a televisão.

— Oh, por favor. — chamou uma voz.

Ele alcançara o topo da escada. Virou-se e deu de cara com o homem de chapéu-coco. Levou um instante até que

Oliver o reconhecesse. Trazia a mala em uma das mãos e a carta de Oliver na outra.

—Sinto muito, mas a jovem a quem eu devo entregar isto, não consigo lembrar o nome dela. Você escreveu no envelope, mas sua caligrafia não é muito clara. É senhorita Veronica Bradshaw?

— Não — disse Oliver. — É... — ele hesitou, precisando de um pequeno esforço para recordar. — É Victoria.

Julgava estar se aproximando a hora para começar a sentir-se velho. Não apenas maduro, ou experiente, ou qualquer outro eufemismo. Apenas velho. Estava com sessenta anos. Jock falecera aos sessenta e nove. Se ele, Roddy, fosse morrer aos sessenta e nove anos, isso significava que teria mais nove anos para se divertir. Ou significava que teria nove anos para preencher antes que estivesse finalmente livre? E se assim fosse, então como ele iria preenchê-los? Não mais teria Benchoile para aninhá-lo e protegê-lo contra as intempéries do mundo exterior e, ele já sabia há alguns anos, que praticamente já se superara. Não mais havia um livro agradável de se ler no interior de sua mente. Mal escrevia artigos banais. Seus amigos, sua vida social, que um dia ocuparam com satisfação todo o seu tempo, estavam desaparecendo. Seus contemporâneos começavam a morrer; e as mulheres charmosas, que uma vez o haviam encantado, estavam se tornando avós, incapazes de agüentar (assim como a inflação que a tudo engolia e os antigos criados se aposentavam), as festas e jantares comemorativos e todas as adoráveis diversões sem fim dos dias passados.

Serviu-se do segundo drinque da noite. Tentando se animar, Roddy Dunbeath disse a si mesmo que, de muitas maneiras, ele era um afortunado. Ficaria velho e provavelmente solitário, mas pelo menos não ficaria sem dinheiro. Tudo bem, então Benchoile seria vendida, mas Roddy Dunbeath estava em posição financeira que lhe permitiria comprar, imediatamente, uma casa modesta onde passar o resto de seus dias. Onde seria essa casa, ele ainda não decidira; entretanto, Ellen era um outro problema, um vulto gigante no fundo de sua mente. Não havia dúvidas quanto a não abandoná-la. Se nenhum de seus diversos parentes e amigos não pudesse ser persuadido a levar tal criatura intratável para viver com eles, então Roddy teria de tomar conta dela. E a perspectiva de viver em uma pequena casa sem outra companhia além de Ellen Tarbat provocou-lhe arrepios. Rezou fervorosamente para que aquilo jamais acontecesse.

Eram oito horas da noite e ele estava só em sua casa. E foi essa mesma solidão que deixara o seu humor sombrio. Oliver estava em Londres. Roddy olhou seu relógio de pulso, provavelmente ele estaria viajando de volta à Escócia. Victoria partira, dirigindo o imenso Volvo para encontrá-lo no aeroporto. Thomas estava no quarto embaixo, adormecido, após ter tomado banho e ter sido posto na cama por Ellen. John estava no casarão fazendo sabe Deus o quê. Os complexos negócios de Benchoile pareciam ter derrubado o rapaz, pois ele andara pela propriedade o dia inteiro com a cara emburrada feito um fim de semana chuvoso. Mal dirigira uma palavra a alguém. E para fechar com chave de ouro, o tempo se degenerara lugubremente em saraivadas de granizo, ventanias fortes, e os cumes das montanhas cobertos de neve.

Onde, perguntava-se Roddy, estaria a primavera? Numa noite como aquela, naquele estado de humor, era impossível acreditar que ela chegaria um dia. Alguma anomalia surgiria no universo, as estrelas se chocariam no firmamento, terremotos iriam eclodir e o planeta terra seria aprisionado para sempre nas garras do eterno inverno.

Basta. Já havia ido o mais longe que uma depressão poderia se permitir. Inerte em sua cadeira, com os pés dividindo o tapete com seu velho cão, Roddy decidiu que chegara a hora de dar alguns passos positivos no sentido de elevar seu espírito. Mais uma vez, olhou o relógio. Ele iria até o casarão para tomar um drinque com John. Jantariam juntos, e mais tarde, quando Oliver e Victoria tivessem retornado de Inverness, se sentariam junto ao fogo para ouvir as novidades de Oliver.

Aquela idéia agradável o estimulou bastante para fazer um esforço e levantar-se da cadeira. O jornal, que estivera lendo um pouco antes, escorregou de seus joelhos. Lá fora, o vento uivava, e uma corrente gelada de ar subiu pela escada e movimentou os tapetes sobre o chão encerado. Normalmente a Casa Estábulo era confortável, mas nenhuma porta ou janela construída por mãos humanas poderia impedir o vento noroeste de penetrar em seu interior. A sala ficou um tanto fria. O fogo estava morrendo. Roddy retirou um pouco de lenha do cesto e arrumou-a sobre as brasas agonizantes, levantando uma alta fogueira que ainda estaria acesa quando retornasse mais tarde à noite.

Ele desligou o abajur e chamou: — Vamos, Barney — e o velho cão içou-se, sentindo obviamente, assim como Roddy, o peso da idade. — Você não é o único — informou Roddy ao cão. Desligou a luz central, e juntos, vagarosamente, desceram a escada.

Sem ocupantes, a sala escura ficou imóvel e silenciosa. O fogo bruxuleou. Uma acha fendeu e pegou fogo. A madeira estalou, estilhaçando-se, e uma saraivada de fagulhas caíram, feito fogos de artifício, sobre o pequeno tapete em frente à lareira. Abandonadas, as fagulhas arderam. Naquele momento, uma corrente de ar serpenteou escada acima; uma faísca cintilou durante um segundo e caiu sobre uma folha do jornal abandonado. Chamas minúsculas começaram a lamber, depois cresceram, cada vez maiores. O fogo subiu por uma perna da cadeira em frente à escrivaninha de Roddy, onde ele guardava seus livros, cigarros e uma pilha de revistas velhas. As chamas alcançaram o vime altamente inflamável da velha cesta onde Roddy depositava a lenha. Rapidamente, a bainha da cortina começou a arder.

Sentado à escrivaninha da biblioteca, John Dunbeath passara a maior parte da tarde examinando os documentos de seu tio, separando as contas da fazenda de contas pessoais, arrumando papéis em pilhas separadas que depois seriam levadas ao advogado Robert McKenzie, ao corretor de valores de Jock em Edinburgh, e para o seu contador.

O velho homem mantivera um belo e eficiente registro de seus negócios e, desse modo, sua tarefa não fora muito complicada. Entretanto, John sentiu-se entediado e inevitavelmente triste, pois, entre estes papéis, encontrou também velhos diários, cartões de dança e fotografias desbotadas de pessoas que jamais conhecera. Fotos do batalhão escocês no Forte Vermelho, na Índia; um instantâneo mostrando uma expedição em um ambiente selvagem, as pessoas reunidas para o que parecia ser uma caçada a um tigre; um casamento. Algumas das fotografias haviam sido tiradas em Benchoile. Reconheceu seu pai, ainda menino, e Roddy, um elegante adolescente, vestindo roupa de flanela branca e como se estivesse prestes a irromper numa canção, o líder juvenil em alguma comédia musical anterior à guerra.

A porta foi aberta e Roddy cambaleou cômodo adentro. John ficou feliz em vê-lo e também por ter uma desculpa para parar de trabalhar. Ele empurrou a cadeira e estendeu a fotografia para Roddy.

— Olha o que eu acabei de achar.

Roddy aproximou-se para inspecionar a fotografia por cima do ombro de John. — Bom Deus. Dentro de cada homem gordo existe um homem magro lutando para sair. Onde você achou isto?

— Oh, misturado com uma papelada velha. Que horas são? — Ele olhou para o seu próprio relógio de pulso. —Oito e quinze, já? Não me dei conta de que era tão tarde.

— Oito e quinze de uma péssima noite de inverno — respondeu ele estremecendo. — Quase fui soprado para longe só em atravessar o pátio.

— Vamos beber um drinque.

— Esplêndida idéia — disse Roddy, como se não tivesse pensado naquilo antes. E dirigiu-se para a mesinha onde estavam copos e garrafas, providenciados por Ellen. John observou-o, calculando quantos uísques seu tio já consumira em particular, naquela tarde. E depois censurou-se, dizendo que aquilo não tinha a menor importância, que não era da sua conta. Importava apenas que ele próprio estava cansado e a perspectiva de um drinque restaurador era, subitamente, uma idéia muito bem-vinda.

Ele se levantou e foi cuidar de reanimar o fogo. Puxou uma cadeira para perto das chamas, para Roddy. Roddy trouxe os drinques, estendeu um para John e afundou na cadeira, suspirando de alívio. John permaneceu em pé, com o calor das chamas em suas costas, e foi então que percebeu como estava rijo e gelado ao sentar-se perto da janela.

— À saúde — disse Roddy, e ambos beberam. — A que horas os outros vão chegar, você sabe?

— Não faço idéia. — O rosto escuro de John estava impassível. — Por volta das dez horas, eu acho. Depende se o tempo deixou o avião chegar na hora, ou não. Essa ventania pode atrasar o vôo.

— Você está indo mesmo para Londres, amanhã?

— Sim, eu devo ir. É provável que esteja de volta aqui na semana que vem, ou na próxima, pois temos todas essas coisas acontecendo e eu devo estar por perto.

— Foi bom que tivesse podido vir.

— Eu gostei de ter vindo. Só sinto que tenha de terminar dessa forma. Gostaria que Benchoile continuasse.

— Meu caro rapaz, nada pode durar para sempre, e fomos muito felizes aqui.

Começaram a falar sobre os velhos tempos, e à medida que relaxavam ao calor do fogo com a mútua companhia, o tempo voou agradavelmente. Eles estavam no segundo drinque (ou o segundo de John e quarto de Roddy) quando ouviram o ruído de passos arrastados do outro lado da porta, que se abriu, com Ellen avançando pela sala. Nenhum dos dois ficou surpreso com aquela aparição repentina, pois há longo tempo Ellen abandonara o hábito de bater à porta. Tinha a aparência esgotada e, particularmente, velha. O vento e o frio intenso faziam mal a seus ossos, e ela estivera em pé durante a maior parte do dia. Sua expressão mostrava cansaço. A boca estava fechada. Ela parecia decididamente aborrecida.

— Não sei a que horas vocês dois vão querer jantar, mas podem ir a hora que quiserem.

— Obrigado, Ellen — disse Roddy, com suave sarcasmo que, dirigido a ela, foi um desperdício.

— E quanto aos outros que irão chegar de Inverness, eu não sei, mas terão de se contentar com uma tigela de caldo de carne.

— Isso é tudo o que irão querer — assegurou John, e acrescentou, com idéia de aplacá-la: — Estaremos na sala de jantar em um momento. Estamos terminando um drinque.

— Então eu vou providenciar... — Ela vacilou por um instante, tentando lembrar se não esquecera algo. — Você verificou se o bebê estava bem, antes de vir para o casarão, Roddy?

— Hum? — Roddy franziu o cenho. — Não, não verifiquei. Era para ter feito isso?

— Parece que seria algo muito mais sensível a fazer em vez de deixar aquele pingo de gente lá, abandonado a noite toda.

Roddy ficou irritado. — Ellen, acabei de chegar aqui. De qualquer forma, ele tem ido dormir muito feliz todas as noites.

— Oh, bem, esqueça. Eu mesma vou lá e olho.

Ela deu a impressão de querer descartar a tarefa, mas a verdade é que parecia tão cansada, com suas pernas escuras secas e os sapatos rotos, que John não suportou o quadro. Largou o copo de bebida.

— Espera, Ellen, não se preocupe. Eu mesmo vou.

— Não tem problema.

— Não tem problema para mim também. Só vou levar um minuto. E quando eu voltar, iremos jantar, e então você poderá se retirar para a cama.

— Alguém falou alguma coisa sobre cama?

— Eu falei. Você está cansada, e este será o melhor lugar para você.

— Bem, eu não sei... — Sacudindo a cabeça, ela foi embora para a cozinha. E John iniciou a longa jornada através dos corredores lajeados que levavam ao pátio de trás. Naquela noite, eles estavam tão gelados quanto um calabouço, sinistramente iluminados por lâmpadas nuas que oscilavam com as correntes de ar. Ele imaginou estar rodeado por sombras gigantescas.

Abriu a porta dos fundos. O vento quase arrancou a porta de sua mão e, por um segundo que pareceu durar a eternidade, ele se apoiou no batente.

Pois diante dele, do outro lado do pátio de pedras arredondadas, todas as janelas do andar de cima da casa de Roddy despejavam uma dançarina luz laranja. O telhado esguichava fumaça e chamas. E, superando a fúria do vento, ele pôde ouvir os apavorantes rugidos do fogo; um ronco, feito o de uma fornalha; o estalar e estilhaçar da madeira, estridente como os tiros de um rifle. Enquanto estava lá parado, uma janela explodiu, o vidro espatifou-se e a esquadria desintegrou-se ao calor. Instantaneamente, chamas saltaram do vazio e John pôde sentir o calor delas ressecar seu rosto.

Thomas.

Ele atravessou o pátio e abriu a porta antes de refletir sobre as conseqüências. A escada já estava incandescente, e o vento atiçou as chamas. A construção inteira se transformou numa espécie de forno de fundição e ele cambaleou. A fumaça o sufocava. Com o braço protegendo o rosto, encaminhou-se para o corredor estreito e empurrou a porta do primeiro quarto.

— Thomas! — Ele não tinha idéia de onde Thomas estava dormindo. — *Thomas!*

O quarto estava vazio. A segunda porta. — *Thomas!*

Agora, ele estava diretamente embaixo da sala de estar de Roddy; a fumaça o cegava, sentiu algumas aguilhoadas nos olhos que começaram a lacrimejar, começou a tossir.

Um gemido foi a resposta. Não teve tempo para ficar aliviado, nem para agradecer pela criança ainda não ter morrido asfixiada, pois estava bem claro que o teto daquele quarto se encontrava prestes a desabar a qualquer momento. Quando John pegou Thomas em seus braços, tombou uma grande quantidade de reboco e sarrafos carbonizados, mas o som era o de rochas caindo. Ele olhou para cima e viu a cratera, o inferno além dela. Thomas soltou um berro, e John pressionou o rosto da criança contra seu ombro, saindo do quarto aos tropeções.

Mal havia conseguido passar através da porta quando o restante do teto desabou. O chão, o tapete, a cama de Thomas, tudo enfim ficou destruído debaixo de uma avalanche de escombros incandescentes.

O avião procedente de Londres, quinze minutos atrasado por conta dos fortes ventos, pôde ser ouvido antes de ser visto. A tempestade castigava a noite escura, o teto, baixo com nuvens cinzentas. Quando a aeronave apareceu foi com grande brusquidão, abrindo caminho através das trevas e aterrissando na pista alcatroada, cheia de poças d'água.

Logo depois disso, as pequenas atividades próprias da ocasião tiveram lugar. Caminhões e carros-tanque convergiram para a aeronave estacionada. Escadas foram levadas até as portas laterais do avião por dois homens vestindo capas impermeáveis negras. As portas se abriram, uma aeromoça surgiu no alto da escada. Sem pressa, os passageiros começaram a descer e a caminhar, através do pátio de manobras varrido pelo vento, na direção do edifício do terminal. Eles lutavam com suas malas, cestos de mão e embrulhos de formatos desajeitados. O vento tentava arrancar suas roupas, e eles inclinavam suas cabeças contra a chuva. O chapéu de uma das mulheres saiu voando.

Victoria, com as mãos nos bolsos do casaco, olhava em pé através da porta de vidro. Uma por uma, foram chegando. — Aí está você, querido. Fez boa viagem? — Beijos afetuosos. Um padre, de barrete preto, recepcionou duas freiras. — Estou com um carro esperando — disse ele, de forma trivial. Um mulher saiu sozinha, cheia de crianças e nenhum marido para ajudá-la, e, depois, alguns homens de negócios com suas maletas.

O fluxo de passageiros diminuiu. Nem sinal de Oliver. Ela o imaginou sentado na aeronave, sem se afobar, esperando até que a primeira leva tumultuosa terminasse o seu caminho. Então, ele esticaria suas pernas compridas, pegaria o casaco no compartimento de bagagens e desceria descansadamente pela passagem central. Era bem provável que parasse para bater papo com alguma aeromoça. Victoria deu consigo torcendo a cara, porque ela o conhecia muito bem.

— Com licença — falou uma voz bem atrás dela. Desperta de seus sonhos, ela se voltou. Viu um dos homens de negócios com um chapéu-coco, gola engomada e maleta.

— Seria você a senhorita Victoria Bradshaw? — Ele segurava um envelope em uma das mãos.

— Sim, sou eu.

— Achei que seria. Esta carta é para você. Seu amigo me pediu que entregasse.

Ela não apanhou a carta. — Meu amigo?

— Um jovem de barba. Sinto muito, mas não perguntei o nome dele. Ele me pediu que entregasse isso a você.

— Mas ele não está no avião?

— Não, não pôde vir. Mas tenho certeza de que esta carta explicará tudo.

Victoria retirou a mão do bolso e apanhou o envelope. Viu a caligrafia comprimida de Oliver. Senhorita Victoria Bradshaw.

— Mas onde ele está?

— Ele disse apenas que não poderia embarcar neste vôo, descreveu você e pediu para entregar esta carta.

— Entendo. Oh, bem, obrigada. Eu... sinto muito que tenha se importunado com isso.

— Não foi nenhum problema, em hipótese alguma — assegurou ele. — Bem, agora devo ir embora. Minha esposa está me esperando no carro e já deve estar se perguntando o que terá acontecido comigo. — Ele girou o corpo, impaciente para sair. E inclinando seu chapéu-coco, disse: — Então, adeus.

— Adeus.

Ela ficou sozinha. Todos já haviam partido. Somente uns poucos funcionários moviam-se rapidamente por ali. Um homem de macacão empurrava um carrinho de bagagens. Chocada, confusa, Victoria permaneceu em pé naquele lugar, com a carta de Oliver nas mãos. Não conseguia pensar no que fazer.

Do outro lado do salão ela reparou numa pequena lanchonete. Atravessou o chão encerado e sentou-se em um dos banquinhos altos, solicitando uma xícara de café bem forte. Uma senhora muito simples abriu a bica da cafeteira e serviu a bebida.

— Com açúcar?
— Não, sem açúcar, obrigada.
Ela abriu o envelope e retirou a carta.
— Está uma noite horrível, não é verdade?
— Sim, é mesmo. — Ela abriu a bolsa, achou a carteira e pagou o café.
— Vai para muito longe daqui?
— Sim. Preciso dirigir até Sutherland.
— Nossa, que jornada.

Victoria desdobrou a carta. Oliver a havia datilografado, em sua velha e judiada máquina de escrever. Apreensiva, Victoria sentiu um frio percorrer-lhe a espinha. Com a mão segurando firme a caneca de café quente, iniciou a leitura.

"Fulham
Terça-feira
24 de fevereiro

Victoria,

Se eu fosse qualquer outro tipo de homem deveria iniciar esta carta comentando sobre a dificuldade em escrevê-la. Mas não vou dizer isso, porque escrever é uma coisa com a qual nunca encontrei dificuldade, mesmo quando precisa ser uma carta como esta.

Não voltarei à Escócia. Passei a maior parte do dia com o meu agente, ele está muito ansioso para que eu vá a Nova Iorque onde um diretor chamado Sol Bernstein me aguarda para assinar o contrato de *A Man in the Dark* com, assim espero, uma tremenda fanfarra de trombetas, na Broadway.

Portanto, estou indo pegar um avião para Nova Iorque no aeroporto de Heathrow, esta noite."

Mas ele não pode fazer isso comigo.

Oh, sim, ele pode. Ele fez.

"Não sei quando irei retornar. Neste ano, no próximo, algum dia, nunca. Certamente não será em um futuro previsível. Há muitos projetos em jogo, a serem realizados. Muita coisa para se pensar. Muito alvoroço em minha cabeça.

Tomei essa decisão sem pensar em você. Na verdade, pensei muito em você na última noite. A noite é boa companheira para ajeitar as coisas. É escura, silenciosa, e a verdade aparece mais claramente. É mais fácil enxergar as coisas.

E a verdade é que eu jamais poderia ficar com você, porque eu jamais poderei ficar com mulher alguma. Há muito tempo, quando a deixei pela primeira vez, eu disse que nunca havia amado alguém, e ainda é da mesma forma. Suponho que o que eu sinta por você seja algo bem especial, entretanto, a única coisa que ainda me estimula de fato é o que se passa dentro da minha cabeça e, de algum jeito, colocar tudo isso no papel.

Essa decisão não tem nada a ver com o que aconteceu quando estávamos em Benchoile. Não tem nada a ver com a carta que você escreveu para os Archers, na verdade não tem nada a ver com você. Os poucos dias que passamos juntos foram inesquecíveis, e você me proporcionou algo próximo do maior deleite que eu já tive na minha vida. Mas foram dias roubados ao tempo e, agora, eu preciso voltar à realidade.

Há algumas coisas que irá precisar providenciar. Terá de levar Thomas até a casa dos Archers, por exemplo, entregá-lo, mais uma vez, aos seus cuidados amorosos. Ainda estou ressentido por eles criarem Thomas. Ainda estou desanimado com o tipo de vida convencional que irão, sem dúvida alguma, planejar minuciosamente para ele, mas óbvio que esta é apenas uma entre as coisas que vou precisar aceitar.

O Volvo é um outro problema. É provável que você não se sinta bem dirigindo sozinha até o sul. Se for este o caso, peça a Roddy que cuide de tudo e a livre desse problema. Talvez ele encontre um comprador para o carro, em Creagan. Diga-lhe que vou escrever para ele.

Ainda resta o vexatório tema do dinheiro, mas eu já falei com o meu agente e vou acrescentar o nome e endereço dele no final desta carta, portanto, se entrar em contato com ele quando retornar a Londres, ele irá reembolsá-la de qualquer dívida que tenha precisado contrair.

É isso aí. Eu não queria terminar com uma observação assim tão mundana e mercenária. Eu não queria que nada terminasse assim. Mas finais felizes são coisas que parecem não fazer parte de minha vida. Nunca os esperei e, de modo curioso, suponho até que nunca os desejei."

Ela estava chorando. As palavras nadavam, tremiam diante de seus olhos, ela mal conseguia enxergá-las. Lágrimas caíram no papel e mancharam a assinatura escrita à mão.

"Cuide-se. Gostaria de poder terminar dizendo que eu te amei. Talvez tenha amado um pouco. Mas jamais seria o suficiente, nem para você nem para mim.

Oliver"

Victoria dobrou a carta e colocou-a de volta no envelope. Remexeu em sua bolsa à procura de um lenço. De nada adiantava chorar. Tendo diante de si uma viagem de duas horas de carro, em noite de tempestade, ela precisava parar de chorar. De outro modo, poderia cair com o carro numa vala, ou em um rio, ou bater em outro carro e ter de ser resgatada, toda desfigurada, dos destroços do Volvo. E então, o que aconteceria a Thomas?

Após um momento, a gentil senhora atrás do balcão, incapaz de ignorar o sofrimento evidente de sua solitária cliente, perguntou: — Você está bem, querida?

— Sim — mentiu Victoria.

— Eram más notícias?

— Não, não tão más. — Ela assoou o nariz novamente. Tentou sorrir. — Eu tenho de ir. — E levantou-se do banco.

— Tome outra xícara de café. Coma alguma coisa.

— Não, eu estou bem. Está tudo bem.

Apenas o Volvo restava no estacionamento deserto. Ela encontrou a chave e acomodou-se frente à direção. Apertou o cinto de segurança. Lá no alto, um avião oculto zunia, talvez se preparando para aterrissar. Ela desejou estar em um avião indo para algum lugar, qualquer lugar. Imaginou desembarcar em um lugar banhado pelo sol, a pista do aeroporto cercada de palmeiras, um lugar onde ninguém a conhecia, onde poderia curar suas feridas e recomeçar. Feito uma criminosa, procurando por uma nova vida, uma nova identidade.

Isso era, é claro, exatamente o que Oliver tinha feito, resolvendo seus poucos problemas com uma única carta, atirando por terra suas responsabilidades feito um casaco velho. Nesse momento, ele deveria estar cruzando o oceano a bordo de um avião. Victoria e Thomas já pertenciam ao passado, ao esquecimento. Insignificantes. Importante era o que estava por vir. Ela o imaginou bebendo uísque com soda e gelo, cheio de expectativa com todas as novidades empolgantes que tinha pela frente. Uma nova produção. Provavelmente uma nova peça. Nova Iorque.

Oliver Dobbs.

A única coisa que me estimula é o que se passa dentro da minha cabeça.

Esta era a chave para compreender Oliver, sua chave pessoal e particular. E Victoria nunca esteve perto de entender as obsessões particulares dessa mente interiorizada. Talvez, se ela fosse tão intelectual como ele, mulher brilhante e com imensa cultura, diploma universitário, poderia ter sido diferente. Talvez, se ela o conhecesse há mais tempo, ou mais intimamente; se tivesse uma personalidade forte, capaz de suportar os seus humores. Talvez, se não tivesse ficado tão dependente dele, se tivesse sido capaz de lhe dar algo em troca.

Mas eu lhe dei a mim mesma.

Isso não foi o suficiente.

Eu o amei.

Mas ele nunca amou você.

Eu quis construir uma vida para ele. Eu quis construir uma vida para Thomas.

Ela voltou a Thomas. Ao lembrar-se de Thomas, um

já conhecido e ridículo sentimento de ternura protetora a possuiu. Até o presente momento, Thomas ainda precisava de Victoria. Para a segurança do menino, ela deveria ser eficiente, calma e prática. Thomas deveria ser entregue aos avós com a menor revolução possível. Mentalmente se viu arrumando calmamente as bagagens, comprando as passagens de trem, alugando um táxi, levando-o até Woodbridge, encontrando a casa dos Archers, apertando a campainha. Ela viu a porta se abrindo...

Nesse ponto sua imaginação recuou. Porque quando Thomas saísse de fato de sua vida, então realmente seria o fim. Estaria tudo acabado. Não apenas a realidade, mas também o sonho.

Ela ligou o motor, acendeu os faróis e ligou o limpador de pára-brisas, deu a partida abandonando o pequeno aeroporto e tomando a estrada principal.

Duas horas depois ela estava em Creagan, mas somente quando tomou a pequena estrada estreita que levava a Benchoile percebeu que algo deveria estar errado. As condições do tempo, imprevisíveis como sempre, tinham começado a melhorar. A ventania transformara-se em um vento mais suave, as nuvens estavam mais esparsas e, à medida que o vento as desfazia em farrapos, o céu noturno revelava as estrelas, e uma clara lua crescente erguia-se no leste.

Mas não era a luz das estrelas que alegrava a escuridão à sua frente e coloria o céu feito o brilho de uma cidade cheia de postes com lâmpadas. Não era a luz das estrelas que se agigantava tremeluzindo e despejava fenomenais colunas de fumaça subindo com o vento. Ela abaixou o vidro da janela e sentiu o desagradável cheiro de fogueira.

Fogueira? O mais provável é que fosse a urze queimando. Alguém iniciara a queimada no campo e o fogo ficara fora de controle, dando início a um incêndio na montanha. Mas quem colocaria fogo no campo em fevereiro? E mesmo se alguém tivesse feito isso, certamente agora o fogo já se teria extinguido.

Subitamente ela sentiu medo. Afundou o pé no acelerador, e o Volvo desenvolveu velocidade, oscilando entre as faixas da estrada estreita. O brilho do fogo parecia crescer. Ela passou pela casa dos Guthrie, aproximou-se da última curva da estrada. Então a casa surgiu à sua frente, o portão e os pinheiros, e ela descobriu que não era o campo que ardia, tampouco uma fogueira, mas a própria Benchoile.

Com um rugido de sua poderosa máquina, o Volvo passou sobre o mata-burro e subiu a ladeira até o pátio em frente ao casarão. A luz das chamas deixava tudo claro como o dia. Ela viu carros alinhados a esmo, o carro-pipa, as mangueiras enormes serpenteando pelo chão. Parecia haver gente por toda parte, todos sujos e com olhos vermelhos. Um homem correu atravessando os fachos luminosos dos faróis do Volvo, gritava instruções para um colega, e ela viu, abalada, que era Davey Guthrie.

O casarão estava intocado, embora luzes resplandecessem em cada janela. Mas a Casa Estábulo... Ela parou o Volvo com uma freada estridente, lutou para tirar o cinto de segurança, para abrir a maçaneta da porta, lembrou do freio de mão. Pânico, como a mais terrível das doenças, reprimia suas emoções ameaçando sufocá-la.

Thomas.

O arco que dava passagem ao pátio interno estava lá, mas a casa de Roddy já quase desaparecera. Apenas o oitão de pedra resistia à violenta investida das chamas, envolto na fumaça, desolado feito uma ruína, o vazio onde antes era uma janela brilhava feito um olho, com a luz do grande incêndio que ainda jazia mais além.

Thomas, em seu quarto, no andar térreo, em sua cama. Ela precisava saber, mas não havia tempo para perguntar, não havia tempo para esperar por respostas. Andou em direção ao incêndio, correu. A fumaça penetrava lancinante em suas narinas, e o calor a envolvia em grandes lufadas de vento.

— *Thomas!*

— Olha lá... — um homem gritou.

Ela estava quase perto da passagem sob o arco.

— Victoria!

Ela escutou passos vindo atrás dela. Braços a rodearam, segurando-a. Lutou para livrar-se deles.

— Victoria.

Era John Dunbeath. E como não podia atingi-lo com as mãos, ela chutou suas canelas com o salto de sua bota. Ele a virou para ficarem face a face.

— Você não entende? — ela gritou para aquela mancha que era John Dunbeath. — É Thomas.

— Escute, pare... — Ela o chutou de novo, e ele a tomou pelos ombros, sacudindo-a. — Thomas está *bem*. Ele está *bem*. Está em *segurança*.

Ela parou por fim. Pôde ouvir sua própria respiração, sofrida, feito alguém a ponto de morrer. Quando se sentiu forte o bastante, olhou para o rosto dele. À intensa luz do fogo, ela viu seus olhos escuros, avermelhados e injetados, suas faces estavam sujas e também a frente de sua camisa.

— Ele não está lá dentro? — ela perguntou quase sem forças.

—Não, já o tiramos de lá. Ele está bem. Está tudo certo com ele.

O alívio a fez sentir-se fraca. Ela fechou os olhos, com receio de ficar tonta e desmaiar. Tentou explicar a John que suas pernas estavam fracas, mas não conseguiu encontrar as palavras ou a energia para falar. Mas agora isso não tinha importância alguma, pois John a apanhara entre os braços e a carregava atravessando o cascalho e entrando na porta de frente do casarão de Benchoile.

Por volta da meia-noite quase tudo estava terminado. O fogo fora apagado, a ruína da Casa Estábulo ainda era uma confusão de fumaça, pedras carbonizadas e vigas caídas. John conseguira resgatar os carros retirando-os da garagem até a grama, junto ao lago, enquanto Roddy telefonava para o Corpo de Bombeiros. Com os carros a salvo, e também as latas de gasolina utilizadas nos motores dos cortadores de grama e uma serra de cadeia que ficava por ali, John ficou um pouco mais aliviado pela segurança do casarão. Mas, mesmo assim, o teto da garagem fora engolido e destruído no incêndio, e tudo o que restara dentro fora igualmente destruído.

E ainda assim, a casa principal permanecera miraculosamente intacta. Lá dentro, nos vários quartos, os sobreviventes estavam agora dormindo. Thomas tinha chorado de cortar o coração, não de medo, mas porque perdera Piglet. Não havia meios de convencê-lo de que Piglet não existia mais. Ellen achou um outro brinquedo para ele, um ursinho de pelúcia que pertencera um dia ao pai de John, mas só em ver aquela criatura inofensiva e puída, Thomas gritara mais alto do que nunca. Finalmente fora dormir abraçado a um carrinho de madeira com a pintura descascada e arranhada e uma das rodas há muito tempo perdida.

Ellen atravessara o desastre firme e forte. Somente no final de tudo é que se traíra e começara a tremer. John precisou colocá-la numa cadeira e providenciar um conhaque. Jess Guthrie ajudou a velha senhora a ir para a cama. Pois Jess e Davey haviam chegado um pouco antes de Roddy fazer a ligação para o Corpo de Bombeiros. Foi Davey quem organizou o time de pessoas que lutou contra o fogo, ajudou os bombeiros de Creagan que deixaram impetuosa e abruptamente seus próprios lares para montar as bombas d'água e empreender a tarefa de extinguir as chamas.

Quanto a Victoria... Como se estivessem controlando as rédeas de um cavalo em disparada, os pensamentos de John falaram alto. Mas um fato inquestionável destacava-se. Ela retornara de Inverness sozinha e ninguém tivera tempo para perguntar o que acontecera com Oliver. No que dizia respeito a John, seu súbito aparecimento em meio ao caos, sua insensata arremetida em direção ao holocausto, que fora tudo o que restara da casa de Roddy, tinha sido simplesmente o clímax inconcebível do que estivera bem perto de ser uma horrível tragédia, e então ele não teve cabeça para mais nada, a não ser retirá-la da beira do fogo e levá-la para um local seguro.

Ele a levara, na falta de outro lugar melhor, ao seu próprio quarto e a deitara em sua própria cama. Ela abrira os olhos e indagara uma vez mais: — Thomas está realmente a salvo, não é? — e ele teve tempo apenas para reafirmar antes que Jess Guthrie entrasse afobada para assumir o controle com palavras suaves e uma bebida quente. Agora, presumidamente, Victoria estaria dormindo. Com sorte, ela dormiria até a manhã seguinte. E então, haveria todo o tempo do mundo para conversar.

Assim, era meia-noite e tudo estava terminado. John permanecia em pé à margem do lago, de costas para a água, olhando fixamente o casarão. Deu por si exausto, drenado de suas emoções e energia e, ainda assim, sob aquela prostração dolorosa restavam uma serenidade e uma paz que não sentia há anos.

Por que ele se sentia assim era um mistério. Sabia apenas que Thomas estava vivo, e Oliver Dobbs não retornara de Londres. Soltou um suspiro de enorme contentamento como se, sozinho, tivesse levado a cabo uma tarefa impossível.

À sua volta, a noite tempestuosa transformava-se numa noite tranqüila. O vento diminuíra, as nuvens despedaçavam-se em farrapos, feito ondas de névoa. Acima, uma lasca de lua pendurava-se no céu, e as águas escuras do lago eram tocadas por seu reflexo prateado. Um casal de patos voava. Selvagens, estimou. Por um instante, ele vislumbrou os patos silhuetados contra o céu, antes de serem engolidos pela escuridão e o seus gritos desaparecerem num imenso silêncio.

Mas outros sons apareceram. O vento por entre os ramos mais altos dos pinheiros, o sussurrar da água cutucando as pranchas de madeira do velho cais. Ele olhou o casarão e viu as reconfortantes luzes nas janelas. Viu as elevações escuras das montanhas atrás da casa.

Suas montanhas. Montanhas de Benchoile.

John permaneceu lá por um bom tempo, as mãos nos bolsos, até que um acesso de calafrios o fez se dar conta de que estava congelando. Voltou-se para uma última olhada ao lago e então, vagarosamente, subiu a ladeira que levava ao pátio e entrou no casarão.

* * *

Roddy ainda não fora se deitar. Ele esperava na biblioteca, afundado na velha poltrona de Jock junto ao fogo agonizante da lareira. O coração de John encheu-se de ternura para com seu tio. De todos, Roddy era o que mais tinha motivos para sofrer. Não apenas por ter perdido sua casa, suas roupas, seus livros e papéis, todos os objetos pessoais e amados que reunira durante a vida inteira, mas porque julgava-se culpado pelo que acontecera.

— Eu deveria ter *pensado* — dissera ele, vezes e vezes seguidas. Sua usual loquacidade estava esmagada pela tragédia em potencial, pela horrível realização do que poderia ter acontecido a Thomas. — Simplesmente eu jamais pensei.

Mas ele sempre empilhara achas de lenha em sua lareira aberta, e descuidadamente apagava com o pé aleatórias faíscas caídas em seu velho tapete; jamais se importara quanto a um guarda-fogo. — Uma das últimas coisas que Jock me disse é que eu deveria comprar um guarda-fogo. Mas nunca fiz isso. Adiei sempre. Por preguiça, que bastardo preguiçoso eu sou. Simplesmente adiando.

E depois, novamente:

— Supondo que Ellen não tivesse tido a prudência de pensar na criança. Supondo, John, que você não tivesse ido até lá para verificar... — Sua voz tremia.

— Não pense nisso — interrompeu John rapidamente, porque ele não suportava projeções. — Ela foi sensata o bastante e eu fui até lá. Também deveria ter-me ocorrido ir sem que fosse preciso a advertência de Ellen. Também sou tão culpado quanto você.

— Não, eu sou inteiramente culpado. Eu deveria ter pensado...

John, em pé na sala fria, olhava para o irmão de seu pai cheio de simpatia e afeição que, por ora, eram sentimentos de pouca valia para Roddy. Ele estava inconsolável.

Uma acha desmoronou no meio do fogo agonizante. O relógio marcava meia-noite e quinze.

— Por que você não vai se deitar? — disse John. — Jess arrumou camas para todos nós. Não há motivo para ficar aqui embaixo.

Roddy esfregou os olhos com a mão.

— Não — ele disse finalmente. — Não há motivo para ficar aqui, mas eu acho que não vou conseguir dormir.

— Nesse caso... — Ele não terminou a frase. Remexeu as cinzas na lareira e colocou mais lenha. Em um momento as chamas começaram a consumir uma casca seca de árvore. Roddy olhava taciturno para o fogo.

— Já acabou — disse John com firmeza. — Não pense mais nisso. Está terminado. E se isso ajudar a diminuir a sua culpa, lembre-se de que você perdeu tudo o que possuía.

— Isso é o de menos. Objetos nunca tiveram importância.

— Por que você não bebe alguma coisa?

— Não. Eu não quero beber.

John deu um jeito de não se mostrar surpreso. — Importa-se se eu beber?

— Sirva-se.

John serviu-se de um pouco de conhaque, acrescentando gelo e soda. Sentou-se, encarando o tio. Ele levantou o copo. Um brilho gracioso passou pelos olhos de Roddy.

— Que velho escocês você está se tornando.

— Eu sempre fui um. Ou meio, de qualquer maneira.

Roddy endireitou-se na poltrona. — Oliver não voltou de Londres — disse ele.

— Aparentemente, não.

— Então eu me pergunto: por quê?

— Não faço idéia.

— Você acha que ele virá?

— Novamente, não faço idéia. Eu apenas despejei Victoria em minha cama e depois disso Jess tomou conta dela. Sem dúvida, amanhã iremos saber o que aconteceu.

— Ele é um homem estranho — refletiu Roddy. — Esperto, é claro. Talvez um pouco esperto demais. — Os olhos dos dois homens cruzaram-se através do fogo. — Esperto demais para uma mocinha.

— Sim, acho que você está certo.

— E ainda por cima, ela tem a criança.

— Tenho novidades para você. Thomas não é filho dela.

Roddy levantou as sobrancelhas. — Verdade? Agora você me surpreendeu. — Ele balançou a cabeça. — Este mundo é cheio de surpresas.

— E eu tenho mais surpresas na manga de minha camisa.

— Tem mesmo?

— Quer escutar sobre elas?

— Quando, agora?

— Você já me disse que não quer ir para a cama. Se vamos ficar sentados aqui o resto da noite, podemos muito bem conversar.

— Está certo — disse Roddy, e se endireitou para escutar. — Fale.

15

QUARTA-FEIRA

John Dunbeath, carregando uma bandeja arrumada para o café da manhã, abriu a porta da cozinha com cuidado e seguiu para o quarto, atravessando o saguão e subindo as escadas. Do lado de fora, uma brisa, irmã mais nova da ventania da noite anterior, soprava entre os pinheiros e arranhava a superfície do lago, mas já um sol frio e cor de bronze levantava-se no gélido céu azul e começava a penetrar o interior do casarão. O velho labrador de Roddy encontrara um losango brilhante de sol junto à lareira e deitara-se lá, indolente, aquecendo-se no seu frágil calor.

John atravessou o corredor equilibrando a bandeja em uma das mãos e, com a outra, bateu à porta de seu próprio quarto.

Do interior, a voz de Victoria perguntou: — Quem é?

— O garçom do andar térreo — ele respondeu e abriu a porta. — Eu trouxe o seu café da manhã.

Ela ainda estava na cama, porém sentada e com a aparencia desperta, como se já estivesse acordada há algum tempo. As cortinas estavam abertas, e os primeiros raios oblíquos do sol tocavam uma quina da cômoda e tingiam o tapete de dourado. — Vai fazer um lindo dia — e, com uma espécie de floreio, depositou a bandeja sobre os joelhos de Victoria.

— Mas eu não preciso tomar café na cama — disse ela.

— Mas já está aí. Como você dormiu?

— Como se estivesse drogada. Eu ia descer agora mesmo. O problema é que devo ter esquecido de dar corda no meu relógio, ele parou e eu não tenho idéia da hora.

— São quase nove e meia.

— Devia ter me acordado antes.

— Decidi deixar você dormir.

Ela usava uma camisola emprestada de Ellen. Era de crepe chinês rosa-pêssego, exageradamente bordada. Na verdade, pertencera antes a Lucy Dunbeath. Por sobre a camisola, em vez de um roupão, embrulhava-se em um xale de lã branca de Shetland. O cabelo, emaranhado de dormir, caía todo por cima de um ombro, e sob seus olhos havia bolsas escuras feito equimoses. Naquele momento John a achou intensamente frágil. E teve a impressão de que, se a tomasse em seus braços, ela se quebraria feito porcelana chinesa. Victoria olhou em volta.

— Este é o seu quarto, não é? Quando eu acordei, não consegui entender onde eu estava. É o seu quarto mesmo?

— Sim, é. Era a única cama que estava pronta naquela hora.

— Onde você dormiu?

— No quarto de vestir do tio Jock.

— E Roddy?

— No próprio quarto de tio Jock. Ele ainda está lá. Ficamos conversando até as quatro da manhã, e ele está tirando o atraso de seu belo sono.

— E... Thomas? — Ela mal conseguiu pronunciar o nome da criança.

John puxou uma cadeira e sentou-se perto dela, com as pernas estendidas e os braços cruzados.

— Thomas está lá embaixo, na cozinha. Ellen e Jess estão lhe dando o café da manhã. Portanto, por que agora você não começa a tomar o *seu* café antes que fique frio?

Victoria olhou sem grande entusiasmo para os ovos quentes, as torradas e o bule de café.

— Na verdade, não sinto muita fome.

— Coma alguma coisa.

Desanimada, ela apanhou a vasilha dos ovos quentes. Ia começar a comer, mas logo baixou a colher.

— John, eu nem mesmo sei o que aconteceu, como o incêndio começou.

— Ninguém sabe ao certo. Estávamos tomando um drinque antes do jantar, na biblioteca. Mas Roddy diz que armou o fogo antes de vir para o casarão. Suponho que, como sempre, fagulhas devem ter caído no tapetinho da lareira, e desta vez não havia ninguém para apagá-las. Acrescente-se a isso um vento endiabrado, e, uma vez que tenha começado, a sala inteira queimou feito palha seca.

— Mas em que momento vocês se deram conta de que a casa estava pegando fogo?

— Ellen veio nos dizer que a ceia estava pronta e fez um estardalhaço sobre Thomas estar sozinho. Então eu fui até lá para verificar se estava tudo bem com o menino e encontrei a casa ardendo feito uma fogueira.

Com um fio de voz, Victoria disse: — Eu não agüentaria isso. E o que você fez?

Ele começou a contar, suavizando as circunstâncias o melhor possível. Achava que Victoria já estava com problemas demais sem que fosse preciso acrescentar as dramáticas imagens de Thomas em meio ao quarto cheio de fumaça, o teto desabando, a cratera flamejante e o inferno acima. Ele sabia que a lembrança daquele momento iria retornar para assombrá-lo, como um pesadelo, para o resto de sua vida.

— Ele estava assustado?

— Claro que estava assustado. Era o bastante para assustar qualquer um. Mas saímos inteiros através de uma das janelas e, assim que chegamos aqui, Ellen apanhou Thomas no colo e Roddy ligou para o Corpo de Bombeiros, em Creagan, e eu voltei para retirar os carros da garagem antes que a gasolina explodisse e fôssemos todos pelos ares, direto para o outro mundo.

— Conseguiu salvar alguma coisa da casa de Roddy?

— Nada. Foi tudo queimado. Tudo o que ele tinha no mundo.

— Pobre Roddy.

— Perder as suas coisas não pareceu incomodá-lo muito. O que o incomoda mais é pensar que o incêndio aconteceu por sua culpa. Diz que deveria ter sido mais cuidadoso, que deveria ter comprado um guarda-fogo para a lareira, que jamais deveria ter deixado Thomas sozinho dentro de casa.

— Como deve estar sofrendo. Em seu lugar eu não agüentaria.

— Ele está bem agora, mas isso porque nós ficamos conversando até as quatro da manhã. E Thomas também está bem, mas triste porque perdeu Piglet. Ele foi dormir ontem à noite com um carrinho de madeira nos braços. E, é claro, também perdeu todas as suas roupas. Ele ainda está de pijama, mas, em algum momento desta manhã, Jess irá levá-lo até Creagan para comprar roupas novas.

— Pensei que ele ainda estava lá. — disse Victoria. Quer dizer, quando eu cheguei do aeroporto e vi o fogo. Primeiro eu pensei que era uma fogueira, e depois que era alguém pondo fogo no campo, e então vi que era a casa de Roddy. E tudo o que eu pude pensar era que Thomas estava lá, em algum lugar no meio do...

A voz de Victoria começou a tremer.

— Mas ele não estava — atalhou John rapidamente. — Estava a salvo.

Victoria inspirou profundamente. — Estive pensando nele — disse novamente com a voz firme — em todo o caminho de volta de Inverness. A estrada parecia não ter fim, e pensei em Thomas durante todo o percurso.

— Oliver não voltou de Londres. — Ele não estava perguntando e sim afirmando.

— Não. Ele não estava no avião.

— Ele telefonou?

— Não. Mandou uma carta. — Com determinação, como se tivesse chegado a hora de colocar as fantasias de lado, Victoria apanhou a colher e comeu um pouco dos ovos quentes.

— Como ele fez isso?

— Entregou a carta para um dos passageiros. Suponho que me tenha descrito fisicamente, ou algo assim. De qualquer forma, o homem me entregou o envelope. Eu ainda estava esperando. Ainda achava que Oliver ia sair do avião.

— O que dizia a carta?

Ela desistiu da impossível tarefa de tomar o seu café da manhã e afastou a bandeja. Recostou-se nos travesseiros e fechou os olhos. — Ele não volta para cá. — Parecia exausta.

— Ele vai para Nova Iorque. Ele está em Nova Iorque agora. Viajou ontem à noite. Algum produtor irá encenar a sua peça *A Man in the Dark*, e ele foi até lá para acompanhar.

Apreensivo quanto à resposta, ele precisou de certa coragem para fazer a pergunta. — Ele vai voltar?

— Suponho que sim, algum dia. Este ano, no ano que vem, algum dia, nunca. — Ela abriu os olhos. — Isso foi o que ele disse. De qualquer modo, ele não volta logo. — Ele esperou e ela terminou: — Ele me deixou, John — como se pudesse restar alguma dúvida disso.

Ele não disse nada.

Ela continuou, em um tom incoerente, tentando diminuir a importância do que estava dizendo. — É a segunda vez que ele me deixa. Já está quase se tornando um hábito. — Ela tentou sorrir. — Eu sei que você disse que eu estava sendo tola quanto a Oliver, mas, dessa vez, realmente pensei que seria diferente. Achei que ele desejaria ter o que nunca desejou antes. Como, talvez, comprar uma casa e montar um lar para Thomas... e se casar, também. Pensei que ele queria que nós três ficássemos juntos. Que formássemos uma família.

John olhou o seu rosto. Talvez aquele súbito desaparecimento de Oliver Dobbs e o choque paralisante do incêndio tenham atuado como uma espécie de catarse. Ele se deu conta de que as barreiras entre eles, a fria reserva de Victoria, estavam afinal tombando. Ela estava sendo, ao fim de tudo, honesta consigo própria, e, assim, nada tinha a esconder dele. Ele percebeu uma sensação de triunfo maravilhosa, reconhecendo o sentimento como uma remanescência de sua exultação secreta na noite anterior.

— Ontem, na praia em Creagan — disse ela — eu

não quis escutar você. Mas você estava certo, não estava? Estava certo a respeito de Oliver.

— Gostaria de poder dizer que não. Mas verdadeiramente não posso.

— Não vai me dizer "eu não lhe disse"?

— Nunca lhe diria isso, nem daqui a mil anos.

— Entenda, o verdadeiro problema é que Oliver não precisa de ninguém. É isso o que está errado com ele. Ele admitiu isso em sua carta. Disse que a única coisa que o deixa entusiasmado é escrever. — Ela esboçou uma careta. — E isso foi uma bofetada no meu rosto.

— Então, o que você vai fazer?

Victoria suspirou. — Eu não sei. Não sei por onde começar. Mas Oliver disse que eu tenho de levar Thomas de volta para os Archers, e estou tentando pensar em como fazer isso. Nem mesmo sei onde eles moram, e com certeza não sei o que vou dizer a eles quando chegar lá. E não quero perder Thomas também. Não quero ter que dizer adeus a ele. Ficarei arrasada. E ainda há a história do carro. Oliver disse que se eu deixasse o Volvo aqui, Roddy talvez o vendesse. Ele também disse que eu poderia ir dirigindo até o sul se quisesse, mas na verdade eu não quero, não com Thomas. Acho que poderei apanhar um avião ou trem em Inverness, mas isto significaria...

John percebeu que não poderia agüentar mais um instante sequer. Falando bem alto, ele a interrompeu.

— Victoria, eu não quero ouvir nem mais uma palavra.

Interrompida no meio da frase, atônita com a descortesia em sua voz, Victoria ficou boquiaberta.

— Mas eu preciso conversar sobre isso. Eu tenho muitas coisas a fazer...

— Não, não tem. Não tem que fazer nada. Eu vou providenciar tudo. Vou levar Thomas para os seus avós.

— ... mas você já tem muito com o que se preocupar...

— ... irei até mesmo apaziguá-los...

— ... com o incêndio, e Roddy, e Benchoile...

— ... posto que, do jeito que as coisas estão, eles irão precisar ser acalmados. Vou tomar conta de Thomas e vou tomar conta de você, mas quanto ao carro de Oliver, pode apodrecer num monte de lixo que pouco me importa. E Oliver Dobbs, com toda a sua genialidade, suas proezas sexuais e seja o que for que o estimule, pode igualmente apodrecer. E eu nunca mais quero escutar o nome deste egocêntrico filho da puta novamente. Está perfeitamente entendido?

Victoria refletiu. Seu rosto estava sério. — Você jamais gostou dele, não é verdade?

— Não era para ter demonstrado.

— Mas demonstrou, um pouco. De vez em quando.

John arreganhou os dentes. — Ele teve muita sorte em não sair daqui com o nariz quebrado. — Olhou para o relógio, espreguiçou-se tal qual um gato, e então pôs-se de pé.

— Aonde vai? — ela perguntou.

— Lá embaixo para telefonar. Preciso fazer milhões de chamadas. Então, por que você não toma o seu café da manhã agora? Não há mais nada com o que se preocupar.

— Sim, há sim. Acabei de lembrar

— O que foi?

— Minha concha. Minha Venera Rainha. Estava na beirada da janela do meu quarto. Na casa de Roddy.

— Encontraremos outra.

— Eu gostei daquela.

Ele foi em direção à porta e disse. — O mar está cheio de presentes.

VICTORIA

* * *

Na cozinha, ele encontrou Jess Guthrie descascando batatas à beira da pia.

— Jess, onde está Davey?
— Ele subiu a montanha hoje de manhã.
— Irá vê-lo depois?
— Sim, estará aqui por volta do meio-dia, para comer.
— Peça a ele que venha dar uma palavrinha comigo, sim? Esta tarde, por volta de duas e meia.
— Darei o recado — ela prometeu.

If my true love, she were gone
I would surely find another,
Where wild mountain thyme,
Grows around the blooming heather,
Will ye go, lassie, go?

Ele entrou na biblioteca, fechou a porta e arrumou a lenha para acender o fogo. Sentou-se então à mesa de trabalho de seu tio Jock e preparou-se para uma verdadeira orgia de telefonemas.

Primeiro ligou para o seu escritório em Londres. Conversou com o vice-presidente, com alguns colegas e com sua secretária, a senhorita Ridgeway.

Depois ligou para o serviço de informações e conseguiu descobrir o endereço e o número do telefone dos Archers em Woodbridge. Fez então a ligação e falou durante um bom tempo com eles.

Feito isso, ele ligou para a estação de trem em Inverness e reservou, para o dia seguinte, três lugares na primeira classe.

Ligou para os advogados, McKenzie, Leith e Dudgeon. Conversou com Robert McKenzie, e depois, mais tarde, ligou para a Companhia de Seguros para discutir sobre os prejuízos do incêndio.

Então, já era quase meio-dia. John fez alguns cálculos de fuso-horário e telefonou para o pai, no Colorado. Retirando aquele bom homem de seu sono matinal, conversou com ele por uma hora ou mais.

Finalmente, depois de tudo, telefonou para Tania Mansell, discando o número de memória. Mas a linha estava ocupada e, depois de esperar um pouco, ele desligou. E não tentou novamente.

16

QUINTA-FEIRA

Não demorou muito tempo para fazer as malas pela simples razão que eles não tinham nada para levar. Tudo o que Victoria e Thomas haviam trazido até Benchoile fora perdido no incêndio. E, portanto, eles partiram levando apenas uma sacola de papel contendo o pijama de Thomas e o carrinho de madeira, o qual Ellen dissera que ele poderia levar.

As despedidas foram breves e animadas, pois o verdadeiro habitante das Highlands não é muito expansivo e tampouco sentimental. Igualmente, houve pouca oportunidade para despedidas prolongadas. Tão logo haviam tomado o café da manhã na cozinha do casarão, estava na hora de ir embora. Antes de Thomas acabar de mastigar sua torrada, John Dunbeath estava se comportando como um chefe de família com complexo de pontualidade, rondando em pé à volta deles e insistindo que era tempo de partirem.

Victoria sentia-se profundamente grata por tudo. Até mesmo suspeitava que ele estaria exagerando um pouco em seu papel. O carro esperava, estacionado à porta da frente, já carregado com a sua mala. O próprio John, deliberadamente, assumira uma nova imagem, pois ele não estava vestindo suas costumeiras roupas confortáveis e com as quais Victoria já se habituara. Surgiu para o café da manhã trajando roupas formais, um terno escuro e uma gravata. Aquelas roupas deixavam-no diferente. Não apenas na aparência, mas todas as suas maneiras estavam diferentes. Ele não era mais o amável e sereno anfitrião dos últimos dias, mas um homem acostumado a responsabilidades e à autoridade. Um homem com quem se podia contar. Ele se encarregara de tudo, não de forma agressiva, mas confortante, de modo que Victoria teve a sensação de que nada poderia sair errado. Não iriam perder as passagens, os cabineiros lhes mostrariam os assentos reservados, não iriam perder o trem.

— Está na hora de irmos.

Ellen colocou uma última fatia de torrada na boca de Thomas, limpou-a com um guardanapo e retirou-o de sua cadeirinha alta. Ele vestia um macacão em tecido escocês axadrezado e um suéter azul, escolhidos por Jess Guthrie numa lojinha em Creagan, de propriedade de sua cunhada e, assim, conseguira um desconto pelas roupas. Ele também ganhara sapatos novos de cadarços marrons. E um pequeno capuz azul com listras vermelhas para se proteger da chuva. Ellen penteara seus cabelos de reflexos vermelho-dourados. Ela queria beijá-lo, mas decidira não fazê-lo com todos a olhando. Naqueles últimos dias seus olhos enchiam-se de lágrimas nos momentos mais inconvenientes, e ela dizia: — Meus olhos estão começando a escorrer — e culpava o vento ou a alergia. Ela nunca chorava. Nos momentos de grandes emoções, como aniversários, casamentos ou funerais, cumprimentava mecanicamente as pessoas e nada mais. Portanto, naquele momento: — Aí está ele — disse, colocando a criança no chão. — Ponha o casaco. — Ela apanhou a jaqueta nova e vestiu o menino, ajustando o zíper.

Estavam todos prontos. Victoria sorveu o último gole de café. Roddy, em pé, coçava a nuca; no entanto, não tinha o ar desconsolado como ela temera que ficasse. Parecia estar perfeitamente recuperado do choque com o incêndio e por haver perdido tudo o que possuía. Na verdade, ele estava bastante organizado; passara a maior parte do dia anterior com o homem da Companhia de Seguros, e já providenciara um cantinho para si mesmo no casarão, dormindo no quarto de seu irmão mais velho e atirando lenha na lareira da biblioteca o mais cuidadosamente possível. A lareira da biblioteca era rodeada por uma soleira de laje de pedra e, em toda a sua extensão, havia uma grade protetora; ainda assim, dissera Roddy, ele iria comprar um guarda-fogo apropriado. Uma daquelas cortinas de correntes. Ele vira em um anúncio. E assim que encontrasse a propaganda mandaria vir um para Benchoile.

— Devemos ir *agora* — disse John. Portanto, todos saíram da cozinha, deixando os restos do café da manhã, e caminharam até a porta da casa, atravessando o saguão. Do lado de fora, fazia um frio congelante, mas o dia iria esquentar. Era a despedida. Ao jardim, ao lago, às montanhas que brilhavam sob o ar cristalino da manhã. Era a despedida do amigável e tranqüilo casarão, o adeus às tristes ruínas que foram um dia os domínios de Roddy. Era o adeus, Victoria sabia, a um sonho. Ou, talvez, a um pesadelo. Somente o tempo daria a resposta.

— Oh, Roddy. — Ele abriu os braços e ela se aproximou para abraçá-lo.

— Volte — ele disse. — Venha nos visitar. — Ele a

beijou e depois afastou-se. Thomas, com a alegre perspectiva de um passeio de carro, já subira no banco traseiro sem a ajuda de ninguém. Apanhara o carrinho de madeira de dentro da sacola e agora brincava com ele.

— Adeus, Ellen.

— Foi muito bom conhecer você — disse Ellen vivazmente e estendeu a mão vermelha e retorcida.

— Você foi de uma bondade infinita. Você e Jess. Nunca poderei agradecer o suficiente.

— Fora daqui — disse Ellen, enérgica e muito embaraçada. — Entre no carro e não faça John esperar.

Apenas John podia beijá-la. Ela precisou ficar na ponta dos pés para receber o seu beijo, e então, atrapalhadamente, usou as mangas de seu vestido como lenço.

— Oh, meus olhos, que vento cortante — observou ela a ninguém em particular. — Decididamente faz os olhos arderem.

— Roddy.

— Adeus, John. — Eles apertaram as mãos, sorrindo, dois homens que haviam passado juntos um mau pedaço.

— Volto qualquer dia, mas ligo avisando.

— A qualquer hora — disse Roddy.

Aquilo foi tudo. Eles entraram no carro, apertaram os cintos de segurança, John ligou o motor e partiram. Mal houve tempo para Victoria voltar-se para um último adeus, mal houve tempo para olhar de relance os dois, Ellen e Roddy, em pé, no pátio coberto de cascalho, em frente ao casarão. Roddy acenava, e Ellen também, seu lenço branco parecia uma bandeira minúscula. E então ficaram escondidos, perdidos atrás da curva do caminho de azaléias.

— Odeio despedidas — disse Victoria.

VICTORIA

Os olhos de John fixavam a estrada. — Eu também — disse ele, dirigindo em alta velocidade.

No banco de trás, Thomas rolava o carrinho de três rodas para cima e para baixo. — Meh, meh, meh — entoava sozinho.

Durante a maior parte do dia ele brincou com o carrinho de madeira, descontando o tempo para dormir, para olhar para fora, para ser levado pelo corredor a intervalos regulares, para almoçar, para tomar chá. À medida que o trem sacolejava retumbando para o sul, o tempo, ofensivamente, piorava-se. Tão logo ultrapassaram a fronteira, grossas nuvens vieram rolando, obliterando o céu, e a chuva começou a cair. As montanhas ficaram para trás, e a paisagem campestre era inacreditavelmente insípida e monótona. Observando acres e acres de terras planas e aradas que passavam pela janela, o próprio espírito de Victoria conseqüentemente ficou abatido.

Ela descobriu que era fácil ficar animada e ser capaz de apreciar o próprio futuro quando se está a mil e quinhentos quilômetros de distância, mas agora, a cada momento e a cada giro da roda, o futuro se aproximava. Sentia-se lamentavelmente despreparada.

Não era apenas a perspectiva distante do resto de sua vida, a qual iria presumidamente cair em algum padrão próprio. Quanto a Oliver... ela não pensava em Oliver, naquele momento. Mais tarde, dissera a si mesma, encontraria a coragem moral necessária. Quando estivesse de volta ao seu apartamento, com seus objetos familiares ao redor. Digam o que disserem, os objetos familiares ajudavam. E os amigos. Ela pensou em Sally. Conversaria com Sally sobre Oliver. As rígidas atitudes de Sally, sua impaciência para com as esquisitices do sexo oposto em geral, iriam prontamente reduzir o episódio inteiro ao seu devido tamanho.

Não, pior era a imediata, aflitiva e penosa provação de ter que levar Thomas de volta para os Archers; de ter que dizer adeus a ele para sempre. Victoria não conseguia imaginar o que iria dizer aos avós de Thomas. Infelizmente, sem muita dificuldade, ela bem podia imaginar o que eles diriam a Victoria, em seu papel de cúmplice de Oliver.

Havia outras possibilidades igualmente chocantes. Supondo-se que Thomas não quisesse voltar para eles? Supondo que ele olhasse os Archers e explodisse em lágrimas, crises histéricas, e se agarrasse a Victoria?

Ele se adaptara tão bem a ela em duas semanas, fora tão feliz e tornara-se tão afeiçoado. Ela se descobriu dividida em duas direções opostas relacionadas a Thomas: uma parte sua desejava que ele precisasse dela tanto quanto ela precisava dele, e a outra parte se retraía feito um cavalo assustado ante a idéia de qualquer tipo de escândalo.

Olhou para Thomas. Ele estava sentado a sua frente na cabine de primeira classe, as pernas estendidas; com os cabelos desgrenhados recostava a cabeça contra o braço de John, que o entretinha desenhando com uma caneta nas páginas cor-de-rosa do *Financial Times*. Ele desenhara um cavalo, uma vaca, uma casa, e agora estava desenhando um porco.

— Ele tem um grande nariz espichado para a frente. É para farejar e encontrar coisas para comer. E ele tem um rabo encaracolado. — Ele desenhou o rabo. Um sorriso brotou nas faces de Thomas. Ele se aconchegou.

— Mais — ordenou, e enfiou o polegar em sua boca.

Victoria fechou os olhos e recostou a cabeça contra

a janela do trem. A chuva escorria em riscas. Algumas vezes fica mais fácil não chorar quando mantemos os olhos fechados.

Já estava escuro quando chegaram em Euston, e Thomas dormira novamente. Quando o trem parou, Victoria o apanhou no colo. A cabecinha dele pendia em seu ombro. John carregou a sua mala, e o pequeno grupo caminhou pela plataforma escura na habitual confusão de passageiros colidindo uns com os outros, carrinhos de bagagens, cabineiros e malas de correio. Victoria sentia-se esmagada com o considerável peso de Thomas. Ela supôs que eles deveriam percorrer toda a extensão da plataforma e esperar numa fila por um táxi...

Mas supôs errado, e se deu conta de que, pensando assim, havia subestimado totalmente John Dunbeath. Daquela confusão surgira uma pessoa, de terno e boné cinza.

— Boa-noite, Sr. Dunbeath.

— George, você é uma maravilha. Como sabia onde estaríamos?

— Perguntei ao bilheteiro, ele disse que provavelmente estariam aqui no final. — Sem maior estardalhaço, ele livrou John de sua mala. Prontamente, John apanhou Thomas do colo de Victoria. Eles seguiram aquele homem uniformizado pela plataforma.

— Quem é ele? — perguntou Victoria, tendo que correr de vez em quando para acompanhar o passo das pernas compridas de John.

— É o motorista do escritório. Eu pedi a minha secretária que o enviasse ao nosso encontro.

— Ele trouxe um carro?

— Espero que tenha trazido o meu carro.

Ele trouxera. Do lado de fora da estação, aguardaram um pouco enquanto George desaparecia na escuridão chuvosa. Logo depois ele estava de volta, na direção do Alfa-Romeu de John. Ele saiu para abrir a porta e eles entraram. Victoria carregava Thomas ainda dormindo em seu ombro.

— Muito obrigado, George, foi muita bondade sua. Agora, como irá voltar?

— Irei de metrô, Sr. Dunbeath. Bem acessível.

— Bem, muito obrigado novamente.

— Foi um prazer, Sr. Dunbeath.

— Que simpático — disse Victoria.

— Da parte dele?

— Sim, da parte dele, e também não ter que esperar por um táxi, esperar por um ônibus ou lutar por um lugar no metrô. É tão bom encontrar um rosto amigo numa plataforma.

— Faz toda a diferença entre viajar com esperança e chegar — disse John.

Ela sabia o que ele estava querendo dizer.

O carro saiu a grande velocidade para oeste pela estrada encharcada de chuva. Quarenta e cinco minutos depois eles encontraram o caminho que levava a Woodbridge. Agora, avistavam pequenos campos e fileiras de cercas-vivas, e pântanos orlados com salgueiros. Luzes brilhavam aqui e ali, das janelas das casinhas de tijolos vermelhos. Atravessaram uma ponte, e um trem apitando passou abaixo deles.

— Isso dá sorte — disse John.

— O que dá sorte?

— Passar por uma ponte ao mesmo tempo que o trem passa embaixo.

— O que mais dá sorte? — Ela precisava de sorte.

— Cruzamento de cartas. Se você escreve uma carta a alguém e esse alguém escreve a você antes de receber a sua e as cartas se cruzam no caminho, isso dá uma sorte enorme.

— Acho que isso nunca aconteceu comigo.

— E gatos pretos, encontrar um alfinete no chão e a lua crescente.

— Havia uma lua crescente na noite do incêndio.

— Desconsidere a lua, então.

Por fim, as luzes do vilarejo cintilaram diante deles. Passaram pela placa, WOODBRIDGE. A estrada fez uma curva, e a avenida principal surgiu em declive, ampla e comprida. O carro desceu em marcha lenta arrastando-se suavemente. Havia lojas e um bar com letreiro luminoso. Uma igreja erguia-se atrás de um muro de pedras.

— Não sabemos onde eles moram.

— Sabemos sim. Fica do lado direito, é uma casa de tijolos vermelhos com uma porta amarela, e é a única da rua que tem três andares. Aí está ela.

Ele subiu com duas rodas no meio-fio. Victoria olhou os degraus que levavam à porta graciosamente arqueada, as altas janelas iluminadas.

— Como sabe que é esta a casa? — Victoria indagou.

Ele desligou o motor. — Porque eu telefonei para a Sra. Archer e ela me disse.

— Ela estava furiosa?

— Não. — Ele abriu a porta do seu lado. — Pareceu-me bem simpática.

Thomas, perturbado pela súbita interrupção do movimento, escolheu aquele momento para acordar. Ele bocejou, tonto de sono, esfregou os olhos remelosos e exami-

329

nou à sua volta com a confusa expressão de alguém a quem uma terrível peça é pregada. Ele ainda segurava o carrinho de madeira.

— Você está em casa — disse Victoria gentilmente. Ela alisou os cabelos dele, com a vaga idéia de colocá-los um pouco em ordem.

Thomas fechou os olhos por um instante. A palavra "casa" aparentemente pouco significado tinha para ele. Ele olhou para a escuridão do lado de fora. Então John abriu a porta para Victoria e retirou Thomas e o carrinho de brinquedo de seus joelhos. Ela virou-se e apanhou a sacola de papel de Thomas, e os seguiu.

Eles estavam em pé em frente à porta amarela e John tocou a campainha. Quase no mesmo momento, como se a pessoa do lado de dentro estivesse esperando por eles, a porta foi energicamente aberta. Do saguão quente e brilhante, luzes em profusão foram emitidas sobre eles, de forma que os três foram apanhados pelos feixes luminosos, como atores no palco iluminados por refletores.

— Boa-noite — disse John — eu sou John Dunbeath.

— Sim, é claro. — O homem parecia simpático. Uns sessenta anos, cabelos grisalhos, não muito alto, nem particularmente impressionante, mas simpático. Ele não tentou arrebatar Thomas dos braços de John. Simplesmente olhou Thomas e disse: — Alô, amigão — e então deu alguns passos atrás e prosseguiu: — Acho que todos vocês devem entrar.

Eles entraram e o homem fechou a porta. John parou e colocou Thomas no chão.

— Só vou chamar minha esposa. Acho que ela não escutou a campainha...

Mas ela escutara. De uma porta no fim de um estreito corredor, ela surgiu. Seus cabelos eram brancos e cacheados, e tinha um tipo físico que a deixava jovem, e assim ficaria até mesmo depois que completasse oitenta anos. Vestia um conjunto de saia e casaco azul, e uma camisa cor-de-rosa com um laço no pescoço. Nas mãos, ela carregava os óculos. Victoria a imaginou, sentada em uma poltrona, tentando ler, ou fazer palavras cruzadas, qualquer coisa para preencher o tempo enquanto esperava que eles trouxessem Thomas de volta.

Houve um longo silêncio. Ela e Thomas olharam um para o outro através do corredor. Então ela começou a sorrir. E inclinou-se, com as mãos apoiadas nos joelhos.

— E quem é esse? — ela perguntou à criança. — É Thomas que está voltando para casa?

Victoria ficou rígida de ansiedade, mas não precisava ter tido nenhuma preocupação. Pois Thomas, após um silêncio atônito, de repente se deu conta do que estava acontecendo. Lentamente, suas faces rosadas adquiriram uma expressão de incrédulo e total encantamento. Ele inspirou profundamente e deixou sair a primeira frase que alguém o escutou pronunciar.

— É minha vovó!

E atirou-se sobre ela, sendo imediatamente levantado no colo e envolvido em seu abraço.

Foi tudo muito emocionante. A Sra. Archer gargalhou, e chorou, e depois gargalhou de novo, sempre abraçada ao seu neto. O Sr. Archer pegou um lenço e assoou o nariz. Da escada, alertada pelo barulho, veio correndo, atabalhoadamente, uma jovem garota, gordinha, roliça e bonita como uma ordenhadora; quando a Sra. Archer pôde ser persuadida a largar Thomas, ele foi engolfado por ainda outro par de braços amorosos. Finalmente, foi colocado no chão e lhe permitiram ir ao encontro de seu avô, que havia parado de assoar o nariz e que, por sua vez, o pegou e o balançou para cima e para baixo, e para todos os lados. Thomas pareceu achar a brincadeira extremamente agradável.

Enquanto tudo isso acontecia, Victoria e John não puderam fazer nada a não ser ficar de pé e olhar. Victoria queria ir embora enquanto todos estavam felizes e antes que qualquer recriminação pudesse ser feita, mas estava difícil saber como conseguir fazer aquilo sem parecer rude.

Foi Thomas quem finalmente pôs um fim à aquela grande cena de reunião. Ele contorceu-se para libertar-se dos braços de seu avô e caminhou determinado em direção à escada que levava ao seu quarto, onde lembrava ter deixado inúmeros brinquedos maravilhosos. Seus avós, sensíveis, deixaram-no ir e a menina o acompanhou. Quando eles desapareceram na curva da escada, Victoria segurou a manga da camisa de John e puxou com força, mas se a Sra. Archer reparou o gesto, não demonstrou.

— Sinto muito ter deixado vocês assim de pé. Mas é tudo tão... — Ela enxugou suas lágrimas de felicidade e assoou o nariz em um lenço rendado. — Precisam entrar e tomar um drinque.

— Realmente precisamos ir... — começou Victoria, mas a Sra. Archer não tomou conhecimento.

— Claro que vocês devem ficar, só por um momento. Vamos nos sentar junto à lareira. Edward, tenho certeza de que o Sr. Dunbeath gostaria de tomar algo...

Não havia nada a fazer senão segui-la através da porta que levava a uma agradável sala de estar guarnecida de cortinas de chintz. O fogo estava aceso, atrás uma grade de feitio antigo na lareira. Havia um piano de cauda com uma coleção de fotografias da família, e flores em belos

VICTORIA

arranjos, e almofadas que davam a impressão de jamais terem sido usadas por alguém.

Mas o ambiente era caloroso e aconchegante, e sob a influência das óbvias boas intenções da Sra. Archer, e de sua evidente gratidão, Victoria relaxou um pouco. Os homens haviam desaparecido, provavelmente tinham ido preparar as bebidas; assim, ela e a Sra. Archer ficaram a sós por um momento. Cuidadosamente Victoria sentou-se no sofá e a Sra. Archer não pareceu desapontada por amassar suas almofadas.

— Você tem um cigarro? Você não fuma. Deve estar cansada. Esteve viajando durante todo o dia. E com o menino também. E eu sei o quão ativo Thomas é.

Victoria percebeu que a Sra. Archer estava tão nervosa quanto ela, e seus modos eram tão diferentes da recepção hostil que imaginara, que ela se sentiu inteiramente confusa.

— Ele se comportou bem — disse Victoria. — Sempre se comportou bem. Durante todo o tempo que estivemos fora.

— Foi você quem escreveu aquela carta gentil, não foi? Você é Victoria?

— Sim.

— Foi muita bondade sua. Bem atencioso de sua parte.

— Oliver ficou furioso.

— Eu gostaria de me desculpar. Jamais teria tentado telefonar a você ou entrar em contato, mas meu marido leu a carta e ele estava tão encolerizado com tudo isso, que não pude impedi-lo de telefonar a Benchoile a fim de entender-se com Oliver. Em vão. Não é com muita freqüência — acrescentou ela com ar suavemente preocupado — que eu não sigo o meu próprio caminho, mas não teve nada que eu pudesse fazer para impedir Edward de telefonar.

— Não tem importância.

— Espero que não. Você entende, Edward jamais gostou de Oliver, mesmo quando ele estava casado com Jeannette. Mas ele é muito apegado a Thomas. E quando Oliver invadiu a nossa casa, inesperadamente, e raptou Thomas, você pode imaginar todas as cenas. Teve as crises histéricas de Helga, pobre garota, como se pudesse ter sido sua culpa. E Edward dizendo que iria colocar a polícia atrás de Oliver, e todo esse tempo eu sem idéia de onde o garotinho poderia estar. Foi um pesadelo.

— Eu entendo.

— Sim. Acredito que entende. — A Sra. Archer limpou a garganta. — Seu... seu amigo, Sr. Dunbeath. Ele me telefonou ontem para dizer que estariam trazendo Thomas de volta. Ele me disse, também, que Oliver havia ido embora para os Estados Unidos.

— Sim.

— Alguma coisa sobre uma peça?

— Sim — disse Victoria novamente.

— Você acha que ele volta a este país?

— Sim, acho que voltará. Algum dia ou outro. Mas acho que ele não irá incomodar Thomas novamente. Não quero dizer que ele não goste ou não tenha sido bom para Thomas, mas ser pai não é exatamente o grande papel de Oliver.

As duas se olharam nos olhos. Victoria sorriu. A Sra. Archer disse, com muita gentileza: — Nem ser marido, minha querida.

— Não. Acho que não. Eu realmente não sabia.

— Ele é um destruidor — disse a Sra. Archer.

Talvez nenhuma outra pessoa pudesse ter dito aquilo a ela. E Victoria sabia que era verdade. Ela sabia de mais alguma coisa também. — Ele não conseguiu me destruir — disse à Sra. Archer.

Os homens chegaram, o Sr. Archer carregava uma bandeja com copos e garrafas, e John o seguia com o sifão cheio de soda. A conversa voltou-se para assuntos cotidianos. O tempo na Escócia, o tempo em Hampshire, o mercado de ações, a variação do dólar e da libra. John, sem esperar que ela pedisse, calmamente estendeu a Victoria um uísque com água. Aquele pequeno favor encheu-a de gratidão. Ela parecia gastar o seu tempo sendo grata a ele, por uma razão ou por outra. Ocorreu-lhe que a percepção dele era extraordinária, ainda mais porque ele parecia ter êxito em tudo sem fazer muito rebuliço. Ele era, talvez, a pessoa mais gentil que ela já conhecera. Ela não o escutara falar mal de ninguém, exceto quando chamou Oliver de filho da puta, e ele só fizera aquilo depois que Oliver partira para os Estados Unidos, e não havia mais motivo para usar de subterfúgios.

Agora, ela o observava, envolvido na conversa com os Archers. Reparou em seu rosto sério, grave, que podia se iluminar inesperadamente com um sorriso. Os cabelos escuros, curtos, os olhos escuros, intensos. Ele estivera viajando o dia todo com uma criança pequena, e ainda assim não aparentava os sinais de exaustão que Victoria sentia. Ele parecia tão ativo e cheio de vigor como no momento em que deixaram Benchoile, e era aquela rápida capacidade de recuperação que ela tanto invejava e admirava, pois sabia que aquela qualidade lhe faltava.

Ela pensou, nada o derrotava. Seu casamento desastroso não deixara aparentemente nenhum traço de amargura. As coisas sempre dariam certo para ele, porque ele gostava das pessoas, e ainda mais, porque as pessoas gostavam dele.

Mesmo ao telefone, passou sua genuína benevolência, pois de que outro modo conseguiria, no curto espaço de tempo de uma chamada telefônica para a Sra. Archer na manhã anterior, combinar para que tudo desse certo para Victoria, para de algum modo compensar as circunstâncias do seqüestro de Thomas, e preparar o caminho para o reencontro da Sra. Archer e Thomas.

Uma coisa, pensou ela, não tivera tempo para conhecê-lo melhor e conquistá-lo. Antes de saber o que estava acontecendo, eles iriam se despedir. Ele a levaria a Londres, a deixaria em sua porta no condomínio de Pendleton Mews. Não haveria nem mesmo a desculpa da bagagem para convidá-lo a subir, pois ela não tinha bagagem para carregar. Apenas diriam adeus. Talvez ele a beijasse no rosto e dissesse: — Tome cuidado agora.

Isto seria o fim. John Dunbeath iria afastar-se dela, e seria imediatamente absorvido por aquela vida importante e ocupada da qual Victoria nada sabia. Lembrou da namorada anônima que não pudera acompanhá-lo até a festa dos Fairburns. Provavelmente a primeira coisa que John iria fazer quando estivesse de volta à tranqüila familiaridade de seu apartamento seria discar o número do telefone dela e contar-lhe que estava são e salvo de volta a Londres.

— Que tal jantarmos amanhã à noite? — ele convidaria. — E eu vou lhe dar todas as notícias, então. — E a voz da garota iria flutuar em retorno: — Querido, será divino! — Victoria a imaginava um pouco como Imogen Fairburn, bela, sofisticada, conhecendo milhares de pessoas.

— Não devemos ocupar o tempo de vocês. — O drinque de John havia terminado. Ele se pôs de pé. — Com certeza devem querer conversar com Thomas antes que ele vá dormir.

Os Archers também se levantaram. Victoria, subitamente puxada de volta à realidade, lutou para erguer-se daquele sofá enorme. John tomou-lhe o copo e lhe ofereceu a mão.

— Acho — disse a Sra. Archer — que devíamos oferecer a vocês alguma coisa para comer.

— Não, realmente precisamos voltar a Londres. Foi um dia longo.

Eles caminharam até o saguão. A Sra. Archer disse a Victoria: — Quer se despedir de Thomas antes de ir?

— Não — respondeu Victoria. — E então, como se a resposta soasse um pouco abrupta, ela explicou: — Eu quero dizer, não vai adiantar perturbá-lo novamente. Não que eu ache que ele iria se perturbar, obviamente ele está feliz em voltar ao lar, mas... bem, eu preferia ir agora, eu acho.

— Creio — disse a Sra. Archer — que você tenha se apegado bastante a Thomas.

— Sim. — Todos a olhavam. Ela pensou que iria ruborizar. — Sim, eu acho...

— Vamos — disse John, colocando um fim na conversa ao abrir a porta. Victoria disse adeus e ficou surpresa quando a Sra. Archer inclinou-se para beijá-la.

— Você cuidou dele maravilhosamente. Não tenho palavras para agradecer. Ele está corado e bem-disposto, e tenho certeza de que esta pequena experiência não lhe causou nenhum prejuízo.

— Espero que não.

— Talvez em um final de semana, quando o tempo estiver melhor, você queira vir num domingo e vê-lo. Poderíamos almoçar. E você poderia levá-lo a passear. — Ela olhou para John, incluindo-o em seu convite. —Você também, Sr. Dunbeath.

—Que gentileza —disse John.

—Você está muito quieta.
—Estou tentando não chorar de novo.
—Você sabe que eu não me importo se você chorar.
—Nesse caso, provavelmente não irei chorar. Não é incrível que quando a gente sabe que pode chorar e ninguém irá se aborrecer ou ficar embaraçado com isso, perdemos a vontade?
—Quer chorar por alguma coisa em particular?
—Thomas, eu acho. Thomas em particular.
—Thomas está bem. Thomas não é motivo para chorar, exceto que irá sentir saudades dele. Thomas tem um lar maravilhoso, e está cercado de pessoas que o amam. E o que você acha do modo como ele recebeu a avó?
—Eu quase chorei naquela hora.
—Tenho de admitir que eu mesmo fiquei com um nó na garganta. Mas você poderá vê-lo a qualquer hora que quiser. A Sra. Archer gostou de você. Não é um adeus a Thomas. Você está convidada a vê-lo quando quiser.
—Eles foram simpáticos, não é?
—Você achava que eles não seriam?
—Eu não sei o que eu achava. —Ela lembrou de algo. —Eu não disse nada à Sra. Archer sobre o incêndio.
—Eu contei ao Sr. Archer enquanto estávamos na sala de jantar apanhando os copos na cristaleira. Pelo menos, eu contei a ele o que aconteceu. Não me estendi muito sobre a possibilidade de Thomas ser reduzido a cinzas.
—Oh, *não*.

—Preciso dizer coisas assim, de vez em quando, para exorcizar meus receios fantasmagóricos do que poderia ter acontecido.

—Mas isso não aconteceu.

—Não. Não aconteceu.

Ficaram silenciosos. O carro avançava pela estreita estrada campestre. Uma chuvinha persistente embaçava tudo feito um nevoeiro. Os limpadores de pára-brisa iam para lá e para cá.

Victoria quebrou o silêncio, por fim. — Suponho — disse ela — que poderia chorar por Benchoile.

—Que garota você é, pensando em tantas coisas para chorar.

—É que eu odiei deixar aquele lugar.

John não fez nenhum comentário. O carro seguiu velozmente pela estrada sinuosa, e quando eles passaram por uma placa que indicava a aproximação de um acostamento, ele diminuiu a marcha. Momentos depois o próprio acostamento apareceu e John tirou o carro da estrada, puxou o freio de mão e desligou o motor.

Os limpadores de pára-brisa cessaram sua dança. Escutava-se apenas o sussurro da chuva e o tique-taque do relógio no painel.

Victoria olhou para eles. — Por que estamos parando?

Ele acendeu as luzes internas e virou-se para ela. — Está tudo bem — tranqüilizou-a John. — Não estou prestes a violentar você. Só quero conversar contigo. Perguntar algumas coisas. E quero ver o seu rosto enquanto estiver respondendo. Antes de darmos mais um passo, eu tenho de estar total e absolutamente certo quanto a Oliver Dobbs.

—Pensei que você não queria ouvir falar nesse nome novamente.

339

— E não quero. Esta é a última vez.

— A Sra. Archer estava falando dele. Ela é muito esperta. Não imaginava que ela fosse uma pessoa tão esperta. Ela disse que Oliver era um destruidor.

— E o que você disse então?

— Eu disse que ele não me destruíra.

— Isso é verdade?

Ela hesitou por um instante antes de dar uma resposta. E então: — Sim — disse, encarando os olhos de John e sorrindo. Ele sentiu seu coração disparar. — Sim, é a verdade. Talvez eu soubesse o tempo todo que isso era verdade, mas não admitia, até mesmo para mim. Eu acho que todo mundo precisa ter um grande e traumático caso amoroso em sua vida, e Oliver foi o meu.

— E quando ele voltar dos Estados Unidos?

— De algum modo, não acho que ele irá voltar algum dia... — Ela refletiu um pouco e depois prosseguiu, num tom que demonstrava sua forte convicção — E mesmo que volte, eu não irei querer vê-lo.

— Porque ele a magoou ou porque você já não o ama mais?

— Acho que eu parei de amá-lo quando estávamos em Benchoile. Não posso dizer o momento exato. Aconteceu gradualmente. Agora   — Ela fez um gesto vago com as mãos. — Acho que nem mesmo gosto mais dele.

— Então somos dois — disse John. — E com o tema Oliver Dobbs enterrado, podemos agora conversar sobre outros assuntos. Antes de eu parar o carro, você disse que se tivesse de chorar por alguma coisa poderia chorar por Benchoile. E eu acho que este é o melhor momento de todos para lhe dizer que não irá mais precisar chorar. Poderá voltar lá, a hora que quiser, e ver a todos, porque eu não vou mais vender a propriedade. Pelo menos, não por enquanto.

— Mas... você disse...

— Mudei de idéia.

— Oh... — Ela parecia que ia cair no choro, mas não. Ela disse: — *Oh, John* — depois começou a rir, e finalmente ela jogou os braços ao redor do pescoço dele e o beijou no rosto.

Ele ficou encantado, entretanto ficou também inteiramente surpreso por sua alegre espontaneidade. Esperava que ela ficasse contente, mas não por aquele abraço quase sufocante.

— Ei, você vai me estrangular! — Mas ela não tomou conhecimento.

— Você não vai vender! Oh, você é um homem maravilhoso! Irá ficar com Benchoile.

Ele a abraçou e a puxou para mais perto. Ela sentiu-se miúda e frágil, e seu cabelo claro e macio encostou no rosto dele. Falava sem pensar, agitada feito uma criança.

— Você disse que não era viável, que não era prático. — Ela se afastou, mas ele continuou com os braços ao redor dela. — Sem o seu tio Jock para gerenciar, você disse que Benchoile iria se arruinar.

— Eu disse, mas mudei de idéia. Vou aguardar durante um ano, até vermos como as coisas irão funcionar.

— O que o fez mudar de idéia?

— Eu não sei. — Ele meneou a cabeça, um homem ainda confuso com as razões para a sua súbita retratação. — Talvez tenha sido o incêndio. Talvez um homem não se dê conta do quanto algo significa para ele até que corra perigo de perdê-lo. Naquela noite, eu tive visões de todo o lugar desaparecendo. Você não estava lá, mas foi somente pela graça de Deus que o casarão não pegou fogo junto com todo o resto. Tarde da noite, eu fui até o jardim, e fiquei lá, olhando a casa. E ela ainda estava de pé, com as montanhas atrás, e eu jamais senti tamanha gratidão em toda a minha vida.

— Mas quem irá gerenciar os negócios?

— Roddy e Davey Guthrie irão revezar-se, e iremos contratar outro homem para ajudar.

— *Roddy?*

— Sim, Roddy. Foi você quem observou que Roddy está mais bem informado e mais interessado na terra do que qualquer um de nós. Ele sabe mais sobre Benchoile do que eu poderia aprender em cem anos. O único motivo que o levou a nunca se envolver mais ativamente foi a preguiça, e também havia sempre Jock para trabalhar e pensar por ele. Tenho um pressentimento de que sem Jock, e com tarefas reais pala frente, Roddy terá uma boa chance de largar a bebida e surpreender a todos nós.

— Onde ele irá morar?

— No casarão, com Ellen. Vê? Todos os meus problemas foram resolvidos por uma única e inspirada decisão. Eles irão discutir feito loucos, como sempre. Mas o casarão é grande o bastante para conter aqueles dois sem que um mate o outro. — Ele pensou um pouco. — Pelo menos — acrescentou — eu acredito piamente que assim será.

— Realmente acha que vai dar certo?

— Já disse. Vou esperar um ano. Mas, ainda assim, eu acho que irá dar certo. E o que é melhor, meu pai também pensa assim.

— Como sabe o que o seu pai pensa? Ele está no Colorado.

— Telefonei a ele ontem pela manhã, conversamos muito tempo sobre isso.

Victoria ficou pasma. — Que manhã você teve ao telefone!

— Estou acostumado. No escritório, passo a maior parte do tempo ao telefone.

— Mesmo assim — disse Victoria — jamais pensaria em telefonar para alguém no Colorado.

— Deveria experimentar, qualquer dia.

Assim, pelo menos por um pouco mais de tempo, Benchoile iria continuar. E talvez John estivesse certo, Roddy iria adotar outro estilo de vida. Ele estava, afinal de contas, com apenas sessenta anos. Quem sabe não se transformaria em um entusiasmado homem do campo, derrubando árvores e subindo montanhas, perdendo peso, bronzeado e em boa forma? Essa imagem não era particularmente convincente, mas não havia como negar que isso tinha nítidas possibilidades. E, morando no casarão, talvez se convencesse a reviver um pouco a sua vida social. Oferecendo pequenos jantares festivos e recebendo hóspedes para uma temporada. Ellen iria retirar os lençóis que cobriam os móveis da sala de visitas e rependurar as cortinas. Alguém acenderia um fogo na lareira, e os convidados em trajes de noite iriam encontrar um lugar na sala enquanto Roddy tocasse o piano e cantasse suas velhas canções.

— Eu sei que vai dar certo — disse ela. — Tem que dar certo.

— Com Benchoile e Oliver Dobbs fora do nosso caminho, poderemos agora nos ocupar com coisas muito mais importantes.

— Por exemplo?

— Você e eu. — Victoria assumiu uma expressão circunspecta, e antes que pudesse começar a protestar, ele prosseguiu com firmeza. — Acho que pode ser uma boa idéia para nós começarmos novamente, do início. Da primeira vez em que nos vimos, começamos no passo errado, e somente agora, depois de todo esse tempo, e de tanta coisa ter acontecido, finalmente estamos andando no passo correto. E a primeira coisa a ser retificada é que eu não tive a oportunidade de levar você para jantar. Então, pensei que quando chegarmos a Londres, poderemos sair e escolher algum lugar. Se quiser, poderemos ir direto comer. Ou talvez queira tomar um banho e trocar de roupa, sendo assim, vou levá-la até o seu apartamento e apanhá-la mais tarde. Ou poderemos ir os dois ao meu apartamento e tomar um drinque e depois sair para jantar. As variações são infinitas. A única constante é que eu quero estar com você. Eu não quero dizer adeus. Isso faz sentido?

—John, não quero que você sinta pena de mim. E não precisa continuar sendo bonzinho.

— De fato — ele disse — não estou sendo bonzinho. Estou sendo completamente egoísta, porque isso é o que eu quero mais do que qualquer coisa no mundo. Eu sempre soube que iria me apaixonar novamente algum dia. Só não pensei que aconteceria dessa maneira. E nem pensei que seria tão breve. Mas o que eu não quero é que você esteja emaranhada em um novo relacionamento antes que tenha tempo de respirar profundamente, olhar em volta e se acostumar com a idéia.

Eu não quero dizer adeus.

Ela pensou, se isso fosse um filme, começaria a tocar a música tema. Ou haveria uma explosão de estrelas, ou imagens do sol brilhando através dos ramos das macieiras em flor. Nenhuma dessas coisas estava acontecendo. Havia apenas o carro e a escuridão, e o homem com quem ela já parecia ter ido tão longe.

— Sabe — disse ela. — Acho que jamais conheci alguém tão especial quanto você.

— Bem, é um bom começo — disse ele. Trocaram olhares e ela começou a sorrir. Ele tomou o seu rosto entre as mãos e beijou sua boca sorridente. Quando terminou de beijá-la, afastou-a suavemente, voltou-se para a direção, ligou o motor e pôs o potente carro em marcha. Logo eles passavam a encruzilhada que marcava o fim da calma estrada campestre e entravam na pista de alta velocidade. O carro passou por um túnel e depois deslizou por uma curva. Eles esperaram para se infiltrar entre as três fileiras de carros que se dirigiam para o leste.

— Quando nós estávamos com os Archers — disse Victoria — eu me dei conta, de repente, de que não queria dizer adeus a você. Mas não imaginava que você também não quisesse me dizer adeus.

Um lacuna apareceu em meio ao tráfego. Suavemente, John conduziu seu Alfa-Romeo naquela direção; o motor alterou o ruído e o carro prosseguiu adiante.

— Talvez — disse ele — não querer dizer adeus seja apenas uma nova forma de falar de amor.

A ampla estrada fez uma curva diante deles, em direção a Londres.

Impresso no Brasil pelo
Sistema Cameron da Divisão Gráfica da
DISTRIBUIDORA RECORD DE SERVIÇOS DE IMPRENSA S.A.
Rua Argentina 171 – Rio de Janeiro, RJ – 20921-380 – Tel.: 585-2000